喫茶店
アズマ
メニュー
串カツ
10チロル
ドリンク
10チロル

春菜ちゃん、がんばる？
フェアリーテイル・クロニクル
3
Haniwaseijin
埴輪星人
エアリス
影に日向に姉を支え続けた姫巫女
香月《かづき》 詩織《しおり》
おっとりまったり人妻
藤堂《とうどう》 春菜《はるな》
恋心ダダ漏れの才色兼備
溝口《みぞぐち》 真琴《まこと》
大学目指して心機一転！
水橋《みずはし》 澪《みお》
成長芳しい中学生

しあわせ真っ盛りの
エアリスの姉
エレーナ
実直なレイオットの側近
ユリウス・フェルノーク
結婚はまだ遠い王太子
レイオット
出世街道
まっしぐら？
香月《かづき》 達也《たつや》
欲求不満な
モノづくり神
東《あずま》 宏《ひろし》

「うん。多分わたしも説明されても面倒くさいって思うだけだから、詳しい話はいいよ」
アグレッシヴな春菜の妹
藤堂《とうどう》 深雪《みゆき》
宏の言葉に、これ以上説明されてもどうせちゃんと理解はできまいと、説明の省略に同意する深雪であった。

春菜ちゃん、がんばる？ フェアリーテイル・クロニクル ③

埴輪星人
Haniwaseijin

CONTENTS

第19話
到底そうは思えんこのビジュアルはどうなんだ……？ 7

第20話
ひらがなで『いもや』でいいんじゃね？ 38

第21話
国境を越えて失神者を出した作品は、やっぱり強烈だよね…… 64

第22話
全然説得力あらへんで 106

第23話
なんっちゅうか、物足らんわ…… 143

第24話
ノーラちゃんとテレスちゃんも、大変だよね～…… 171

第25話
もう、何もかもがどうでもいい気分です…… 217

第26話
澪の成人式にはみんなで居酒屋で宴会やな 258

始まりの独り言

今回は……夏休みあたりからでいいのかな?

宏君と貸し農園で農作業したり、
エルちゃんの異文化交流に付き添ったり
詩織さんをフェアクロ世界に連れて行ったり、
なんだかんだで受験生とは思えないくらい
充実した日々を過ごしちゃってたね……
(もちろん勉強もしてたけど)

で、二学期が始まって、澪ちゃんの中学デビューが
私的にはすんごく心配だったんだけど、
深雪が動いてくれたおかげで
クラスメイトともうまく馴染めたみたいで
本当に安心したよ

そんなこんなで季節は秋になり、
体育祭とか文化祭の準備が始まったわけだけど、
浮かれすぎないように、そしてダダ漏れしないように
しっかりしなきゃ
(何がダダ漏れかは詮索禁止)

そして今日はエレーナ様とユリウスさんの結婚式当日
実はドレスとか見るの楽しみなんだよね

第19話　到底そうは思えんこのビジュアルはどうなんだ……？

「さすがに、今日はエルちゃん、朝ご飯は神殿で食べるみたいだね」

「司祭役やからなあ」

　エレーナの結婚式当日。朝から食するには贅沢《ぜいたく》に過ぎる食事をとりながら、この場に不在のエアリスについて春菜《はるな》と宏《ひろし》が話していた。

「エルの役目は式典が終わるまでや、っちゅうとったけど、そのあとほんまにフリーになるんかな？」

「さあ？　でも、パレードは見られるんじゃないかな、って言ってたよ」

「せやったらええんやけどなあ」

　アズマ工房以外では、まだ王族や高位貴族の食卓、高級レストランなどでしか味わうことができないふわふわのパンを手に、今日のスケジュールについて話を続ける宏と春菜。今日はどこまでも気楽なただの観客なので、割と他人事《ひとごと》気分ではある。

「しかしまあ、今回はパレードがある王族の結婚式だからイベントとかに近い感覚で気楽に参加できるが、これが日本で一般的な結婚式だったら、間違いなく披露宴で俺らのうち誰かのスピーチか出し物を求められるパターンだよな」

「ああ、そうかもしれないわね」

「で、この場合、スピーチとなると立場上ヒロか春菜だよなあ……」

「ん。妥協点で春姉《はるねえ》、本命は間違いなく師匠」

「勘弁してほしいでな、それ……」

達也《たつや》の指摘に真琴《まこと》と澪《みお》が同意のコメントを付け加え、宏が渋い顔でぼやいてオムレツを頬張《ほおば》る。

グローダバードという鳥型モンスターの卵を使った高級品のオムレツは、宏達が普段食べているものを考えなければ十分すぎるほど美味《うま》い。

「にしても、朝からこの量と種類の料理を、ここに滞在してる人間の分全部作るって、大変そうよね」

「そうだね。まあ、いくらお祝いの日だっていっても、さすがに一般兵の人とかまでこんな豪華なメニューではないとは思うけどね」

「ん。でも、春姉。多分貴族と王族では分けてない」

「そこは多分、そうだろうね」

「というか、いいのかな～。春菜ちゃん達はともかく、私は単にタッちゃんの奥さんっていうだけで、特にこの国に貢献とかしてないんだけど……」

「達也の奥さんってだけで、このご飯食べる権利は十分あるから安心して。ってか、詩織《しおり》さんいなかったら、達也があそこまでがんばれたとも思えないし」

一般庶民にはとても手が出ないような高級食材を使った、しかも食べ放題というかかっている費用を想像するのが怖い朝食に、そんな会話をしてしまう日本人組の女性陣。日本ではともかく、ファーレーンにいるときは朝からもっといいものを食べている点については、完全に無視している。

「で、朝食済ませた後は、大聖堂に移動でよかったかしら？」

「そのことなんだが、朝食に呼ばれたときに連絡があってな。迎えを寄こすから、陛下達と一緒に入場してくれ、だとさ」

「ああ、結局、直接ブロックすることにしてくれたわけね」

「そういうことだろうな」

達也から連絡事項を聞き、真琴がその理由に言及する。

「今更と言えば今更なんだけど、王家があんまり特定の集団を厚遇しすぎると、さすがにちょっとまずいんじゃないかなあ……」

「春姉。多分、そういうこと言ってられなくなったんだと思う」

「ぶっちゃけ、今回、最初は別行動の予定にしてたのも、ほぼ建前みたいなもんだったしなあ」

「そもそも、今回のエレーナ様の結婚式にほとんど面識ない私まで最前列で参列させるくらいだから、その時点で普通に厚遇しすぎって言われるレベルに達してると思うんだ～」

「そうなんだけど、王様やレイオット殿下と一緒に式場に入場するとなると、ちょっと話が変わってくるんじゃないかなって気がするんだよね……」

春菜の危惧するところを聞き、思わず苦笑を浮かべる一同。

春菜の言わんとしていることはよく分かるが、この場合はむしろ、ファーレーン王家がそういう対応に出なければならないほど面倒なことになっている、と考えたほうがいいだろう。

実際、宏達はまったく実感がないが、アズマ工房はすでに、国家から独立した組織としては神殿や冒険者協会に続く三つめの大勢力と認識されている。

発祥の地がウルスであり、一番大きな拠点がウルスにあるから形の上ではファーレーンに所属しているだけで、実際には神殿同様、国家の権威が及ばない存在となっている。

そこに拍車をかけるように、宏達が日本に戻ってからこっち、トップである宏やその決定に一番影響力がある他の日本人メンバーに接触する難易度が、一気に跳ね上がってしまった。

宏達に接触するのが難しくなると同時に、ファム達中核メンバーも外部に対する態度が一気に保守的になったため、メリザなど日頃から恩義を感じている相手から直接頼まれでもしない限りは、たとえ冒険者協会や中央市場などの依頼でも、新規のものは簡単には受け付けなくなっている。

こんな状況で、トップから下っ端まで全員揃《そろ》ってぽつねんと大聖堂で待機させてしまえば、どんながんばったところで貴族達をブロックしきることはできない。こんな絶好の機会を逃すような貴族は、そうはいないのだ。

「ついでに言うと、これは後付けでたぶん向こうは気がついてもないだろうけどな、今のヒロの服装はヤバい。普段と違って異様に似合ううえに、格好よく決まりすぎてて、女方面でもいろいろ厄介なことになりかねんぞ」

「あ〜、言わないでよ、達也さん……。意識しないようにがんばってたのに……」

「達兄《たつにい》、言わなきゃいけなかったことなのは分かるけど、意識させないでほしかった……」

達也に指摘され、顔を真っ赤にしながら必死になって頭をクールダウンさせようとする春菜と澪。

スイッチが入ったわけでもないのにここまで恋する乙女の表情をダダ漏れにしている春菜も珍しいが、春菜と同レベルで恋する乙女の顔をし、しかも顔中を真っ赤に染める澪というのはウルトラレアもいいところだ。

ソーシャルゲームだと、それこそ十万円以上の課金をしなければ見られないぐらいのレアさ加減

である。

ここまであえて触れなかったが、実は今までの会話、春菜と澪は宏を直視しないように割と不自然に目を逸《そ》らしていた。直視してしまえば恋愛感情との相乗効果で、思考回路がショートするのは目に見えていたがゆえの緊急対応である。

そんな二人に年長組が生温かい視線を向けるどころか、むしろよく耐えていると内心で賞賛を送っているぐらい、恋する乙女達にとって今の宏は魅力的すぎた。

なんとなく予想がついていて、前もって心構えをしていた春菜達ですらこれだ。普段から宏にダサいという認識しか持っていなかったライム以外の工房職員達は、動揺のあまり完全に言葉を失っている。

なお、ライムは平常運転だが、空気を読んでというか環境と雰囲気に合わせてというか、とりあえずコメントを差し控えて大人しくしている。ライムにとって宏は唯一無二の格好いい存在であり、それはダサいビジュアルが改善されようがされまいが関係ない。

「初めてこのお城でお世話になったときに春菜が言ってた言葉の意味を、こんなに早くこんな形で実感するとはねえ……」

「ちょっと貫禄出ただけでこれだからなあ……」

「ここまでくると、ファッション誌に出てくる類《たぐい》のカジュアル系は、ダサいとか以前の問題でアウトねえ。服の軽薄さって言えばいいのかしら？　そういうのが不必要に際立っちゃうっていうか……」

「だよなあ……」

かつての春菜の見立てどおり、異様なまでに様になっている宏の略礼装姿に、ため息交じりにそうこぼす真琴と達也。神衣や神鎧《しんがい》オストソルの時もダサいとか格好悪いというわけではなかったが、あの辺になると装備や服自体が持つ迫力やオーラが非現実的すぎて、似合うかどうかなどどうでもよくなっていた。

だが、今回の略礼装はデザインが無難なだけにいろんな意味で落ち着いていて、しかも霊布という最高位素材のおかげで華やかでありながら浮ついた印象を一切与えない仕上がりとなっている。

そこに、様々な修羅場を乗り越え神になるに至った宏の、歳に似合わぬ貫禄が加わるのだ。美形でないからこそ出せる男前ぶりも相まって、もはや格好いいだの決まっているだのといった軽い表現では、今の、日頃の宏からは想像もつかない魅力を言い表すことはできない。

むしろ、普段との圧倒的な落差がさらに宏を男前に見せており、どう見ても同一人物なのに同一人物に見えないという、実に複雑な状況になっている。

「えらい反応されとるけど、普通の略礼服やで？」

あまりの過剰反応に、どことなく困ったような表情を浮かべる宏。今まで服装についてダサい以外の評価をもらったことがないため、正直どう反応していいのか分からないのだ。

褒められ慣れていない人間を褒めたときの、典型的な反応である。

「まあ、そうなんだが、ちょっと普段とギャップがデカすぎるっつうか……」

「作務衣《さむえ》とかみたいな作業服系統の時との比較だと、それほどでもないんだけど、ねえ……」

「つちゅうか、前ん時は触れへんのが優しさ、みたいな態度やったやん。そん時とガワはほぼ何も変わってへんのに、えらい態度違うやんか？」

「そこはもう、雰囲気というか貫禄というか、そういう部分の差ね」

「顔だちは同じでも、顔つきは全然違うしなあ」

どうにも腑《ふ》に落ちないらしい宏に、真琴と達也が思っていることを率直に告げる。

むしろ、この期に及んでなお、礼装の類と作業服系統以外は、たとえスーツであってもいまいち様にならずどことなくダサいことのほうが驚異である。

「なんかこう、もういっそ普段から作務衣とか着ちゃえば少しはギャップも埋まっていいんじゃない？」

「ダメダメ！　宏君の今の状況とか考えると、作務衣は格好よくなりすぎるよ！」

「ん。こっちだと、確実に変なのが寄ってくる。かといって、師匠が見た目だけで馬鹿にされるのもすごく腹が立つ」

宏が少しでも容姿に自信を持てるように、という真琴の提案は、春菜に即座に却下される。

同じく反対した澪だが、かといって現状の評価を良しともしたくない、そんな複雑な心境が漏れ滲《にじ》んでいる。

格好よくなったからといって宏が女性に囲まれるようなことになるとは思えないが、春菜と澪の言わんとしていることも分かる真琴。

普段の宏は、身内である自分達ですらフォローしきれない程度にはダサい。それが服装一つでいきなりガラッと変わった日には、良くも悪くも変な注目を集めるのは間違いない。

「ん～。春菜ちゃん、澪ちゃん。私思ったんだけど、こういうことはプロに相談して、ダサくならずに普通に見える服、っていうのを仕立ててもらったらどうかな？　具体的には未来《みらい》さんとか」

「あ～、そっか。それも手だよね。でも、大丈夫かなあ……」

「春菜ちゃんの心配も分かるけど、どんな人でも魅力的に仕立て上げるのがプロだからね～。それに、普段の振り幅が極端すぎるだけで、ヒロ君にもちゃんとほどほどに格好よく見える服の系統があるはずなんだよ。それを未来さんに探してもらえばいいんじゃないかな？」

春菜と澪をなだめるために、詩織がそんなアイデアを出してくる。

因《ちな》みに未来とは、服飾ブランドを手掛けている綾羽乃宮《あやはのみや》未来のことだ。

そんなこんなで、当人そっちのけで宏の服装改造計画が始まりそうになったところで、扉がノックされる。

「どうぞ」

「お邪魔する」

代表して宏が出した入室許可を受け、レイオットが入ってくる。どうやら、宏達を迎えに来たらしい。

「おう、レイっちか。おはようさん」

「おはよう。朝食のほうは……、ふむ。まだ食べるなら、もう少し用意させようか？」

「澪以外はこれで十分っちゅう感じやけど、澪はどないする？」

宏に問われ、最後に残ったフルーツを口に入れて首を左右に振る澪。どうやら、それで腹八分目というところらしい。

「レイっちが来たっちゅうことは、もう移動か？」

「いや。単に朝食が済んでいたら、一度私達の控室に合流してもらおうと思っただけだ。我々は参列者の中で一番最後に入場するから、それほど慌てる必要はない」

「さよか。ほな、面倒かけんように、とっとと場所移すか」

「そうだね」

レイオットの言葉を聞き、さっさと合流することにする宏達。だったら最初から朝食も王家の控室で一緒に済ませればよさそうに思えるが、それでは宏達はともかくライムを除く職員組がいろいろと大変だ。

ファム、テレス、ノーラの三人は王族と食事することには慣れているが、こういう公の場所で王族と一緒のテーブルを囲んでマナーを守っての食事、というのは初めてのことである。夕食が正餐《せいさん》になるというのに、朝までマナーに気を配っての食事というのはいくらなんでもかわいそうだとの国王の配慮により、朝食は給仕以外の目が入らない気楽な席にしてくれたのだ。

その配慮を宏の略礼装が粉砕してしまったのだが、そこを追及しても仕方なかろう。

「とりあえず、迎えに来たのは正解だったな。ヒロシ、今日は絶対に単独で行動するな。それこそトイレに行くときも、絶対に誰か、それも最低でも二人以上連れていけ」

「いきなり物々しいこと言いだすなあ、レイっち」

「今のお前の姿なら、おかしな気を起こす愚か者が出ても不思議ではないからな」

レイオットにまで言われ、礼服を着た自分はそんなに普段と違うのだろうかと首をひねってしまう宏。

今までダサいダサいと言われ続けた結果、一部の服装をしたときの自分がどれほど魅力的なのかを自覚できぬまま、エレーナの結婚式に臨むことになる宏であった。

☆

「……うわあ……」

純白の衣装をまとった花嫁と花婿がバージンロードに現れた瞬間、聖堂を感嘆のため息が埋め尽くした。

絵に描いたような美男美女の組み合わせ。花嫁のほうは現在ベールで顔を隠しているが、その奥に隠された顔がどれほど美しいのか、それを知らぬものはこの場にはいない。

そんな、ある意味理想のカップルが、今まさに夫婦にならんと司祭の前に到着した。

「それでは、これより結婚の儀に入ります」

讃美歌が止《や》みその余韻が消えたところで、新郎新婦に勝るとも劣らぬ美貌を誇る麗しい少女が、その可憐《かれん》な口から厳かに儀式の開始を告げる言葉を発する。

霊布で仕立てられた最上位の司祭装束をまとった少女司祭は、この会場で唯一、主役となる新郎新婦の衣装を上回る華麗な服装で儀式に臨んでいた。

もっとも、その美しさは、あくまで神の代理人としての美しさ。絶世の、という冠詞《かんむりことば》をつけたくなる当人の美貌と相まって、他を圧倒するほどの美しさを見せてはいるものの、決して主役である新郎新婦の存在を食うものではない。

むしろ、神の代理人たる美しい少女の存在はこの場の権威を高めるとともに、新郎新婦とともにその存在を引き立て合っていた。

「新郎、ユリウス・フェルノーク。新婦、エレーナ。汝《なんじ》らは病めるときも健やかなるときも、互いに愛し支え合い、死が二人を分かつまで共に歩み続けることを誓いますか？」

体つきこそ大人のそれになっているものの、まだ成人も迎えていないどこか幼さすら感じさせる司祭が、堂々と、粛々と儀式を進めていく。そこにたどたどしさはなく、彼女が本日の婚儀を進めるに足る存在であることを参列者に存分に知らしめている。

その姿は、まさに聖女と呼ぶにふさわしいものであった。

「「誓います」」

新郎ユリウスと新婦エレーナが誓いの言葉を唱和する。

誓いの言葉を受け、本日の司祭でありファーレーンが世界に誇る聖女エアリスが、儀式の仕上げに移る。

ユリウスとエレーナの左手の薬指に収まっている指輪を受け取り、一礼して祭壇に捧《ささ》げる。跪《ひざまず》いて聖句を唱え、この日のためにあつらえた神具を定められた手順で真心を込めて振るう。

二つの指輪に、神聖でありながらも温かみを感じる光が宿り、指輪に目立たぬよう取り付けられていた無色透明な宝石に、二人を象徴する色が宿る。

「世界は、お二人の結婚を認めました。互いに相手の指輪をつけ、抱擁にて世界に誓いを示しなさいませ」

エアリスの言葉に促され、お互いに相手の左手の薬指に自身の色が宿った指輪をつける。

その瞬間、指輪から温かな祝福の光があふれ出し、新郎新婦を包み込む。

新郎が新婦のベールを上げ、そっと優しく、だが力強く抱きしめる。

新婦が新郎の背に腕を回し、これまた力強く抱きしめ返すと同時に、二人を包み込んでいた光が聖堂を覆い、天まで届く一本の柱となる。

麗しき聖女に見守られ、光に包まれながら誓いの抱擁を交わす新郎新婦。

この日参列していた者達が後に、まるで名画のような光景だったと口を揃えて言う、そんな結婚式の仕上げであった。

「世界が、今日より共に歩む新たな夫婦を祝福なさいました。皆様も、この新たな夫婦に惜しみない祝福と力添えを」

聖女然とした笑みと共に、柔らかな声色で婚儀の成立を宣言したエアリス。その言葉に、全ての参列者から惜しみない拍手が送られる。

「お義兄《にい》様、お姉様。本日は本当におめでとうございます」

儀式の終わりを示すように、聖女から年相応の少女が家族に向ける笑みへと変え、心から嬉《うれ》しそうに祝いの言葉を口にするエアリス。盛大な拍手に遮られ本人達にしか聞こえないその祝福の言葉に、同じく心の底から嬉しそうな笑みを浮かべて一つ頭を下げる新郎新婦。

至近距離でそれを見ていた宏とレイオットが思わず、

「……ユーさんの嬉しそうな笑顔とか、初めて見たで」

「……というか、ユリウスもああいうふうに笑うことができるのだな」

などと大層失礼なことを言ってしまうほど、その時のユリウスは幸せそうな笑みを満面に浮かべていた。

そのまま、盛大な拍手が止む前に、新郎ユリウスが新婦エレーナをいわゆるお姫様だっこの体勢で抱え上げ、周囲に見せつけるようにバージンロードを戻っていく。

ユリウスが最前列の参列客であるレグナス王の前に足を踏み出したタイミングで、空から花びらがひらひらと舞い降りてくる。

「お祝い〜」

「花びら散布〜」

「ライスシャワ〜」

これまで大人しくじっと待っていたオクトガル達が、ようやく出番とばかりに張り切って花びらをばら撒《ま》き始めたのだ。

しかも恐ろしいことに、オクトガルだというのに、それも物を投げて落とすという作業なのに、空気を読んで『遺体遺棄』のワードを使わないというありえないことをやってのけている。

それだけでも異常事態だというのに、工房で留守番をしていたはずのひよひよが、二人の頭上高くで一生懸命ホバリングして、自身の産毛をまき散らそうとがんばっていたのだ。

なぜか神聖な雰囲気は損なわれなかったものの、『厳かな』とか『神秘的な』といった空気は完全にどこかへ消え失《う》せていた。

「……まあ、ありっちゃありやけどなあ……」

「神の眷属《けんぞく》と神獣からの祝福、と言えば聞こえはいいが、到底そうは思えんこのビジュアルはどうなんだ……？」

「そういう『らしい』ビジュアルしとるんは、全部神域の守護者やっとるからなあ……」

いろいろな意味で表情の選択に困りながら、そんなひそひそ話を続ける宏とレイオット。

どうやら他の参列客も同じ思いらしく、ユリウスが前を通ったときは心からの笑顔を見せて拍手を送るものの、それ以外の時は上空にいるチーム謎生物に複雑な表情を向けている。

ここで一つ補足しておくと、今回王族と宏達は、バージンロードを挟んで男女に分かれている。王族とアズマ工房だけの総人数で言えば女性のほうがかなり多いが、今回王家と並んで最前列に陣取る人間を全部合わせれば、男女比は均衡する。

また、『結婚式という祝いの場で堅いことを言うのは無粋だ』という理由で、口調に関しては無礼講となっている。今までも口調に関してはいろいろ手遅れな感じではあったが、仮にも公式の場で王族とタメ口で話すのはこれが初めてである。

「ありゃ、まず間違いなくファルダニアの結婚式でやったいたずらに味を占めてやがるな」

「あいつら、向こうでなんぞやっとったっけ？」

「ひよひよはいなかったが、オクトガルはパレードの時に上空から花びらを撒いてたな」

「ああ、味占めたっちゅうんはそういうことか……」

達也から自分達が不在だったときの出来事を聞き、いろいろと納得する宏。レイオット達もなるほどという顔をしている。

「ビジュアルに関しちゃあ本人らの責任やあらへんし、姿見せんようにとかそういうひどいことは言う気ないけどなあ。外出るまでは、掛け声聞こえんようにやってほしかった感じやなあ、主に雰囲気とか空気とかの面で」

「そうだな。俺も、やつらが花びらを撒いてる姿より、むしろあの気の抜けた口調で気の抜けた言葉をかけまくってることのほうが気になったしなあ」

オクトガル達の行動に、なんとなく生温かい笑顔になりながら正直な気持ちを口にする宏と達也。

別にオクトガルのお祝いの仕方を否定するつもりはないのだが、式自体が神秘的な雰囲気だっただけに、せめて神殿を出るまではその空気を維持してほしかったのだ。

逆に言えば、今回のようにエアリスが本気を出しすぎた結婚式でなければ、オクトガルとひよひよがタッグを組んでファンキーでファンシーなお祝いをするのも大いにあり、というのが宏達の——というより、この場にいるほとんどの参列者の見解である。

ある種のいたずらのようなものではあっても悪ふざけでやっているわけではないし、それにオクトガルの花びらや紙吹雪の撒き方は実に見事で見ごたえがあり、なんとなくこれはこれでものすごく幸せな結婚生活を送れそうな気がしないでもないのだ。

何より、神獣と神の眷属からお祝いされることが、悪いことであるはずがない。あくまで問題なのはビジュアルとオクトガルの口調だけなのである。

「レイっちらの時は、エルにちょっと手加減するように言うとかなあかんでな」

「あいつらが私の時も同様に祝ってくれるとは限らないぞ？」

「むしろ、もっと気合い入れて企画立ててくるんちゃうか？」

宏のありえないとは言い切れない指摘に、思わず不安を抱くレイオット。その表情が一瞬表に出かけたところを、レグナス王につつかれて慌てて取り繕う。

そんな宏達の、正確にはレイオットの様子を、バージンロードを挟んだ反対側の最前列にいるリーファがじっと見つめていた。

「なんか、リーファ王女がレイオット殿下のことをものすごく見てるんだが……」

「まあ、そういうことだ。王女の歳のこともあるから態度を保留にするのも大目には見ているが、我が息子ながら実に往生際が悪くてな」

「確かに年回りだけで言うなら、レイオット殿下よりマーク殿下のほうがバランスが取れてますかられえ……」

何やら察するものがあった達也の言葉に、レグナス王が王家内部で頻繁に議題になっていることを暴露する。その内容にやっぱりという顔をしながら、一応レイオットのフォローをしておく達也。

現在、リーファは十歳。二年前のエアリスと比較すると発育は悪いが、それでも第二次性徴の兆しはすでに現れている。さすがにいろいろ幼すぎるうえにリーファ自身の境遇的な問題もあり、現時点ではまだ婚約の話も出ていないが、それもせいぜいあと一年か二年の猶予であろう。

レイオットとリーファの関係がどうなるかは、リーファの発育がここからどれだけ加速するかと、レイオットがリーファの純粋な想いから逃げ切るかどうかの二点にかかっていると言っていい。

そのまま、レイオットを取り巻く現状について話を続ける達也とレグナス王。

二人の会話に居心地の悪さを感じ始めた宏が、自分に降りかかってこないように力技で意識を逸らせて新郎新婦の様子を見守り続ける。

「……そういえば、アヴィン殿下の結婚式ん時にも思ったんやけど、こっちやとブーケトスはないんやな」

オクトガルとひよひよのいたずら兼お祝いに動じることなくバージンロードを歩き切り、神殿を出てパレードのために控室に直行した新郎新婦を見て、ポツリと気になったことを口にする宏。

思ったよりも広範囲に届いた宏の独り言は、レグナス王をはじめとした男性陣だけでなく、王妃達女性陣の注目も一気に集めてしまった。

「ヒロシよ。ブーケトス、とは？」

「うちの故郷、っちゅうか故郷と友好関係にある国にある風習でな。花嫁さんが、幸せのお裾分けと称して、でよかったたっけ？　……まあそういう感じで、式終わってから参列客に向けて後ろ向きにブーケを投げる風習があるんよ。で、そのブーケをキャッチした未婚女性が、次に結婚できるっちゅう俗説みたいなもんがあって、そらもう、結婚願望があって相手おらん未婚女性は目の色変えて奪い合いやで」

宏の微妙に偏った解説に、ふむふむと頷《うなず》くレグナス王。同じくブーケトスを知らなかった女性陣が、そのいろんな意味でおいしい風習に目を輝かせる。が……。

「ただまあ、こっちゃやったらブーケ投げたところで、オクトガルが空中でキャッチして恣意《しい》的にありえへん人に投げ渡したりしそうやから、今やと多分成立せんやろうなあ」

続く宏の言葉に、それもそうかと目の輝きを消す。

「それで、陛下。私達はこれからどこに移動すればいいんでしょうか？」

ブーケトスとオクトガルの話題で微妙な空気になったところへ、助け舟とばかりに達也が今後の予定について確認という形で遠回しにせっつく。

「そうだな。ユリウスもエレーナも立ち去ったことだし、こちらも控室に戻ろう。すでにエアリスも引き上げておるから、下手をすると待たせることになりかねん」

達也にせっつかれ、これ幸いとそろそろ軽食が用意されているであろう王族専用の特等席へ移動を開始するレグナス王。

こうして、厳かで神秘的な結婚式という関係者一同の当初の期待とは若干ずれたものの、無事にユリウスとエレーナは夫婦となったのであった。

☆

「それにしても、今回のドレスはすごいよね」

パレードが始まってすぐ、小さなため息とともに春菜が称賛の声を上げる。

パレード用にお色直しされたエレーナのウェディングドレスは、あえて抑えめにしてあった結婚式のものとは違い、誰の目にも明らかなほど華やかで熱意のこもった素晴らしいものであった。

「品質とか性能はともかく、デザインまわりはどないしても本職にはかなわんなあ、やっぱり」

「そういうのはセンスと歴史とどれだけいいものを見てきたかも関わってくるから、ボク達みたいなにわかだとちょっとつらい……」

「デザインの許容幅が広くて好みも絡んでくるカジュアル系ならまだしも、フォーマル系はそういう傾向がかなりあるよね～」

ファーレーン王家お抱えの針子達が見せた本気に、春菜同様ため息交じりに敗北を認める宏と澪。詩織も多少のフォローはしつつも、そのあたりのことは否定しない。

「ところで宏君。エレーナ様のドレスってプレセア様のドレスと比べてものすごく生地の質がいい気がするんだけど、何か特別なものを納品したの？」

「ファーレーン王家の針子さんが加工できるぎりぎりの生地、っちゅうことで、スパイダーシルクを特殊加工したやつを糸と生地セットで各色五反分ぐらいずつな」

「……えっと、蜘蛛《くも》仕留めに行った記憶がないんだけど、そのスパイダーシルクの原料はどこから仕入れたの？」

「神の城の原生林にな、いつの間にか良質のスパイダーシルク作る大蜘蛛が発生しとってな。ラーちゃんらが繭玉作って回収しとったらしいから、ありがたく使わせてもろてん」

「……その繭玉の芯が何だったのかが気になるような、聞くと後悔しそうな……」

「ラーちゃんらが閉じ込められとったわけやないから、安心し」

宏の回答に、さらに不安になる春菜。ラーちゃんが閉じ込められるのも嫌だが、ラーちゃん以外を捕食して蜘蛛が増えている状況というのもなんとなく嫌だ。

何より不安なのが、本来捕食される側であるはずの芋虫が、捕食者である蜘蛛を管理してスパイダーシルクを生産しているという事実である。それを成功させているラーちゃんの謎生物度合いは、もはや天井知らずだ。

もっとも、邪神を拘束してお持ち帰りできる糸を吐き出している時点で、そのあたりの話は今更なのだが。

「因みに、その特殊加工したスパイダーシルク、素材ランクとしては上から五つ目ぐらい、裁縫の中級と上級の境目ぐらいのやつやねん」

「……へえ、すごい。で、一番上は霊布として、あとの素材って何？」

「一個上がベスティアスコットンっちゅう綿で、さらにその上に同じランクでゴールデンシープウールとジズの羽毛、さらに上に世界樹系繊維があって霊布やな。世界樹系の繊維は木綿的なやつとか麻っぽいやつとか何種類かあるけど、原料からの加工手順と用途が違うだけで、原料になってる素材とランクは同じやな」

「ジズの羽毛って、羽から毟《むし》るだけならファルダニアに行く途中の私達でもできたんだけど……」

「毟るだけやったら、最低限の採取スキルと腕力握力があればいけるからな。そこから糸にしたりっちゅうと一気に難易度上がりおるけど」

「なるほどね」

ファーレーンに飛ばされて間もない頃に霊糸を手に入れたこともあり、今まであまり話題にならなかった繊維系素材について話す宏と春菜。

なお、ここでは特に話題にならなかったが、この特殊加工したスパイダーシルク、服などを仕立てる難易度は跳ね上がるが、防具としての性能は通常のスパイダーシルクとさほど変わらなかったりする。変わるのは着心地や見た目の美しさ、高級感であり、防具に使うなら同じランクの別の素材のほうが向いているのだ。

また、ランク的には標準のスパイダーシルクと特殊加工したスパイダーシルクの間にもいくつかの素材が存在するが、ここでは割愛する。

「とりあえず、衣装が今まで見た結婚式で一番すごい気がしたのも、いろいろ納得したよ」

宏の解説を聞いたうえで再びエレーナを観察、その気高くありながらも実に幸せそうな姿にもう一度感嘆と羨望《せんぼう》のため息をついて、心の底からそんな感想を漏らす春菜。

その春菜の言葉に反応し、今まで嫁いでいく姉の姿を嬉しそうにニコニコと見守っていたエアリスが口を開いた。

「そうですね。恐らくヒロシ様が直接仕立ててくださりでもしない限り、あと一世紀以上はお姉様の婚礼衣装が世界一として君臨しそうです」

「あ〜、分かる気がするよ。デザインを工夫すればもっと綺麗《きれい》なドレスは作れるだろうけど、それが必ずしも今回よりいいとは限らないし」

「あれほどの衣装となると、釣り合う宝石やアクセサリーをあつらえるのも簡単にはいきませんし……」

「何より、ユリウスさんとエレーナ様ほどの品性を備えた美男美女でなきゃ完全に衣装に負けちゃって、逆に手をかけないほうがよかったってことになりそうだしね」

幸せそうに輝く笑顔で手を振る新郎新婦に目を向けたまま、思わずそんなことを考えてしまうエアリスと春菜。

間違いなく、今後数年はこれを超えるものなど不可能だと断言できる、ある種究極ともいえる結婚式。

そもそも新郎新婦自体がこの世界で屈指の血筋や身分、実績、名声を持つ人物であり、容姿も端麗。この時点ですでに、超えられる可能性がある未婚の人物はレイオットぐらいしかいない。

さらに、最低でも今回のスパイダーシルクを仕立てられる仕立て屋への伝手《つて》と、発注できるだけの資金力が必要となる。しかも、その仕立て屋が、依頼人の魅力をさらに引き立てる衣装を作れるとは限らない。

そう考えると、今回以上の結婚式を見られるかどうかは、完全にレイオットにかかっている感じである。

なお言うまでもないことかもしれないが、春菜もエアリスも自分を除外しているのは、宏以外の相手を考えられないことに加え、あくまで見る立場として検討しているからである。

いかに今回の結婚式を超えられようと、自分達が主役になってしまってはリアルタイムで見ることができないので意味がない。

「でも、パレードはともかく、結婚式にはあこがれるよね、やっぱり」

「はい。いつか私も、こんな風にお互いを想いあい、周囲に祝福されるような式を挙げられたらと思います」

見る立場ではレイオットの式を待つしかないと、サクッと割り切り、わざとらしく宏をチラ見しながらそんなことを言い出す春菜とエアリス。

「その時は三番目でも四番目でもいいから、ボクもちゃんと交ぜてほしい」

「そうですよね」

春菜とエアリスのわざとらしい露骨な、だが直接相手を示さないやり方でのアピールに便乗し、澪も結婚願望を口にする。さらにこれまで一歩引いた立場できらきらと目を輝かせながら結婚式とパレードに見入っていたアルチェムまで加わり、にわかに色恋ムードが高まる。

「なあ、ヒロ。あいつらかなり露骨にアピールし始めたんだが、体は大丈夫か？」

「正直、あんまり良うはないけど、僕が口挟むんも角立つやろうしなあ……」

「そのあたりは全員わきまえてるから、もう少し控えめにやってくれって頼めば、いつもぐらいまで落ち着くとは思うんだが？」

「せやろうけど、結婚式っちゅうおめでたい場で、自分らもいずれこういう式挙げたい、みたいな出て当たり前の会話に文句言うんも感じ悪いやん」

「まあ、そうだけどなあ……」

宏の言葉に、なんとなく困った顔をしてしまう達也。

宏の言い分も分かるが、それで宏一人だけが居心地の悪い思いをするのも、おめでたい場にふさわしくないのではないか、そう思わずにはいられない。

かといって、宏の言うとおりこの程度の会話にいちいち釘《くぎ》を刺すのも感じが悪く、そうでなくても色恋がらみに関して春菜達はずいぶんいろいろと我慢をしてきている。

浮かれて当然のこの状況で、出てこないのが不思議としか言いようがない内容の会話をするぐらいは大目に見るべきではないか、と宏が居心地の悪さに耐えようとするのも理解できてしまうのだ。

誰が悪いわけでもないし、達也が口を挟むべき種類の問題でもないのだろうが、それだけにどうにももやもやするものがある。

「結局のところ、向こうが愛想尽かさん限り、いずれは避けて通れん話ではあるんやろうけどなあ……」

「そうだろうが、じゃあ、今話が盛り上がって結論出せるのかっつうと、そうじゃないんだろう?」

「そらまあ、いろんな意味で先送りしたいところやで……」

「だろうな。つうか、それとは別の問題として、なんか一夫一妻にこだわってた春菜ですら、最近はエル達と一緒なら独占できなくてもいいか、みたいな雰囲気になりつつあるんだよなあ。そうなってくると、全体的に寿命の問題から解放されつつある現状、どうにかがんばって一人に決めても問題は解決しそうにねえんだが……」

「言わんといてや……」

達也の指摘に、悩ましい表情でうめく宏。宏の症状が改善するに従って、考えるべき問題が変化してきているが、それは必ずしも解決の方向に向かっているわけではない。

むしろ、特定の異性に限れば、宏のほうで身も心も女性を受け入れられるだけの態勢が整い始めているからこそ、問題がややこしくなっているのだ。

もっとも、その変化の速度はナメクジの歩みよりも遅く、全体的にヒューマン種の寿命から解放されてしまいつつある状況でなければ、素直に諦めろと女性側を諭すべきなのは間違いないのだが。

「正直、俺としてはどっちに転んだところで協力するつもりではあるんだが、一人に絞るほうはまだしも、全員受け入れて、ってのはどう協力すればいいのか分かんねえのがなあ……」

「せやなあ……」

「ただまあ、最終的にどうするにしても、一度は恋愛ごっこ的なステップを踏まざるを得ないんじゃないか、ってのは思う」

「恋愛ごっこって、それええんかいな……」

「状況としてはだいぶ違うが、お見合いパーティとかで連絡先を交換した後、何度かデートしてどうするか決めるのと同じような感覚だろう。普通は、それを不誠実とは言わないしな」

前提条件が全然違う話を持ち出す達也に、本当に？　という視線を向けざるを得ない宏。

それに苦笑しつつ、女性問題で宏が少しでも前に進んでくれればという祈りを込めて結論を口にする達也。

「なんにしても、先走ってもいいことはなにもねえから、あとで必要そうなら春菜達にも少し落ち

着くように言っておくわ。もっとも、いずれ全員と個別に一度ずつデートなり恋愛ごっこなりする
ことにはなりそうだけどな」
「なんかこう、それって女とっかえひっかえしとるようで、ものすごい感じ悪そうやねんけど
……」
「俺の経験から言わせてもらうと、事実関係がどうであれ、複数から言い寄られてる時点でそのイ
メージから逃れられねえから、そこは諦めるしかないだろうな」
身も蓋《ふた》も、さらに言えば情けも容赦もない達也の断言に、がっくりうなだれる宏。実際のところ、
事情や経緯を詳しく知るテレスやノーラですら、宏に同情的ではありながらも多少はジゴロのよう
なイメージを持っていたりする。部外者となれば、このあたりはどうにもならないだろう。
なお、どうでもいい余談ながら、澪やエアリスの存在を知った蓉子《ようこ》をはじめ春菜の同級生達の間
では、断れるほどの能力を持たないヘタレが逃げ切れずに複数の女に性的な意味で食われた場合、
浮気したことになるのかどうかというなんとも言いがたい議論が交わされているのは、宏はおろか
春菜すら知らないここだけの話である。
「……とりあえず、あんま余計なこと考えんと、パレードに集中やな」
「……そうだな。まだ猶予はあるんだし、今はのんびり祝おうか」
いろいろ怖い考えに行き着きかけ、強引に話を切り上げる宏と達也。
「……なんだか、羨《うらや》ましい、です……」
そんな宏と恋する乙女達の反応に、どことなく切実な色をにじませながらリーファが呟《つぶや》く。
そのリーファの様子に気がついた詩織が、不敬を覚悟のうえで慰めるように軽くリーファの頭を

なでる。

「焦らなくても、大丈夫ですよ〜」

「……そうで、しょうか……？」

「はい！」

力強く勇気づけてくれる詩織に対し、嬉しくなってぎゅっとしがみつくリーファ。髪と瞳の色が近いだけあって、その姿はまるで親子のようだ。

実際、この世界では、詩織とリーファぐらいの年齢差の親子は珍しくない。

「焦る気持ちも分かりますけど、リーファ様はむしろ、まだ子供でいないとだめだと思いますよ〜？」

「……そう、なのかな……？」

「ええ。しっかり子供を経験しておかないと、ちゃんと大人になれませんからね〜」

しがみつきながら上目遣いでそう聞いてくるリーファを、あふれんばかりの母性でぎゅっと抱きしめて甘やかす詩織。

初めて見せるリーファの本当に子供らしい姿を、三人の王妃が実に羨ましそうに見つめる。その表情は羨ましさ六、嬉しさ三、母親的な役目を取られた悔しさ一といったところであろうか。

「多分、普段はそう簡単に素直にはなれないでしょうけど〜、こっちにいるときは、いつでも甘えに来てくださいね〜」

「……いいの？」

「大歓迎ですよ〜。ただ……」

「ただ……？」

「あちらの皆様にも、ちゃんと甘えてあげてくださいね～」

そう言って、全身から羨ましいというオーラを高濃度で発している王妃達に視線を向ける詩織。

それを見て、人見知りするように詩織の陰に隠れようとするリーファ。

その仕草を見て完全に火がついてしまった王妃達が、この結婚式を境にどうにか自分達も詩織くらいに甘えてもらおうと全力で愛を注ぎに来るのだが、ファーレーンに来るまで愛された経験に乏しかったリーファには、王妃達がそこまで自分を愛してくれていると察することは不可能である。

「……まあ、この様子なら、数年以内に次の式には至れそうで、何よりだな」

「……父上、私やヒロシにそれを期待するのは、さすがに先走りすぎではないか？」

「正直、どちらもすでに外堀は埋まっているようにしか見えんが。それともお前は王女が適齢期になる前にあれ以上の、それもお前と年回りの釣り合いが取れそうな女性が現れると思うか？」

「……」

レグナス王――父の言葉に、思わず黙り込むレイオット。

実のところ、リーファがまだ子供ゆえに現時点で恋愛感情こそ持ちようがないが、未婚で自身と歳が近く彼女と同等以上にいい女、というのが高望みにもほどがあることはいやというほど分かっている。

相手がまだ子供という点で今結婚相手として検討することにはどうしても抵抗があり、だが明確にノーを突きつけられるほど嫌っているわけでもないため、つい逃げの態度を取ってしまうレイオット。それがどれほど格好悪く相手に不誠実かなど、昨日のエアリスの、逃げずに正直に接したほうがいいという指摘と叱責《しっせき》がなくても十分自覚はある。

態度の決定という意味ではそろそろ潮時なのだろう。だが、もう少し、せめてリーファがちゃんと大人になるまでは時間が欲しいというのも、割と切実な本音ではある。

「……とりあえず、父上」

「なんだ？」

「王女は、エアリス以上に子供でいられた時間が少ない。シオリのおかげで、今日ようやく本当の意味で子供になれたのだから、王女にはもう少し子供でいてほしい。子供として愛された上で、ちゃんと大人になる時間を持ってほしい」

「そうだな」

「私自身も、ちゃんと子供を経験せぬままの王女に対しては、正直どんな答えを出しても納得できそうにない。私が王女に対してどう応えるかは、王女が正しく大人になれたときではいけないのか？」

「昨日までのお前の言葉であれば、却下だったがな。往生際の悪い逃げ口上ではないようだし、王女のことを考えるならそのほうがよさそうなのも確かだ。今は彼女を見守る時間ということで、かまわんよ」

「そうか、ありがたい」

そう言って一つため息をつき、おっかなびっくりという感じではあるが詩織に全力で甘えるリーファを、どこか慈しむように見守るレイオット。

その様子に、よもや父性愛に目覚めんだろうな、などと心配しつつ約束どおりしばらくは傍観することにするレグナス王。

「なんだか、結婚式にあてられてあっちこっちで恋の花が咲いているのです。正直、非常に居心地が悪いのです……」

そんな風にあちらこちらで色めいた話がささやかれ、居心地が悪いにもほどがある状況になったノーラが、やさぐれた表情でケッと吐き捨てる。

それに同意して頷きつつ、色恋ムードに耐えきれなくなって逃げてきたマークにテレスが話を振る。

「マーク殿下は、そういうのは大丈夫なんですか？」

「こっちは、兄上が形になってくれないと、というのもあるが、そもそも空白の世代という感じで成長待ちという部分が……」

「お互い、大変なのです……」

「まったくだ。というか、お前達とこんな形で居心地の悪さを共有するとは思わなかったぞ……」

「居心地の悪さを共有しているうちに、既定路線的な感じでくっつけられたりしないといいんですけど……」

「さすがにそうなってしまうと申しわけなさすぎるので、同志がいなくなるのは寂しいのですが少し離れていたほうがいいかもしれないのです」

「そっちが嫌なら全力で潰《つぶ》すから、心配はいらない。というか、オクトガルにいじられておもちゃとして遊ばれるような王子なんて、対象外だろう？」

マークの自嘲《じちょう》気味の発言に、わずかに目を逸らしながら否定も肯定もしないテレスとノーラ。仮にマークと結婚することになっても拒否感はないが、かといって恋愛対象として見るのは少々厳しいのも事実だ。

テレス達にとって、マークは弟属性が強すぎて恋愛的な観点ではどうしても一歩足りないところがある。結婚相手としては申し分なく、家庭を作る相手としては悪くないどころか上の上なだけに、そのあたりがどうしても響いて、マークという個人を正当に評価していないのではないかと悩んでしまうのだ。

政略結婚も当たり前、という価値観で育ってきたわけではないテレスとノーラの場合、そこを割り切るのは難しい。そういう引け目があると、上手《うま》くいくものもいかなくなると本能で悟っているがゆえに、マークの問いには答えようがないのである。

「……まあ、お互い、なるようになるだろうさ」

「……この件に関しては多分、割り切り方と割り切りどころを知っている殿下のほうが分《ぶ》がよさそうな気がするのです……」

同じような立場であるマークに慰められ、へこみ度合いをさらに大きくするノーラ。

結局、ユリウスとエレーナの結婚を全力では祝えない心境になってしまったからか、テレスとノーラ、マークの三人には、最後までこの結婚による特需的なカップル成立ラッシュの恩恵は及ばないのであった。

第20話　ひらがなで『いもや』でいいんじゃね？

「体育祭も終わったことだし、そろそろ文化祭に向けて全力を出すわよ！」

地域の運動会・体育祭ラッシュも終わった十月下旬。一日の終わりのホームルームで、文化祭実行委員の安川《やすかわ》がそう宣言する。

「まあ、あと一カ月ほどだしなあ」

「そろそろ、店の外観とレイアウトくらいは決めないとだからなあ……」

「あと、結局、服はどうするんだっけか？」

安川の宣言を受け、ややローテンション気味ながらも、思考を文化祭に切り替えていくクラスメイト達。

この日は、体育祭が終わってから十日ほど。体育祭その他で遅れ気味になっていた受験勉強に全力投球していたこともあり、実行委員以外はすぐには文化祭に思考が切り替わらないようだ。

その体育祭自体は事前の予想どおり、全員参加の綱引きとハプニング満載の借り物競争以外は盛り上がりもほどほどだった。綱引きは宏《ひろし》のいるチームが圧勝し、対戦者全員から壁に固定したロープを引っ張っているような感覚だったと感想があった。

また借り物競争では、お約束のエロ系のネタとして未開封のブリーフ以外にも、下手なエロ本よりもエロい全年齢対象の漫画やライトなＢＬ本が仕込まれており、特に全年齢対象エロ漫画に関しては、まるで自分の性癖をさらせと言わんばかりに恐ろしいほどの種類が用意されているという展開に男子一同が戦慄《せんりつ》していた。

他にも『三大お姉さま』や『今後が気になる二人』といったお題も含まれており、その絡みで春《はる》菜《な》も宏もきっちり借り物として巻き込まれているが、そちらは別段トラブルも発生していないので割愛する。春菜がアンカーとして参加したリレー二種も、普通に春菜が一位でゴールするというありきたりな展開なので詳細は省く。

なお、エアリスの運動会観戦に関しては、詩織《しおり》の提案どおり綾羽乃宮《あやはのみや》家の関係者という形で神楽《かぐら》のものを見ることに成功。運動会という文化を正しくウルスへと伝えることができた。

冬華《とうか》に関しては、エアリスの目で見たものを共有するというやり方である程度臨場感を伝え、その上でいくつかの映像を見せたので、エアリス同様運動会に関する理解はほぼ完璧なものとなっている。あとは、いずれ彼女が参加できるように、というのが今後の関係者の課題だろう。

「それじゃあ、早いうちに進めておかなきゃいけないことを、優先して決めていきましょう」

「そうだね。とりあえず、材料の発注なんかが関わってくるから、まずは服かな？」

「服っていうかエプロンね。百均で同じ色のを人数分買えばいい気もしてるけど、どうかしら？」

蓉子《ようこ》の指摘を受けて春菜が挙げた最初の議題に、安川が前々から考えていた提案を口にする。手間もコストもかからない安川の提案に異議なしの声が上がる前に、春菜がおずおずと手を挙げる。

「えっと、藤堂《とうどう》さん、何かあるの？」

「なんか、家の権力とかコネを使い倒すみたいな感じで気は進まないんだけど、うちのお母さん達の親友でアパレル関係やってる人がね、新人教育も兼ねてぜひ協力したいって言ってきてるんだ。新人教育だから、費用はこっちの予算に合わせてくれるって」

「……藤堂さんの関係者でアパレルがらみ、っていうだけでもいろいろ怖いわね……」

「だよね。それに、もともと手を抜く予定のところとはいえ、その気になれば自分達で作れるものを外部に頼むのは、趣旨からいってどうかっていう疑問もあったから、ここは相談かなって」

安川と春菜のやり取りに、クラスメイト全員が沈黙する。

過去にも生徒の持つコネで文化祭の間しか使わないLEDパネルをプロ仕様のオーダーメイドで格安提供してもらったり、業務用の高性能な機材を材料込みでタダ同然の値段で借りたりといったことはなかったわけではない。

ただ、今回に関しては、すでに天音《あまね》から芋焼き機を借りているうえに、場合によっては追加で機材を借りる話もついている。そこに、エプロンとはいえ衣装まで特注品を外注するのはいかがなものか、という点が春菜としてはどうしても引っかかるのだ。

そのあたりはクラスメイト一同も同じらしく、さらに春菜の関係者＝基本的に一流以上、という図式も相まって腰が引けてしまっているのである。

「ねえ、春菜。一応念のために確認しておきたいんだけど、先方は作るのがエプロンってことと大まかな予算は知ってるの？」

「うん。単に作るだけなら、一枚百円未満で人数分っていうのは余裕だって言ってたよ。ただ、生地の質は普段使ってるのよりかなり落とすことになるみたいだけど」

「そう。単に作るだけ、っていうのはどういう意味？」

「デザインとかが決まってて型紙が最初からあるんだったら、ってことなんだけど、向こうが協力させてほしいっていうのは、むしろデザインと型紙作りの部分なんだって」

「……それ、ものすごく高くなるんじゃない？」

「だから、新人教育の一環として、研修費と広告費って形で経費で落として、材料費だけこっちから徴収する形でやりたいらしいんだ。こういうのってノウハウ面でも結構おいしいみたいで、問題ないならぜひやりたい、って」

聞けば聞くほど断りづらい条件である。むしろ、なぜにこれほど好条件を出してきているのか、そこがすでに疑わしいレベルだ。

「ねえ、春菜ちゃん。意地でも断らせまいって感じなんだけど、何か他に裏はないの？」

「裏っていうか、天音おばさんだけ私達に協力してるのがずるい、みたいな感じ？」

「ずるいって……」

「美優《みゆ》おばさんやうちのお母さんは毎年のことだからいいんだけど、今年は天音おばさんも協力しちゃったから、小学校の頃から仲良しなのに一人だけ外されたみたいな感じで寂しかったらしくて……」

「うわあ……」

春菜から聞かされた相手方の本音に、思わずドン引きした声を上げる美香《みか》。

他のクラスメイトも、高校生の子供が普通にいる世代とは思えない子供じみた理由にどうコメントしていいか分からず、あちらこちらで描写できない種類のうめき声を上げている。

「えっと確認だけど、三十六人分で税抜き三千六百円で作ってくれる、っていうことでいいの？」

「うん。で、それとは別に先方からの提案なんだけど、税抜き八千円出してくれるんだったら、三角巾もセットにした上で百均のより何段かいい素材使って丈夫なのを作ってくれるって。あと、これはエプロンだけでも三角巾のセットでも同じなんだけど、今日の段階で屋号決めておけば、ロゴマークもデザインして刺繍《ししゅう》してくれるみたい」

「……だそうだけど、どうする？　頼んじゃってもいい、って人は挙手」

安川の確認に、手を挙げたのが十六人。過半数にやや届かないところである。

「過半数に満たないから、頼まない方針でいいのかしら？」

「いや、その前に確認しておきたいんだが、東《あずま》と藤堂が挙手してなかったのは反対だからか？」

「私は立場上棄権したんだ。賛成票でも反対票でもないって扱いでお願い」

「僕も、そのあたりの経緯知っとるから今回は棄権するわ」

クラス委員の山口《やまぐち》に質問され、手を挙げなかった理由と事情を告げる春菜と宏。

「だそうだから、反対って人間のカウントも採っておいたほうがいいだろう」

「そうね。じゃあ、反対の人、挙手」

そう言って安川が反対票を確認する。その結果、手を挙げたのは十四人で、六人が棄権となった。

「過半数じゃないけど、多数決だと賛成票のほうが多いわね。だったら、発注するってことで問題ないかしら？」

「別にいいんじゃない？　ってか、断固反対って人はいるの？」

念押しするように確認する安川の言葉に、反対票を投じた女子がクラス全員にそう問いかける。

その問いに対して、誰からも反応はなかった。どうやら、反対している人間もなんとなく反対という程度で、絶対に嫌だと言い切れるほどの理由はないようだ。

結局のところ、春菜の身内が関わって話が大きくなりはしたが、所詮《しょせん》はたかがエプロンの購入先の決定でしかない。コスト的に大差ないのであれば、百均だろうがデザイナーズブランドになろうがどうでもいい、というのが賛成派反対派双方の本音だろう。

クラスの空気を悪くするほどにこだわっている人間など、誰一人としていないのだ。

「だったら、お願いする方針で。あと、三角巾も一緒に頼んじゃっていいかしら？」

「いいんじゃない？　食材の大部分を藤堂さんが無償で提供してくれるんだし、予算に余裕はあるんだろ？」

「そうね。食材で買う必要があるのは、芋煮やおでんに使う肉類と練り物系に調味料だけだものね。それ以外に模擬店で必要になりそうなものも、消耗品以外の大半は学校の備品でいけるし」

「だったら、そのあたりは決定でいいっしょ」

「反対って人は…………いないみたいだから、エプロンはそれで。藤堂さん、お願いね」

「うん。頼んでおくよ」

何人かのクラスメイトの発言をもとに安川が決を採り、春菜に発注を頼んでエプロンの話を終わらせる。

「で、次はお店のレイアウトや外観、それとせっかくエプロンに刺繍してもらえるんだから、屋号も決めちゃいたいんだけど、その前に機材担当の東君と藤堂さんに確認したいことがあってね……」

「確認したいこと？」

「機材の話も出るっちゅうことは、なんぞメニュー増やすことにでもなったか？」

「増やせるかどうかの確認、ね。生徒会から許可をもらったときに、このメニューだったらじゃがバターを増やせないか？　って言われたのよ」

「「「「「ああ……」」」」」

安川が話し合いとして持ち出したじゃがバターの一言に、非常に納得した感じの声がクラスのあちらこちらから上がる。

その反応にしばし考え込み、宏が口を開く。

「機材に関してはまあ、増やすんは増やせるわ。せやけど、ものっそい作業忙しいなんで」

「そうよねえ……」

「あと、機材増やす場合には二パターンあってな。一つは普通にガスコンロ一個増設して一般家庭でもできるやり方で作って供給する方法やけど、ものすごい手がかかるうえにお客さんようけ来たら間に合わんのが問題やな。もう一つは、どうせ芋焼き機借りるから、綾瀬《あやせ》教授に別の機材も一緒に借りる方法やな。これは焼き芋とおんなじで業務用レベルの機材借りれるから、供給できるじゃがバターの量は多くなるで」

「……綾瀬教授って、いろんなもの作ってるのね……」

「変な気ぃ起こさせんように、新技術開発したときの実験機は基本、すでに市販品で十分以上なもんをコストあわんレベルで技術の無駄遣い的な感じで作るんやって」

「なるほどね……」

宏の説明に、深く納得する安川。芋焼き機という前例があるので、説得力は十分だ。

なお、おでんに使う鍋については、業務用の機材を学校が、というより厳密には学食が保有している。文化祭とその準備期間に限り学食からレンタルが可能で、学食がおでんの提供を始めるのは文化祭以降になるのが潮見《しおみ》高校の伝統である。

蒸し器に関しては残念ながら既に学食でフル稼働に近い状態で使われており、消毒などの管理上の問題からコンビニその他で使われているものは借りることができない。業務用の大型の蒸籠《せいろ》は学食から借りられるので、肉まんなどをやるとしたらそちらになるのだ。

「食材のほうは、大丈夫そう？」

「イモ類と根菜は、畑の地主の安永《やすなが》さんの倉庫に、一般家庭の消費量じゃ十軒単位でがんばっても消費しきれない分量保管させてもらってるから、じゃがバターぐらいなら問題ないよ」

しれっと春菜が告げた食材の量に、クラス中からざわめきが起こる。

そもそも家庭菜園自体が、持て余すほどの収穫物ができるのがデフォとはいえ、さすがに農家の倉庫を借りなければいけないというのは豪快に過ぎる。

実は各種芋がまだまだ収穫期真っ最中だとか、大根をはじめとしたもうちょっと収穫期が先になるはずの野菜が穫《と》れ始めているとか、逆に夏野菜の一部が復活してまた収穫できるようになっているとか、春菜の畑はなかなかファンタスティックな状況になっているのだが、説明しても信用してもらえないので黙っている。

「あとは作業スペースの問題やけど、食材の仮置き場に予備の鍋も考えたら、多分教室の半分近くは食い潰《つぶ》すやろな」

「そんなに必要になるかしら？」

「機材の量がなあ。それに、寸胴鍋《ずんどうなべ》いっぱいでも作れる量としては知れとるから、焼き芋のえげつない集客力考えたら、絶対途中で追加が必要になりおるで」

「……そうね。確かに、焼き芋は危険ね……」

出来たてアツアツの焼き芋が放つ匂いの魔力を思い出し、真剣な顔で頷《うなず》く安川。芋焼き機の試運転をしたあの日は、両隣のクラスに残っていた連中からの突き上げがすごかったのだ。

しかも、焼き芋というやつは食べ歩きにも悪くない。つまり、客がそのまま宣伝もしてくれるわけで、その集客力は計り知れない。

「これで当日寒かったら、どんだけ仕込んどっても足らんかもしれんで」

「……そうね、分かったわ。イートインスペースはある程度諦めて、教室の前半分は調理スペースってことでいいわね？」

「異議なしだが、こりゃ、調理実習室もひどいことになりそうだなあ……」

「なんだか私達、自分からいばらの道に踏み込んじゃったかもしれないわね……」

宏の指摘から始まった一連の話に、思わず早まったかもと思い始めるクラスメイト一同。

そんなクラスメイト達に、何を今更という感じで宏が話を進める。

「で、今日決めてまいたいっちゅうとったうち、レイアウトは機材確認してからになるから、あとは店のイメージと屋号やな」

「そうね。といってもまあ、このラインナップで思いつく屋号って、そんなにバリエーションはないわよねえ……」

「そうそう。こういうのはベタなほうがいいよな、絶対」

「てか、このメニューで店の名前とか格好つけるのって、逆に痛々しいよなあ」

「うん。うちのクラスだったら、そう言うと思ってたわ」

宏に水を向けられ、安川を中心に店の名前について前振りのような会話を始めるクラスメイト達。主に男子が悪ノリしている感じだが、口を挟まないだけで女子も特に異を唱える様子はないあたり、考えていることは似たようなものらしい。

「ベタでややダサい感じがよさげっつうことで、ひらがなで『いもや』でいいんじゃね？」

「名が体を表しまくってるうえに、わざとらしいぐらい狙ってつけてるのが分かる絶妙なダサさがいいな、それ」

「つうかやべえ。なんか、その名前聞いたらそれ以外思いつかねえ……」

「だったら、『いもや』でいい？」

「「「「「異議なし！」」」」」

妙なテンションに押され、満場一致で屋号が『いもや』に決定する。

「いもやって名前だと、コント番組とかで見かけるような、ボロいとレトロが紙一重って感じのイメージがいいんじゃないかしら」

「あ〜、分かる分かる！　飲み屋っぽい感じで一番の売りは肉じゃがです、みたいな」

「今回は肉じゃがじゃなくておでんだけど、まあそのイメージは分かるな」

「問題は、そこにあのメカニカルな芋焼き機が鎮座することだが……」

「いいんじゃない？　そういうお店って、たまに店の外観とか内装から浮いた、めちゃくちゃ最新鋭の機械とか置いてあったりするし」

屋号を決めたテンションで、店の外観イメージも一気に決める。あくまでイメージなので、実際にできるかどうかについては、今日の時点では深く追求しない。

「じゃあ、店のイメージはそういう感じっていうことで、悪いけどどの程度のことができるかとかどれぐらい予算がかかりそうかとかは、その手の作業が得意なメンバーで話し合って今週中に教えてちょうだい。それ以外の人達は、明日からできるだけ時間取って料理の練習ね。藤堂さん、最初だけ指導お願いね」

「分かったよ。あ、そうそう。おでんのダシは今日からちょっとずつ育てていこうかと思うんだけど、どうする？」

「育てるって？」

「食べてもらうあてはあるから、毎日おでん作ってあっちこっちで振る舞って、前の日のダシを次の日のダシに混ぜるやり方で味を深くしようかな、って」

「……それ、どこの老舗料理店よ……」

早速暴走気味な発言をする春菜に、どうしたものかと眉間にしわを寄せる安川。正直、そこまでのクオリティは求めていない。

「ねえ、春菜。よく考えて」

「何を？」

「豚汁風の芋煮、みんなで作るのよ？」

「そうだね。それで？」

「おでんだけそんな手の込んだことしちゃったら、バランス取れなくなるでしょ？　そうでなくても、人によって料理の腕に差があるんだから」

「あ～……」

いろんな意味で見かねた蓉子が、春菜にそうやって釘《くぎ》を刺す。

それを受け、さすがにやりすぎかなと反省する春菜。

「まあ、どの程度のことまでするかは、また明日考えようよ、ね」

どことなくしょんぼりする春菜に対する美香のとりなしに、クラスのあちらこちらから同意の言葉が上がる。

こうして、後々まで様々な伝説を残すことになる模擬店『いもや』は、様々な波乱の予感を抱かせる形でスタートを切ったのであった。

☆

「これが、教授からレンタルしてきた万能蒸し器や」

翌日の放課後。職員室に預けておいた蒸し器を回収してきた宏が、クラスメイトの前で現物を披露する。

今回天音から借りてきた蒸し器は、前回の芋焼き機と違ってホットプレートぐらいのサイズしかない。セットで借りてきた蒸籠を含めても、生身で運搬するのには困らない大きさである。なので、昨日の話し合いの後、週一の診察の際に天音から直接受け取ってきたのだ。

「相変わらず妙にメカニカルなのは変わらないとして、今回のは本体部分は薄いんだな」

「上に蒸籠のっける構造になっとるからな。因《ちな》みに、こっちがオプションの専用引き出し式多段蒸籠な。多分どっかで似たようなんを見たことあるとは思うんやけど、こういう感じで引き出して食材の出し入れできるから、いちいち上のんどけんでも中身の入れ替えとか出来具合の確認とかが可能になっとんねん」

そう言いながら、机を二つ合わせて機材をセットしていく宏。心得たもので、春菜のほうもすでにジャガイモのスタンバイを完了している。

「例によって、起動は水電池。ただ、今回は結構な量の蒸気を使うから、こっちのタンクに一リットルほど水を投入したらなあかんみたいやな」

「ほうほう。途中で水を足す必要は？」

「そこは試してみんと分からんけど、専用の蒸籠でやる分には、大部分が中で循環してフィルターで浄化した上で再利用されるっぽいわ。目減りした分も空気中の水分を集めてある程度は補えるそうやから、少々は大丈夫そうやな」

「……また、無駄にハイテクだな」

「ぶっちゃけ、一見ただの普通の木製蒸籠にしか見えんこの専用蒸籠が、本体と同等以上に超技術の塊になっとるからなあ」

蒸し器と専用蒸籠の仕様書を見ていた宏が、クラスメイトに対してそんな回答を返す。

実際この蒸し器は、木製のものにどうやってそこまでの機能を詰め込んだのか、と小一時間ほど問い詰めたくなるほど高性能である。

食材の出し入れの時以外に、否《いな》、出し入れの時も引き出した段にたまっていた蒸気以外は一切漏らさない密閉性能もさることながら、閉じている間は蒸気を一滴残さず正確に循環させて蒸し器本体に戻す機能に、むらなく隅々まで加熱する隙《すき》のない調理能力、挙句にどの位置の食材が蒸し上がったかをユーザーに知らせる機能まで搭載されているのだ。

蒸し器とセットでなければ使えないので市販はされていないが、本体のコストさえクリアできれば観光地などで大きな需要が見込めそうな代物である。

だが、残念ながら前回の芋焼き機同様、ジェネレーターまわりのコストダウンが難航しているうえに専用蒸籠の隅々まで蒸気を行き渡らせ、さらに蒸し具合を正確に把握する機構が難しく、現時点では商品化の目途は立っていない。芋焼き機と比べると半額程度までコストは落とせているものの、元が高すぎるうえ、専用蒸籠も普通のものより高価になるため、その程度では話にならないのだ。

売るものが一個五百円程度の肉まんでは設備費の回収に二十年以上かかり、現時点では量産によるコストダウン効果も薄いとなると、商品化しても需要がない。

専用蒸籠の機能だけを使い熱源を普通にガスなどに頼れば、という案も、本体側の重要な機能を蒸籠のほうに組み込むのが難しく、なかなか進まないらしい。

もっとも、思いつくだけの機能をぎっちり詰め込んだ最終進化型をベースに、コストを抑えるためにデチューンを行う作業というのは、技術を磨くという観点では大いにプラスに働く。

魅力的だがそのままでは市販はおろか模倣もできない、なんてものをわざとらしく作っては公表する天音に踊らされている気がしつつも、日本の各メーカーは日々それらを市販できるように切磋《せっさ》琢磨《たくま》を続けているようだ。

「食材によって蒸し時間変わる感じやな。さすがに熱うて器かなんかないとあかんから、各人皿の代わりになりそうなもんと箸は自前で用意したって」

「弁当箱のふたでいいか？」

「ええんちゃう？　っと、そろそろ最初のは蒸し上がりそうやな。受け皿準備できた人から並んでや」

宏に声をかけられ、男女関係なく弁当持参組がずらっと並ぶ。

それを見た宏が思わず苦笑しながら、皿として使われる弁当箱のふたを受け取ってジャガイモをのせ、隣でスタンバイしている春菜に渡す。

宏から渡されたジャガイモに春菜が手早く切り込みを入れ、真ん中にバターをのせて先頭の生徒に返す。その異常に手慣れた動作に、クラス中からどよめきが発生する。

「醤油《しょうゆ》その他はそっちに置いてあるから、好みでかけたって」

宏にそう促されて我に返り、調味料スペースに移動する最初の一人。その後も次々にジャガイモは配られていき、あっという間に全員に大ぶりでほくほくのじゃがバターが行き渡る。

なお、弁当組ではない人間はどうしたかというと、ひそかに数人が学食に走って皿と箸を借りてきていたりする。宏が言う前に気がついて走った人間がいたあたり、なかなかの察しの良さだ。

「とりあえず、提供作業はこんな感じになるんやけど、どない？」

「多分、かなりもたつくよなあこれ……」

「切り込み入れる役とバターをのせる役は別に必要ね」

「あと、バターを事前にどれだけ用意しとくかも考えないと……」

結構な手際を要求される提供作業に、悩ましそうにクラスメイト達がささやき合う。

一見簡単そうに見えたジャガイモに十字の切れ目を入れる作業も、スピードを要求されれば見た目ほど簡単にはできないことは分かっているらしい。

ただ、その間もじゃがバターを食べる動きが止まらないあたり、よほど美味《おい》しかったようだ。

「ほかのんに関しては、焼き芋と芋煮はそない難しいはないわな。焼き芋は取り出して古新聞とかチラシに軽くくるむだけやし、芋煮は器に適当に盛ったるだけやし」

「そうだなあ。こうなってくると、ヤバいのはおでんとじゃがバターか……」

「せやなあ。特にじゃがバターは渡すんが結構スピード命になりおるから、前日は周りのクラスに差し入れ、あたりの口実で練習せんとあかんやろな」

スピード命という宏の言葉に、おでんとじゃがバターの話を振った田村《たむら》が頷く。そんなにすぐに冷めてしまうものではないにしても、あまりもたつくとどんどん味が落ちる。

「前日、なんて言わずに三日前ぐらいから毎日やるぐらいでないと駄目なんじゃないか？」

「かもしれないけど、さすがにそこまでは材料の都合で難しいんじゃないかしら」

なぜかやたらやる気を見せる田村に対し、蓉子が予算的な側面から即座に否定的な見解を示す。

「ジャガイモとかサツマイモとかは私の畑からいくらでも提供できるけど、バターは買わなきゃいけないんだよね」

「残念ながら、酪農まではやってへんからな」

「そりゃそうよ。というか春菜も東君も、実家が牧場か農業高校に通ってるかのどちらかでもない限り、普通一般的な高校生は酪農に手を出してたりはしないものよ」

蓉子の見解に同調するように、何やらおかしなことを言い出す春菜と宏。

その言葉に、思わず呆《あき》れたように突っ込みを入れる蓉子。

「でもまあ、前日の練習は絶対必要だよな、これ」

「まずは誰がじゃがバターとおでんを担当するのかと交代要員はどうするか、休憩時間のスムーズな交代はどうやるか、ってのをきっちり固めてからだな」

「さっきは中村《なかむら》さんにダメ出しされたけど、明日か明後日《あさって》かぐらいに一度、今日みたいにうちのクラスの分だけジャガイモ蒸して、一人一個切り込み入れてバターのせる作業やって手際がいい人間を選出するほうがいいんじゃないか？」

ダメ出しされてなお、練習することにこだわる田村に同調するように、山口をはじめとした何人かがやたらやる気を見せる。

そもそもこんなことを練習するという発想自体がおかしいのだが、宏にいい加減毒されたか、突っ込みを入れた蓉子ですら、たかが文化祭で提供するじゃがバターごときに練習が必要だという点を否定していないところが、なかなか不思議な状況である。

もはや、このクラスがどこを目指しているのか、誰にも分からない。

「これは、人員配置とかきっちり考えないといけないわね……」

「各料理の専属だけでなく、足りない場所を手伝える遊撃みたいなポジションも必要だな」

「おでんと芋煮、追加で仕込んでおくかどうかも悩みどころね」

「追加で仕込むとなると、調理実習室に何人か常駐、って形になるな」

「調理実習室は、取り合いが激しいのよね……」

いつの間にか食べ終わっていた安川と春田《はるた》が、出てきた課題を黒板に書き連ねて検討を始める。

それを見た宏が、申しわけなさそうに口を挟む。

「悪いんやけど、僕は当日はよう参加せえへんから戦力外でカウントしてな」

「あ、そっか。そうね……」

「さすがに、東に文化祭の人口密度でがんばれ、とはとても言えないからなあ……」

「その分、準備はどんだけこき使ってくれてもかまへんから」

心底申しわけなさそうに言う宏に、苦笑を浮かべながら理解を示す安川と春田。他のクラスメイトも、こればかりは仕方がないと誰も文句を言わない。

他の学校、他のクラスならともかく、このクラスでは、人口密度もはっちゃけた格好の女も急増する文化祭に参加しろなどと、宏に強要する人間は一人もいない。

そんなことをして宏が壊れでもしたら罪悪感が半端ないうえに、宏と春菜の進展しきっているようで入口にも到達していないじれったい恋愛事情を楽しむこともできなくなる。

そもそも、こういうイベントは準備段階が一番おいしいとわきまえているので、どうせ忙しすぎて碌《ろく》に観察もできないだろうと予想される当日に宏が参加しないことは、クラスメイトとしては特に問題ないのである。

このあたりの反応から分かるように、一見思いやっているように見えてその実、ちゃんと自分達の楽しみを最優先にしている、結構したたかなクラスメイト達であった。

「で、この後は調理実習室で練習かな？」

「そうね。まずは芋煮から、かしら？」

「かな？　なんだかんだ言って、一番作業の量が多いし」

「ほな、こっちはその間にざっとレイアウト決めてまうから、安川さんか春田君かは残っとってくれるか？」

「だったら、俺が残る。あとで議事録見せるから、気になる点があったら指摘してくれ」

「了解。じゃ、行きましょっか」

そう言って、練習組を引き連れて調理実習室に移動しようとする安川。教室から出ようとしたところで、ものすごい人数の生徒がスタンバイしているのを目撃して硬直する。

「前の焼き芋といい今回のといい、お前らだけ美味《うま》いもの食ってずるいぞ……」

「文化祭の出し物の検討っていうのは分かってるんだけど、さすがに教室で匂いフルオープンでやるのはひどすぎるわ……」

「……これから練習で作る芋煮、配ったったらどないや？」

「……それしかなさそうね……」

宏の提案に、ため息交じりにそう同意する安川。

まだ文化祭まで一カ月はあるというのに、早くも無駄に宣伝ばっちりな状態になる宏達のクラスであった。

☆

「思ったんやけどな……」

数日後の週末の早朝、いつもの畑。農作業を終えたところで、片付けをしながら宏がポツリと呟《つぶや》く。

「今回みたいなみんなで簡単な工作するようなイベントやと、どんぐらいまでやってええんか悩むわ」

「師匠、どれぐらいまでって？」

宏の呟きを聞きつけた澪《みお》が、可愛《かわい》く首をかしげながらその真意を問う。中学生活にも慣れてきた澪は、生活のリズムが夜型に偏らないようにするため、宏達と一緒に早朝の畑仕事を行っているのだ。

最近増えてきたその微妙にあざとい澪の仕草に思わず笑いそうになりながら、宏は今回の文化祭関連の作業で思ったことを口にする。

「まあ、たかが文化祭で全力出したら碌なことにはならん、っちゅうんははっきりしとるけどな。加減の度合いが今一歩つかみきれんで気ぃ使うんよ。看板一つ作るにしても、僕が触ると絶対まともには終わらんやろうし」

「……師匠のそのあたりに関しては今更すぎると思うけど……」

「自覚しとった以上、っちゅうんが問題なんよ。これでも相当手加減はしとんねんけどなあ……」

「師匠、具体的にはどんなことがあったの？」

「こんぐらいやったらそんな問題ないか、っちゅう感じで普段のノリでプラ板とか段ボールで簡単な小物作ったんやけどな、プラ板と段ボールやのに高そうな店のインテリアにありそうな質感と見栄えのブツができてしもて、あんまりにも文化祭にそぐわんっちゅうことでアウトになったんよ」

宏の説明に、思わず呆れたような表情を浮かべつつ、確認するように春菜を見る澪。その視線を受け、安永氏に回収してもらう分の作物を積み上げていた春菜が苦笑しながら頷く。

「で、師匠。作った小物って？」

「店のあっちこっちに貼るお品書きと、テーブルに飾っとく意味不明な感じの置物な。他に造花も軽く作ってんけど、これなんか相当手ぇ抜いたのに、本物そっくりになってもうてなあ……」

「あの花はすごかったよね。正直、触覚までごまかされてた感じだったよ」

「ごまかされとったっちゅうか、錯覚やろうな。葉っぱはともかく花びらはティッシュとかも使《つこ》うとったから、見た目のせいで柔らかさの種類を勘違いしたんやろ」

「思い込みってすごいよね……」

女神なのに宏の作った造花に騙《だま》されかけた春菜が、視覚情報の威力と思い込みの影響にため息をつく。恐らくもっと力と経験のある神なら引っかかったりはしないのだろうが、春菜程度なら宏の作る偽物は本物として通じてしまうということを証明してしまった形である。

「正味な話、どこまでも手ぇ抜かなあかんっちゅうんは、それはそれでストレスたまるで」

「だよね～。宏君ががんばって自重してるから私もできるだけ自重しようとしてるけど、時々思いっきり全力で腕を振るって商売したいって衝動がどうしても出てくるよ」

「今までこういうパターンやったら、機材の段階から自作して最初から最後までずっと割と本気出してやっとったからなあ。今回は機材までやる余地がほとんどないっちゅうんもあって、参加してんのやらしてへんのやら分からん感じになりつつあるで」

「まあ、今まで屋台だの工房だの食堂だのを作ってきた宏君にとって、文化祭の作業程度じゃお遊びにもならないのは仕方ないよ。ただ、全力は無理でも、もうちょっと工夫とかはしたいよね」

「せやなあ」

たかが高校の文化祭程度で贅沢《ぜいたく》なことを言う神二柱に、じっとりとした視線を向ける澪。その視線を受けた宏が、渋い顔をしながら澪に予言をする。

「あのなあ、澪。自分かて明日は我が身やで」

「……そう、かな？」

「やってみたら、よう分かんで実際。っちゅうか、澪やと絶対我慢しきれんで手加減捨ててるはずや」

「……師匠、その予言は不吉すぎる……」

「そもそも、澪は手加減してもの作ったことなんざあらへんやろ？　これ、結構きついねんで」

宏に指摘され、返事に詰まる澪。

確かに澪は今まで、なんだかんだでわざわざ自分の技量を加減する必要はなかった。量産のためなどでスペックを抑える作業はたまにあったが、そういう作業は最高スペックを目指すのとはまた違う意味で技量が必要なので、手加減しているのとは違ってくる。

誰でも作れるようにしながら予算や生産性が許すぎりぎりまで高スペックを追求するデチューン作業とは違い、今回は全力を出せないことはない環境で、全力どころか下手をすると真面目に作業することすら許されないという実にもどかしい状況だ。

何より問題なのは、工夫しようにも現状、できることはほぼ終わっていることである。大工仕事にしろ調理にしろ、クラスメイトのレベルがもう少し上がってくれないことには作業工程のほうで工夫するのは難しい。

それ以外の部分にテコ入れとなると、それこそ醤油の自作とかその段階から始めることになり、とても文化祭の模擬店のために一カ月で終わらせられるような内容ではなくなってしまう。

「……とりあえず師匠、春姉《はるねえ》。明日から三連休だし、別のところでその鬱憤《うっぷん》晴らしたら？」

「別のところで？　具体的には？」

澪の言葉に、春菜が反射的に聞き返す。別・といったところで、日本では全力で本気の料理というのは可能でも商売は不可能だ。いくら春菜のコネでも、今日思い立って明日から三日だけ商売、というのは手続きや法的な面で厳しい。

「春姉はもう、普通にウルスで本気の屋台でもやればいいと思う。明日は残念ながら達兄《たつにい》も詩織姉《しおりねえ》もウルスは無理だし、真琴姉《まことねえ》も久しぶりに狩りしたいとか言ってたし」

文化祭のレベルの問題というより、日本で暮らす上での制約により、実質何もできないも同然であることのストレスが大きいと察した澪が、さくっとウルスを生贄《いけにえ》に捧《ささ》げる。

その澪の提案を聞き、割と真剣に考え込む春菜。

ウルスとの行き来を再開した直後に一度、屋台を出してカレーパンを売ってはいるものの、そのあとは、買うほうはともかく売るほうはご無沙汰である。

仮にも受験生だからといろいろ我慢した結果ではあるが、それでストレスをため込んで暴発しては意味がない。

今回の文化祭で、というより日本に帰ってきてからところどころで春菜が暴走しがちなのも、恋愛面も含めて水面下でひそかに蓄積していた様々なストレスが顕在化したというのが実際のところだろう。

「師匠のほうは、もっと本格的にウルスの鉄道関連に手を出したらいいと思う。神の城で実寸大のスケールモデルは作ったけど、実際に運用するものには全然手を出してない」

「せやなあ。まずはウルス城のが今どないなってるか確認せんと」

「師匠、師匠。料金取る種類の鉄道事業は、場合によっては先にジェーアンで事業開始かも」

「ああ、言われてみればそういう話もあったなあ。なんぞ、リーファ王女がえらい乗り気なんやっけ？」

「ん」

澪にそそのかされ、妙にその気になる宏。中途半端に関わったということもあるが、鉄道事業そのものにもそれなりにそそられるものがあるらしい。

いわゆる鉄道オタクの類《たぐい》ではないため、珍しい電車を見て興奮したり写真を撮りまくったりはしないが、ＳＬにロマンを感じ新幹線など最新技術満載の車両に惹《ひ》かれるぐらいには、宏も普通の男の子である。

もっとも、宏に関しては、興味の方向性はあくまでメカニック方面だ。組み立てや整備を行っている工場や運行管理をしている中央制御室などを見ることにはものすごく食いつくが、それは別段鉄道だけに限らない。

「せやなあ。いっそまずジェーアンで荷役用の線路作って、それベースにインフラ整備進めるようにするか」

「ねえ、宏君。なんだか一気に話が大きくなってる気がするけど、それ大丈夫なの？」

「現場の進捗《しんちょく》状況見んと分からんからなんとも言えんけどな、聞いた話やとそもそもオクトガルの空爆でまともな建物自体がほとんどなくなってしもとるらしいて、道も含めて一からやり直しみたいなもんやねんて。それやったら、またごちゃごちゃした街並みにならんように、今の段階でメインの交通ルート構築しといたほうが後々楽やとは思うで」

「それは分かるんだけど、そういう大事なこと思いつきで勝手に進めちゃっていいのかな、って」

「一応レイっちとリーファ王女には確認取るで、そら。王城をどないする予定なんかとかも聞いとかんとあかんねんし。この連休でできそうっちゅうたら、せいぜいレイアウト決めて瓦礫《がれき》どけて、いったん仮設の線路敷くぐらいが限界やろう」

春菜からの突っ込みに対し、意外と現実的な予定を提示する宏。それとてすでに一工房が口や手を出す範囲を超えてはいるのだが、鉄道に関しては多少なりともノウハウの類があるのは宏達だけである。鉄道を作ると国のトップが決めた時点で、あれこれ口も手も出さなければいけなくなるのは仕方がない。

「日程的に本格的な作業まではようせんやろうけど、思いっきり線路引くっちゅうんも気分転換にはなりそうやな」

「向こうを生贄に捧げたボクが言うのもなんだけど、師匠はほどほどに」

「そうだね。今更と言えば今更だけど、あんまり派手にやっちゃうと、後々おかしなことになるかもしれないし」

「ほどほどにっちゅうんは、春菜さんも同じやで」

「春姉のジャンルに関しては、もはや手遅れだから好きにしていいと思う」

「手遅れって何!?」

自覚が足りない春菜の悲鳴に、残念なものを見るような視線を向けながら憐《あわれ》みの表情を浮かべる宏と澪。はっきり言って、庶民レベルに関しては、一番広範囲に妙な影響を与えているのは間違いなく春菜である。

　であるのだが、原因を作った宏とたびたび助長していたり加担したりしている澪は、春菜をそういう目で見る資格はない。

「さて、そろそろ片して帰らんと、学校遅れるわ」

「ん。シャワーの時間考えると、結構危険領域」

「……釈然としないけど、時間がないのは事実だから追及は後回しにするよ」

　わざとらしく話を逸《そ》らしつつ帰宅しようとする宏達に、ジトッとした目を向けつつ仕方がないとため息をつく春菜。お互い様の話であるはずなのに、結託されるとどうしても分が悪い。

「私の屋台がなんで手遅れなのかっていうのは、夜のチャットルームできっちり追及するからね」

「別にいくらでも受けてたったるけど、ほんまにええねんな？」

「春姉、へこまない覚悟はＯＫ？」

「なんだか、すごい不吉なこと言われてるよ……」

　などとわいわい言いながら、自家消費分の収穫物を載せた軽トラと澪の自転車は帰路に就くのであった。

第21話　国境を越えて失神者を出した作品は、やっぱり強烈だよね……

「やっぱり、カット工程は手作業だけやと追いつかんと思うねんわ」

メニューにじゃがバターの追加が決まった数日後の週末、放課後の練習作業中のこと。

練習の様子を見ていた宏《ひろし》が、渋い顔でそう結論を告げる。

「そうだよなあ、やっぱり……」

「これ、手早くってなると意外と難しいのよね……」

「焦ると芋を潰《つぶ》しちまうしなあ……」

宏の指摘に、何度も失敗していたクラスメイト達も同じように渋い顔で同意する。

「でもさあ、手作業じゃ間に合わないなら道具か機械でってことになるけど、そんな都合のいいものあるのか？　それともまた綾瀬《あやせ》教授の世話になるのか？」

何か手を考えなければいけないという結論に対し、田村《たむら》がそんな疑問を口にする。

宏が言うからには何らかの手段はありそうだし、そもそも今までの経緯を踏まえると、天音《あまね》がその種の機械を作っていても不思議ではない。

が、宏が何か用意する分にはともかく、天音頼みというのはいい加減、芸がなさすぎる気がしてならない。

「さすがに、教授もそういう細かいもんまで全部作っとるわけやないやろうから、今回はたぶん頼れんわ」

「じゃあ、どこかで探してくる？　百均に行けば、この手のアイデアグッズはいくらでもありそうだけど……」

「切ったりスライスしたりする類《たぐい》の道具は、百均で売ってるやつはプラのは成型甘かったりもともとの形が怪しかったりするし、金属は焼き入ってないんが普通やから刃が潰れやすいし。家で年に何回か、とか、特別なときに数回使うだけ、とかやったら十分使える商品もあるけど、今回みたいに大量にっちゅうんには基本向かんで」

安川《やすかわ》の思いつきを、宏がばっさり切り捨てる。

そもそも、百円で買える道具類に過度な期待を持つこと自体が間違いであろう。

「まあ、百均のその手の道具に期待しすぎてもってのは認めるけど、じゃあどうするんだ？」

「ちょっと思いついたことがあるから、いっぺん自作してみるわ」

「自作って、できるの？」

「やってみんと分からんけど、幸いにして材料も実験するための芋もあるからな。それにジャガイモは失敗しても他の料理に仕立て直すんは簡単やし」

田村と安川に聞かれ、自信ありげにそう答える宏。

とはいえ、日本で未成年が単独行動で手に入る刃物では、たとえ仕掛けが上手《うま》く作動しても心もとない。

第一、神になったといっても所詮は高校生。宏が自由に使えるお金など、月の小遣いにプラスして、道の駅の売り上げからもろもろを引いて春菜《はるな》と折半したものくらいだ。

文化祭で使う道具を試作するのに、そんなに費用はかけられない。

なので、試作自体は神の城かウルスの工房で行う予定だったりする。

「まあ、とりあえず土日で思いつく限り試してみるわ」

「ああ、頼む」

「で、試作が上手いことといかんかったときは、今までどおり人力で対応、最悪の場合は供給量絞って帳尻合わせる方向やな」

「そうだな」

「大体、道具があったとしてもそれで全部事足りるとは限らないんだし、練習は必要でしょ」

宏の言葉に、そりゃそうだと言わんばかりに己の考えを口にするクラスメイト達。

こうして、文化祭に向けての懸念事項を解決する、という建前で、こっそりと己の製造欲求を満たしに走る宏であった。

☆

「っちゅうわけで、明日ちょっとウルスか神の城かにこもろうか、思うんやけど」

「それはいいんだけど、向こうの材料とか使っちゃって、大丈夫なの？」

「構造を確定させるだけやったら、問題ないやろう」

その日の夜。『フェアクロ』内の宏の拠点。

春菜達にそう予定を告げながら、せっせと試作の準備を続ける宏。

なぜわざわざゲーム内でやるかというと、失敗作の処分が楽だからという一点に尽きる。

そんな宏に、どことなく不安と呆《あき》れの混ざった視線を向けながら、何やら考え込む春菜。

「そういえば、今思ったんだけど、エルちゃんに文化祭の話ってしてたっけ？」

「……よう考えたら、運動会の話ばっかになっとって、話してなかったな」

春菜に問われ、完全に忘れていたことに思いいたる宏。

まだ日があるのでいいが、直前に誘って予定がつかないなどということになれば、盛大に拗《す》ねそうだ。

そもそも誘わないという選択肢は論外である。

「春菜さんが気ぃついてくれてよかったわ。春菜さんに心当たりがない時点で、多分誰も話題にしてへんやろうし」

「だよね。どんなに思い出しても、私がいるときにエルちゃんに文化祭の話してないよ」

微妙に冷や汗を流しながら、お互いに頷《うなず》きあう宏と春菜。

今ここで春菜が疑問に思っていなければ、誘ったつもりになって当日まで気がつかないという致命的なミスをしでかしていた可能性が高い。

今更この程度のことでどうにかなるような間柄ではないが、だからこそこういうイベントにはちゃんと誘いたいところである。

「それやったら、明日はウルスに行かんとあかんな」

「そうだね。せっかくだから、ついでにお城の鉄道関係の進捗《しんちょく》も見てこようよ」

「せやな」

春菜の提案に頷く宏。

当然のように春菜が同行する流れになっているが、宏はおろかしれっとその流れに持っていった春菜ですらまったく意識していない。

「春姉《はるねえ》がボクのいないところでデートの約束してる……」

そのタイミングでログインしてきた澪《みお》が、恨みがましくそんな文句を言う。

それを聞いた春菜が、顔を真っ赤にしながら言い訳を始めた。

「べ、別にデートのつもりだったわけじゃなくて、エルちゃんは絶対に誘わなきゃだめだから、そのついでに確認ぐらいはしたかっただけだし、ちゃんと澪ちゃんも誘うつもりだったよ？」

「最近の春姉だと、ボクにそういう話をするの忘れそうだから、結果としてボクだけハブられるパターンになる気がする」

「うっ……」

澪の厳しい追及に、思わず言葉に詰まる春菜。

実際問題、事の発端がエアリスを文化祭に誘い忘れていたことなので、後で誘うつもりだったという言い分はどうしても説得力に欠ける。

「まあ、そういうわけやから、明日朝の畑仕事終わったら、ウルスに顔出すつもりや。澪も来るか？」

「ん、もちろん」

あまりに哀れになって、フォローも兼ねて澪を誘う宏。

その誘いに、やや食い気味に返事をする澪。

実際のところ、どうせ明日の朝の畑仕事で話が出るので、ここで誘い忘れてもタイミングが変わるだけなのだが、分かっていても釈然としないのが乙女心というものである。

「それで、師匠。何作ってる？」

「ああ、これか。文化祭で使う予定のふかし芋カッターや。実物作る前に、こっちでいろいろ実験しとこうか、ってな」

「ふかし芋カッター？」

「せや。じゃがバター売ることになったんやけど、真ん中に十字の切れ目入れるんにもたつきそうやから、道具でどないかできんかって思ったんよ」

「……なるほど」

宏の説明を聞き、いろいろ納得する澪。

正直な話、ジャガイモに十字の切れ目を入れるぐらい、誰にでもできる簡単な作業ではある。

だが、落ち着いてやれば大したことではないとはいえ、包丁に慣れていなければそれなりに手間取る作業でもある。

一般的な文化祭の模擬店にどれだけの客が来るのかは分からないが、宏と春菜が関わっている飲食関係の店がそんなことをちんたらやっていられるほどぬるい売れ行きで終わるわけがないのは考えるまでもない。

焦って怪我でもしたらシャレにならないので、こういう道具を作っておくという宏の判断は正しいだろう。

「ねえ、師匠。正直、似たようなものが普通に百均にありそうなんだけど、それじゃダメなの？」

「あるかどうかまでは知らんねんけど、あったところで百均のはこういう数こなす系には使えんで。

大概そんな連続で何回も使えるほどの耐久力あらへんから」

「そういうもの？」

「言うたらアレやけど、所詮百円やからな。ビニール傘とかと同じでコストダウンのために耐久性とか仕上げの丁寧さとかを切り捨てとるから、どないしても使い捨てになりがちやねん」

宏の言葉に、そういうものかと納得する澪。

世の中、全ての人がプロ仕様のちゃんとした道具を必要としているわけではなく、むしろ間に合わせで何度か使えれば十分、それ以降はあまり使わないということのほうが多い。

そういう用途をメインに設定し、とにかく安く手に入るようにした百均はそれはそれで素晴らしいものであり、そこで売られているものが、使い方を間違えなければ日々の暮らしを豊かにしてくれる製品なのは間違いない。

作る製品がことごとく過剰品質だと言われまくった日本で、ある意味その対極となるビジネスが隆盛を誇っているのはなかなか面白いところであろう。

ただし、充電可能な二次電池やその充電器など、元が高度な技術と高価な原料を使った高級品に関しては、耐久性を犠牲にした際に性能や安全性も一部犠牲になっているケースがあるため、さすがに全ての製品を肯定的に見ることはできないのだが。

「今回は百均のが使えないのは分かった。じゃあ、師匠が作ろうとしてるものは？」

「この台の上に蒸したジャガイモのっけて、ボタン押し込んだらそれに連動して刃物が動いて十字に切り込み入れる、っちゅう構造で作る予定や」

「ねえ、宏君。単に十字の刃物を押し込んでプレスするようなやり方だと、って、蒸したジャガイモみたいな軟らかいものだと潰れちゃうか……」

「そういうこっちゃな」

宏に質問しようとして、途中で問題点に気がつく春菜。

澪もそれもそうだという表情を浮かべる。

そこに、さらに宏が他の視点からの問題点を指摘する。

「それにな、十字型の刃物作るんはええんやけど、真ん中の部分にかかる力をどう逃がしたらうまいこと切れるようになるかっちゅうんが問題やからな。相手が軟らかいから切れんことはないやろうけど、すごい不細工なことになりおんで」

「……むう、確かに……」

宏の指摘を受け、言われてみればと納得するしかない澪。

文章で説明するのは難しい内容なので詳細は割愛するが、刃物というのは基本、先端の断面が鋭角の山型になっていて、その形状で押し広げるようにして物を切っている。

今回の場合はジャガイモを完全に切り分けてしまってはいけないため、どこかの二頭身ロボットの必殺技のごとく刃物二本を十字に重ねるという構造にはできない。

そうなると十字の刃物を成型する必要が出てくるのだが、そうすると中央の交差している部分の根元が互いに干渉することになる。

力を加えて押し切る構造で相手が軟らかいものなら切れなくもないだろうが、確実に切られる側の中央部は押し潰されて不細工なことになる。

このあたりは、いくら刃の山をとがらせたところで、プラスドライバーの先端を完全に平らにして突き刺さるかどうかを考えれば、なんとなく想像はつくのではないだろうか。

なので、かなり複雑な構造になりそうではあるが、今回は刃をスライドさせて切り込みを入れる方式にするつもりである。

「考えてる構造としてはな、ボタン押したらまず一枚目の刃が左から右にスライドして切り抜けて、通り過ぎた後を二枚目の刃が後ろから前にスライドする、っちゅう感じや」

「師匠、それってすごくスペースとらない？」

「せやから、刃の動き方を工夫してできるだけ省スペースでなんとかならんか、っちゅうんを週末で詰める予定やねんわ」

「……難しそう」

「簡単やったら、商品があるやろうからな」

宏の言葉に、それもそうかと頷く澪。

そもそもの話、ジャガイモなどに十字に切り込みを入れるという作業は、手でやると簡単な割に道具でやるのが難しく、そんなに再々行う作業でもない。

少なくともじゃがバターは、一般家庭においてそれほど頻繁には作らない料理だろう。それも大量に、となるとなおさらだ。

なので実際のところ、商品化して売れるかどうかというと微妙なところであり、そういう理由から商品が販売されていない可能性が高い。

「まあ、何にしてもまずは試作や」

「だね」

　正直なところ、この種の作業で春菜の出番はあまりないのだが、ちょっとしたパーツの加工や組み立てぐらいは問題なくできる。

　さらに言うならば、今回の場合は春菜のスキルで加工できないような高級素材は使わない。

　スタミナ問題に関しても、なんだかんだで春菜の生産スキルは全て中級に入っており、スタミナ消費が十秒ごとに最大値の何%なんて膨大な量ではなく固定値になっている。

　なので、まったくの戦力外になることはない。

「あかんな。動作が干渉しおる」

「タイミングの調整だけでいけそう？」

「多分やけど……、あかんな。今度は戻り動作で引っかかる。こら、部品そのものを設計しなおしやな」

「そっか」

　そんなこんなで、試作を開始してから約三十分。むう、という顔で唸《うな》る宏に対し、やっぱり一筋縄ではいかないか、とため息を漏らす春菜。

　もっとも、この手の道具作りは、こういった試行錯誤が一番の楽しみでもある。

　あまり上手くいかないのもへこむが、まだそこまで手こずっているわけでもない。

　今回に関しては仕事でもなければ費用が発生するものでもなく、だめならだめで仕方がない種類のものなので、期限まで腰を据えていじり倒しても問題ない。

「今度は上手くいったけど、刃の収納がなんか怪しいなあ……」

「というか宏君、今思ったんだけど、刃を一枚にしてジャガイモのほうを九十度回転させせちゃダメなの？」

「それもありっちゃありなんやけど、ワンプッシュで一回刃が出て切って終わりだと、十字に入れるには回転させて二回ボタン押さなあかんから絶対押し忘れが出おるし、かといってそれをワンプッシュでっちゅうたら、物理的なつじつまが怪しい代《しろ》もんになりそうやしなあ……」

「師匠、師匠。どうせ文化祭で使うだけのものだから、最悪、基礎理論は教授になすりつけて、応用しましたで済ませる」

「せやなあ。もうすでに芋焼き機に蒸し器にって借りてんねんから、理屈の部分押しつけても今更大差あらへんか」

春菜の思いつきを聞いて問題点を挙げた宏に対し、澪が身も蓋《ふた》もないことを言い出す。

その澪の意見を聞いて、それもそうかと納得する宏。

天音に関しては、もはやモーフィング変形レベルのものを作ってもそれ自体は誰も気にもしない。なので、ふかし芋カッターの物理的なつじつまが怪しいぐらいのことは、天音が関わった時点で問題にもならないだろう。

「ほな、その方針でやってみるか」

そう腹をくくっていろいろ試作した結果……

「あかんなあ。物理的なつじつまが怪しいせいか、いまいち上手いこといかんわ」

「だよねえ。ゲームの中じゃ、これが限界かも？」

「ん。多分これ、ＡＩに判定ではじかれてる」

仕様に縛られるゲームの限界にぶち当たり、錬金術やエンチャント抜きではどうにもならないことが判明する。

別にその手の技能に頼ってもいいのだが、日本で使う際にどんな制約に引っかかるか分かったものではない。

可能な限り、そういうリスクは避けるべきであろう。

「なんか、もうちょいでいけそうなんやけどなあ……」

「師匠、あんまり無理したら、チート扱いで垢《あか》バンされるかも」

「せやなあ……」

とりあえずゲーム内でこれ以上構造設計を詰めることを諦める宏。

澪の言うように、アカウント停止をされてはたまらない。

余談だが、ネットゲーム用語でアカウント停止を垢バンと呼ぶようになった経緯は諸説あるが、アカウントバンを短縮して入力した際に、一発目にそう変換されることが多かったかららしい。

「まあ、大まかなところはできたことやし、仕上げはウルスでやるか」

「そうだね、そのほうがいいよ」

「ん。所詮、ゲームはゲーム。現実でできないことができる代わりに、現実でできることができないなんて珍しくもない」

宏の結論に、手放しで同意する春菜と澪。

こうして、錬金術やら何やらといったファンタジーなあれこれがあるゲームの中のほうが不自由だという、なんとも言えず宏達らしい理由でこの日の試作は失敗のまま終わるのであった。

☆

「文化祭、ですか？」

「なんだ、それは？」

翌日の十時過ぎ。ウルス城のいつものガーデンテーブル。

呼び出されて早々に宏から告げられた内容に、不思議そうな顔でそう聞き返すエアリスとレイオット。

なお、アルチェムは珍しくアランウェンの祭祀《さいし》のため早朝からオルテム村に戻っていて、今日は丸一日不在である。

エアリスと比べればつながりは薄く、いつどんなきっかけで宏の巫女《みこ》になってもおかしくはない状態のアルチェムだが、それでもまだ一応アランウェンの巫女なので、たまにはこういう用事もあるのだ。

また、達也《たつや》と真琴《まこと》は外せない用事がいくつか重なってしまったため、この土日はウルスへ来ることはできない。

なので、現在お茶会に参加しているのは宏、春菜、澪、エアリス、レイオットの五人である。

「運動会、もしくは体育祭と並ぶ学校行事でな。校舎とか体育館とかの学校施設を使っていろんな催し物をやるんよ」

「ふむ。催し物、とは？」

「まあ、ほんまにいろいろあるんやけど、一番多いんは食べ物を扱った模擬店やな。僕らがやるんもそうやし」

「他に代表的な催し物といえば、体育館やグラウンドに設置されてる舞台を使っての演劇やコンサートなんかかな？　それとか郷土研究会みたいな部活の研究成果をパネル展示してたり」

「ん。あと、射的とか迷路とかお化け屋敷とかもあったはず。っていっても、ボクは文化祭どころか、学校に通うの自体何年かぶりだから、まともに参加したことなかったけど」

「特に小学校の場合、文化祭はやらない学校も多いもんね」

「ん。うちの小学校では、お遊戯会的なのはあっても文化祭はなかったはず」

「やらん学校っちゅうんは小学校に限らんけどな。それに、やる場合でも内容はまちまちで、学校ごとの差がでかいからなあ」

レイオットの質問に、思いつく限りいろいろネタを出す宏達。

そのついでに、澪のこれまでのことや文化祭についての細かい事情も口にする。

「あの、ヒロシ様。模擬店というのは、専門の業者ではなく生徒が自分達で行うのですか？」

「せやで。基本的にはクラス単位でなんか企画して、それとは別にクラブ活動ごとになんかやる、っちゅうんが定番やな」

「あっと、そういえば、こっちの学校って、クラブ活動はあるの？」

「……クラブ活動、ですか……」

「……クラブというのがどんなものかが分からんが、そういったものはなかったのではないか？」

クラブについて春菜に問われ、難しい顔で考え込んでそう答えるエアリスとレイオット。

そもそもの話、この世界では野球やサッカーのような、いわゆるスポーツというものがほとんど存在しない。

運動会の時に問題になったように、個人や種族ごとの能力の差が大きすぎるからである。

そのうえ、モンスターの存在により、生きていくこと自体がなかなか厳しい環境でもあり、そちらへ割くリソースが足りない。

そういう環境なので、スポーツを中心としたクラブ活動が、こちらの世界で存在しないのは、ある意味当然であろう。

もっとも、日本のように学校教育の一環としてクラブ活動が組み込まれ、予算まで支給されているのは地球でもどちらかというと珍しい部類ではあるのだが。

「なさそうやから軽く説明すると、クラブ活動っちゅうんはスポーツのチームとか楽団とか劇団とか作って、空いた時間に練習とかの活動することやねん」

「……スポーツ、か……」

「ああ、そういえばこっちには明確にスポーツっちゅう類のもんはないか。まあ、フォレストジャイアントがやっとるプロレスの団体とか、大地の民のところの第三層に挑むチームとかみたいなもんやと考えたらええで」

「究極的には、ライムちゃん達がやってる鬼ごっことかかくれんぼなんかも、一応スポーツの範囲に入るよね」

「ん。ぶっちゃけ、激しく体を動かすものは、命のやり取りが関わらない限りは全部スポーツ」

澪の言葉に、そういうものかと納得するレイオットとエアリス。

イグレオスが事あるごとにスポォツスポォツとうるさいこともあり、ぼんやりとした概念は一応持っていたものの、今まで明確な定義はされていなかったのだ。

「で、まあ、話戻すと、や。クラブ活動自体は別に学校やないとできひんっちゅうわけやなくて、仕事しとったり隠居しとったりする人らが同好の士を集めて似たような活動してたりはするんよ」

「まあ、学校と関係ないクラブ活動は、大抵サークル活動って呼ばれるけどね」

「サークルとクラブの違いって、結構曖昧やんなあ」

「顧問や専門のコーチの有無とかいろいろあるけど、やってることはあんまり変わらないからね～」

戻すと言いながら、早速話がずれそうになる宏と春菜。

一応それなりに関係のある内容とはいえ、脱線が早すぎる。

「そのあたりの定義はよう分からんし面倒になるから今回はサクッと無視するとして、要は学校でそういう活動を公的に認定・支援しとるわけよ。で、学内でそういう活動しとる団体が、成果の発表やったり活動費の補填《ほてん》のためやったりで展示とか模擬店とかやるわけや」

「ふむ、なるほどな」

宏の雑な説明で、それなりに概要をつかむレイオット。

とはいえ、やっていることはなんとなく分かったが、ではどんな感じなのかと言われるとはっきり理解したとは言いがたいのだが。

「あの、ミオ様」

「ん？」

「射的と迷路は分かるのですが、お化け屋敷というのはどういうものなのでしょうか？」

「ん～……、要素だけ抽出して説明すると、アンデッドの真似して客を脅かす施設？」

「……それって、楽しいのでしょうか？」

「定番のデートコース。楽しいかどうかは人それぞれ」

「そういうものですか？」

「ん」

澪の言葉に、腑《ふ》に落ちないという表情を浮かべるエアリス。

これに関しては澪の説明が悪いというのもあるが、そもそもエアリスはその立場上、アンデッドを恐れることがない。

ゆえに、なぜそれがデートコースになるのかが分からないのだ。

「そういえば、エルちゃんは肝試しとかって経験したことないんだよね？」

「肝試し、ですか？」

「うん。まあ、お化け屋敷の原形みたいなもので、いわくがあったりなんとなく不気味だったりする場所を、夜に小さな明かりだけで探索して度胸を試す、っていう行事」

「ありませんね。そもそも、興味本位でそういう場所をうろうろするのは、あまり褒められたことではありませんし」

「まあ、そうなんだけどね。こう言っちゃなんだけど、真っ暗闇ってそれだけで割と怖いものだから、そこに度胸試しのためにいろいろ話を盛ってでっち上げて、っていうのが本当のところかな」

「はあ……」

春菜の説明を聞いても、やはり理解できないという様子を見せるエアリス。

エアリスにしては非常に珍しいことに、あまり好奇心がそそられないようだ。

「まあ、文化祭もそうだけど、お化け屋敷も実際に体験しないと分かりづらいかもね」

「ん」

「正直な話、口で説明しとっても、これで伝わるかどうか全然自信あらへんからなあ」

春菜の出した結論に、素直に同意する澪と宏。

イベント全般の話ではあるが、こういうものは実際に体験するか、せめて映像を見ない限り理解できないのが普通だ。

「まあ、そういうわけやから、再来週やねんけど、予定はどない？」

「はい、大丈夫です！」

宏に誘われ、嬉《うれ》しそうに答えるエアリス。

「で、例によって例のごとくで悪いんやけど、レイっちは終わってからエルに聞いてな」

「分かっている。私のような立場のものが、そう簡単にそちらには行けんからな」

「そういうこっちゃ。すまんな」

物分かりのいいレイオットに、心底申しわけなさそうにそう告げる宏。

それに苦笑して一つ頷くと、ちょうどいいからと要望を口にする。

「さて、前に用意してもらった城内鉄道の計画なのだがな。現在鉄道の線路を敷設しているところなのだが、せっかくこちらに来ているのだから一度状況を確認してアドバイスをもらえないか？」

「それはもう、そのつもりやったから喜んで見させてもらうで、な？」

「うん。私達も設計に関わってたから、いろいろ気になってたんだよね」

「ん」

レイオットに水を向けられ、素直にそう答える宏達。

「あと、文化祭についてはエアリスに任せるが、お化け屋敷というやつだけでもどうにか体験できないか？　エアリスはさほど興味がないようだが、私は少々気になる」

「せやなあ……。あとで神の城の施設チェックして、どうにかなりそうやったら迎えに来るわ」

「ああ。すまんが頼む」

「了解や。そん時はせっかくやから、エルも一緒に参加し」

「はい」

宏にそう誘われ、どことなく嬉しそうに返事をするレイオットとエアリス。

お化け屋敷そのものに興味は薄いエアリスだが、それとは別に宏に遊びに誘われるのは嬉しいらしい。

「ねえ、師匠」

「なんや？」

「どうせなら一度、エルに定番ホラー映画とか一通り体験させたい」

「定番ホラーっちゅうと、死霊が盆踊りしたり殺人トマトが襲ってきたりとか、その類か？」

「ねえ、師匠。なんでそこでB級映画に直行？」

「ホラーとパニックは、定番含めて九割はB級映画やん」

「だからといって、そこで笑えるB級ホラーの定番を持ってくるのは違う」

いくらなんでもそれはない、という宏のチョイスに苦情をぶつける澪。

正直な話、エアリスの場合はそういうのにドはまりしそうなのが怖い。

「鉄道関係の視察とファムちゃん達の相談に乗るのを考えたら、お化け屋敷は三時頃かな？」

「そんなもんやな」

そのままだと駄目な方向でディープな話題に突っ込みそうな宏達をさえぎり、春菜が今日の予定を詰めに入る。

「じゃあ、まずは鉄道からだね」

「ん、楽しみ」

強引に話を進めた春菜に特に反発するでもなく、ちょっとワクワクした様子を見せる澪。

その後視察した鉄道工事は敷設が大体三割といった進捗で、現段階では枕木についてちょっとしたアドバイスぐらいしかすることがなく、やや拍子抜けで終わる。

「このペースやと、運行開始は来年ぐらいか？」

「そうだな。その時はまた、アドバイスを頼む」

「了解や」

本当の意味で鉄道関係を楽しめるのはもっと先になりそうだ、などと考えつつ、この日のウルス城での予定はつつがなく終わるのであった。

☆

「これが、お化け屋敷ですか？」

「せやで。っちゅうても、いつの間にか勝手にできとったみたいで、確認するまであったんを知らんかったんやけどな。因《ちな》みに、ファムらいわく『何のためにあるんか分からんアトラクション』やそうやけど」

その日の三時過ぎ、神の城の遊園地ゾーン。その奥の微妙な位置にあるお化け屋敷を見て、エアリスと宏がそんな微妙な会話を始める。

「コアのメニューでいろいろ調整できたから、初期設定から三段階ぐらい怖くしてみたんやけどなあ……」

「何か問題があるのか？」

「そもそも、最初の状態を知らんのと一段階の変更でどんぐらい変わるかが分からんから、正直どんな感じの怖さなんかがよう分からんでなあ……」

レイオットの質問に、困ったもんだとばかりにそんな返事をする宏。

遊園地の定番アトラクションであるお化け屋敷だが、実のところ日本国内に限っていえばジェットコースターと勝負できるぐらい、規模と怖さにバリエーションがある。

それは単に怖さの度合いだけでなく、方向性やシチュエーションも多種多様にあり、外側を見ただけでは何一つ判断できない。

今回は怖さのレベルぐらいしかいじっていないので、恐らく中身は外見どおり日本古来の和風廃屋や墓地などを舞台としたものになるだろうが、それがレイオット達に理解してもらえるかどうかがいまいち不安なところだ。

こういうのは育ってきた文化やバックグラウンドが大きく影響するのだから、前知識なしだと何が怖いのか分からない、という状況になりかねない。

そんなこんなを踏まえると、どうにも滑りそうな気配がむんむんに漂っている。

「まあ、ごちゃごちゃ言うてても始まらんし、くじでも作って組み合わせ決めて、さっさと入ってまおか」

「そうだね。というか、くじ自体はもう作ってあるよ」

そう言って、くじを差し出す春菜。

別に全員で入っても問題ないのに、その選択肢が宏にも春菜にも最初からないところが興味深い。

ローリエは念のためにバックアップで控えており、冬華《とうか》は先ほどまで春菜達と遊んでいて現在寝落ちしている。

工房職員達は前に体験しているためパスしており、今回は朝のお茶会とまったく同じメンバーで体験することになる。

「くじはどういう風に分かれるようにしてんのん？」

「二人組二つと一人の三組に。二人組と三人組だと、どういう組み合わせになっても何となく微妙かな、って思ったんだ」

「なるほどなあ」

そう言いながら、とっととくじを一枚引く宏。引いたくじには単独行動と書かれていた。

「僕は単独らしいわ。ちょうどええから、製造者責任っちゅうことでいっちゃん最初に中がどんなもんか確認してくるわな」

そう言って、特に気負う様子もなくサクッと中に入っていく宏。

残されたのは、最大の目玉が消えてがっかりしている女性陣と、その微妙な空気にいたたまれないものを感じざるを得ないレイオット。

「……まあ、残りも引いちゃおう」

「……はい」

「……ん」

「そう……だな」

春菜に促され、次々にくじを引いていくエアリス、澪、レイオット。

必然的に春菜が残りものだが、これはくじを作った立場だから仕方ないだろう。

「……Aだそうです」

「……ボクはB」

「……私もBだな」

「ということは……私とエルちゃん、澪ちゃんとレイオット殿下かな？」

くじの結果を見て、組み合わせを告げる春菜。

もっとも、宏がいない時点でどんな組み合わせでも大差ないわけで、どうにもいまいちテンションが低い。

「それで、どうする？　組み合わせ決まったけど、今からすぐ入る？」

「……ん～、一応宏君が戻ってくるのを待とうか」

澪に問われ、少し考えてからそう決める春菜。

せっかく宏が中を確認してくれているのだし、もう一度調整したほうがいいのであれば調整してもらってから入ったほうがいい、という考えに至ったのだ。

それから五分後。

「待たしてもうたか？」

出口から出てきた宏が、なんとも言えない空気で待機していた春菜達に対してそう声をかける。

「待ったたっていうほどでもないし、そもそも私達が勝手に待ってただけだしね。で、どんな感じだった？」

「なんとも言いがたいところやなあ。こういうのんって、怖い人はどんなぬるい内容でも怖がるし、逆に通じひん人にはかなり怖くても通じひんし」

「いやまあ、そうなんだけど。それを踏まえて宏君的にはどうなのかな、って」

「せやなあ。多分それなりに耐性ある人でもそこそこビビらせられるとは思うんやけど、ネタが割と古典的なんが多いから、意味が分かるかどうかのほうでエルとかレイっちに通じるかなあっちゅうんがな」

「あ～……」

宏の言葉に、それもそうかと納得する春菜。

ホラーというのは、割と文化的背景がダイレクトに出るものである。

何も知らない外国人に番町皿屋敷の井戸のシーンだけを見せても、普通はなぜ皿を数えているのか意味が分からないだろうし、日本人の大部分が十三日の金曜日の何が問題なのかよく知らないので、ホッケーマスクの殺人鬼の話は本質的にはピンときていない。

それでも、ゲームなどに出てくる類のモンスターが一般人の住む領域には存在していない分、不死身の殺人鬼や死人の恨みによる呪いが怖いという感覚はある程度共通するのでまだましだろう。

ファーレーン人であるエアリスやレイオットは、そもそもこういった基本的な常識自体がまったく別物である。

それだけに、ネタが通じるかどうかもそれを怖がるかどうかもいまいちよく分からない。

「こんなことなら、一度ぐらい定番の怪談話をやっておくべきだったかもね」

「やなあ。で、それとは別の問題として、不意打ち系のギミックは、別方向で怖がるかどうか怪しい気ぃもしてんねん」

「それは私もちょっとだけ思ってた」

宏の言葉に、同じ懸念を持っていた春菜が同意して頷く。

「まあ、多分きっとそれなりには怖いと思うし、調整してどうなるもんでもなさそうやから、今回はこのままいこか」

「うん、分かったよ。じゃあ、先に私とエルちゃんの組で入るね」

「おう、いってら」

宏に送り出され、軽く手を振りながらお化け屋敷に入っていく春菜。その後をついていくエアリス。

お約束のように徐々に薄暗くなっていき、何となく不気味な雰囲気が漂い始める。

「ああ、うん、なるほど。たしかに古典的な感じだね」

視線を誘導するために現れた人魂《ひとだま》風のホログラムを見て、そんな風に苦笑する春菜。

残念ながら暗視能力があり、権能的にこういう視線誘導にも強い春菜の目には、どこにどんな仕掛けがあるのかばっちり見えてしまっている。

もっとも、特にホラーが苦手なわけではなく、幽霊だなんだと普通に知り合いだった春菜の場合、お化け屋敷が怖かったことといえば、本物のお化けが全力を出して本気で怖がらせにきていたものだけである。

暗視能力や権能の問題がなくとも、この程度のお化け屋敷で怖いと思うことなどない。

春菜が隣を見ると、同じように特に怖がる様子を見せていないエアリスが、好奇心を瞳に宿しながら不思議そうに人魂をしげしげと観察している。

ファーレーンにもウィスプという人魂と似たようなものが存在するが、形が違ううえに意思のようなものを感じさせないため、これが何かエアリスにはまったく分かっていないのである。

「あの、ハルナ様。これは一体何なのでしょうか?」

「人魂っていって、日本だと幽霊とか悪霊になるほどじゃないけどまだ成仏できていない魂が、こんな感じでお墓とかに漂うっていう言い伝えがあるんだ」

「なるほど。これは当然、本物ではないのですよね?」

「そりゃそうだよ。そもそもここは神の城の中で、そういうのは基本的に存在できないようになってるはずだし」

「そうですよね」

「それにそもそも、こういうことに本物の魂を使うなんて悪趣味なこと、当事者が協力的な場合でもなきゃまず無理だし、普通の人間が運営しているお化け屋敷には、そんなことできる技術も人材もないしね」

春菜の説明に、それはそうだろうと頷くエアリス。

ウォルディス戦役で医療拠点として使われていた都合上、神の城の内部でも治療の甲斐《かい》なく亡くなってしまった人はそれなりの数存在する。

が、そういった死人の恨みはほとんどがウォルディスや邪神に向いており、そうでないものも神の城と世界樹の強力な浄化能力により浄化され、さらに邪神が滅んだ段階で恨みが晴らされて素直に輪廻《りんね》の輪に戻っている。

そのため、いくら宏といえど、お化け屋敷のために本物の怨霊を使うという真似は、少なくともこの中ではやろうと思っても不可能だ。

もっとも、できる環境であっても、宏にそんな非人道的な真似をする度胸はなかろうが。

「で、ね。メタな話をしちゃうと、お化け屋敷の場合、こういうのはここからいろいろやって脅かしますよ、っていう合図みたいなもので……」

と、言いかけたところで、首筋をピンポイントで生ぬるい風が撫《な》でていく。

「変なところに風が当たったせいか、ちょっと今ぞわっとしました……」

「うん。そういう生理的な反応とかを雰囲気とか怪談系の知識とかと関連づけて、怖いと錯覚させるのが目的かな。今回は生ぬるい風だったけど、冷たい水がぽたりと、とか、こんにゃくみたいなものをぺとっと当てるとか、いろいろバリエーションはあるよ」

「なるほど……？」

春菜の非常にメタな説明に、理解できないという様子を隠しもせずに一応納得したような返事をするエアリス。

人魂をなぜ怖がるのか、という基本的な知識が欠けているからかもしれないが、この程度の仕掛けでそんな錯覚をするのかと、どうにも腑に落ちないのだ。

「ここからは足元にも気をつけてね」

「あっ、はい」

お約束のパターンを踏まえ、エアリスに対しそう注意を促す春菜。

その数歩先で、何かに足を取られてつまずくエアリス。

全体的に薄暗く、特に足元は視界が悪いため、何に足を取られたか分からない。

「えっと、これは？」

「うん、まあ、深く解説するのはやめとくよ。パターンとしては似たようなものだから」

「……はあ……」

あまりのベタさに面倒くさくなったのか、それとも解説することでエアリスが余計に怖がらなくなることを心配したのか、ついに解説をやめてしまう春菜。

ドッキリや肝試しの場合、不発に終わったものを解説するのは滑ったギャグを解説するのと同じぐらいいたたまれないものがある。

そのことにそろそろ耐え切れなくなってきたようだ。

その後も鏡に妙なものが映っていたり、不気味な効果音が鳴り始めたり、壁や足元から大量の手が生えてきたりと、宏が言うように古典的でお約束な感じの仕掛けが次々と二人を襲う。

が、殺気も悪意も瘴気《しょうき》もないようなものが、春菜やエアリスに通用するわけもなく……

「あの、ハルナ様」

「なにかな？」

「さっき井戸から出てこられた女性は、なぜお皿を数えていたのでしょうか？」

「ああ、うん。そういう怪談があるんだけど、そのうち教えてあげる。とりあえず、今はお皿がみで恨みがある幽霊があれをやってるってことだけ、覚えておくといいよ」

「なるほど。……あの、この天井から天井板ごと落ちてぶら下がってきたすごい顔の女性は、一体どういう存在なのでしょうか？」

「それもそういう怪談があるから、あとで教えてあげる」

「なるほど……」

立場上死体に接することも多く、また神殿での修行の一環で自身で家畜を絞めては解体することもあり、グロ耐性も完備のエアリスは、最後の最後まで一度たりとも怯《おび》えることなく終わる。

もっとも、何か仕掛けに遭遇するたびに足を止めては観察したり春菜に解説を求めたりしていたため、歩み自体は非常に遅く、数分後に入ってきたレイオットと澪に出口付近で追いつかれてしまう。

「まだ終わってなかったのか？」

「はい。せっかくなので、ハルナ様にいろいろと教えていただきながらじっくり観察していました」

「なるほどな。それで、怖いと思ったものはあったか？」

「いえ。そもそも、何が怖いのか、どうして怖いのかが分からないものが大半でして」

「やはりそうか。私も、なぜこれで怖がれるのか、いまいちピンとこないままでな」

「恐らく、民話や伝承などの前提知識が足りないのが原因なのだと思います。あっ、でも、さすがに不意打ちで大きな声が聞こえてきたり、目の前に何かが落ちてきたりしたときは驚きはしました」

「私は反射的に武器を抜きそうになったがな……」

せっかく合流したのだからと、そんなほのぼのした会話をする王族兄妹。

ある意味予想どおりではあるが、今回のお化け屋敷は完璧に不発だったようだ。

「エル、エル。別に怖くもない悲鳴や不意打ちにわざとらしく過剰に驚いたり怖がったりしてみせて、好きな人に抱きついてあざとくアピールするのがお化け屋敷の本当の使い方」

「まあ！」

「だから、ボクも春姉も過剰にがっかりしてた」

「そうだったのですか」

そんなエアリスに、あえて余計な知識を吹き込む澪。

それを聞いていた春菜が口を挟む。

「確かにデートの時の主目的はそんな感じなんだけど、いま宏君相手にそれやっても逆効果なの、分かってて言ってるよね？」

「ん、当然。でも、このままだとエルが何のためにお化け屋敷が定番になってるのか、理解しないままになりそうだった」

「うん、まあ、それは否定しないけどね。でも、澪ちゃん。今後もし、同じようなシチュエーションで宏君とペアでお化け屋敷に入る機会があったとして、そんな風にあざといアピールって、できる？」

「……むう」

春菜の厳しい指摘に、思わず難しい顔でうなってしまう澪。

今までが今までだけに、本物の幽霊や妖怪でも使わない限り、どれほど怖いお化け屋敷であろうと自分達にとっては子供だましにすぎない。その時点で、定番のやり口は分が悪いと言わざるを得ない。

ハーレム系のラブコメで肝試しなどの際にある、わざとらしく怖がって胸などを押し当てるように抱きつき、出遅れた女の子に「ずるい！」とか言われてしまう定番のエピソードは、宏達の場合は女性恐怖症の問題がなくとも無理があるようだ。

「あまりグダグダやっていると、ヒロシを待たせることになる。そろそろ行くぞ」

「そうだね。いろいろ足りてなかった分は、ホラー映画とかで穴埋めしようか」

「ん、それがいいと思う」

レイオットの言葉に春菜と澪が同意し、素直に出口へ向かう一行。

出てきた春菜達を待っていたのは、空き時間だからとせっせとふかし芋カッターの試作を行っている宏の姿であった。

「おう、お帰り。結構のんびりやったんやなあ」

「うん。途中でエルちゃんにいろいろ質問されててね」

「なるほどな。っちゅうことは、番町皿屋敷とか四谷怪談とか仕込むん？」

「それがいいかな、って思ってるんだ。このお城のアーカイブに、その手の映画あったよね？」

「あったはずやで」

「じゃあ、エルちゃん達と一緒に見てるよ」

「分かった。ちょっと遊びすぎた感じやし、もうちょいでなんとかなりそうやから、僕はこのままカッターの構造詰めてまうわ」

「了解。じゃあ、晩ご飯の時に経過を教えてね」

そう言って、エアリス達を連れて、いつの間にか増えていたシアタールームへと移動する春菜。

なお、神の城の映像アーカイブは、映画などの作品に関してはあちらこちらの世界から概念を適当に拾って、その中でも特に評価が高いものを選んで再構築したものだ。

宏達の地球のものとは限らないこともあり、版権料の支払いに関しては考えないことにしている。

「さて、四谷怪談と番町皿屋敷は確定として、他は何がいいかな？」

「あんまり長いのは数見られないから、長くて六十分ぐらいの海外の定番を一本」

「ああ、そうだね。あとは……」

「ジャパニーズホラーの最高峰、呪いのビデオのやつは？」

「それもいいかも」

澪の提案をもとに、エアリス達に見せる映画のラインナップを決めていく春菜。

大体決まったところで、複数あったうち最も評価が高かった三十分ほどの番町皿屋敷と、同じぐらいの長さの四谷怪談を上映する。

さすがに高評価だけあって、短いながらも筋がしっかり分かり、役者の迫真の演技とカメラワークの妙で、先ほどのお化け屋敷など比較にならないほど怖い。

が、肝心のエアリスとレイオットの反応は……

「なるほど。怨念《おんねん》の濃さやら恨まれる側の外道さを横においておけば、よくある話ではあるな」

「たまに、こういう事情で発生したアンデッドを浄化することがありますので、世界が違っても人間のやることはあまり変わらないのですね」

という、実にあっさりしたものであった。

「それはそうと、非常によくある話のような感じですが、これはどちらも実話なのでしょうか？」

「えっと、確か四谷怪談は完全に創作だったはず。番町皿屋敷は元となった実話はあるらしいけど、詳しくは知らないよ」

「ただ、四谷怪談のほうも、似たような実話はあったかも」

「そうだね。お岩さんを祭ってる神社があって、映画とか舞台とかをやるたびにお参りとお祓《はら》いをしないと関係者に不幸が続くらしいから、創作だっていう扱いの実話なのかもしれないよね。レイオット殿下が言ってたみたいに、やり口とかはともかく、動機とやってることはよくある話だし」

エアリスの問いに、知っていることをそう説明する春菜。

もっとも、実際にあった話かどうかとは別問題で、死んだ人のことを興味本位で面白おかしく怪談に仕立てあげるのは、間違っても趣味のいい話ではない。

祟《たた》りの一つや二つあっても、おかしくはないだろう。

「じゃあ、次は……」

「レイっちここにいる〜？」

「むっ、オクトガルか。どうした？」

「緊急事態はっせ～い」

「すぐ帰れ～、すぐ帰れ～」

「そうか、分かった。そういうことらしいから、すまないが先に帰らせてもらう」

「あっ、うん。お疲れさま」

次は海外の定番を、というタイミングでオクトガルに呼ばれ、名残惜しそうに中座するレイオット。

それを見送って、わざわざレイオットを呼び出すほどの緊急事態とは一体何なのかと不安になりつつも、次の映画に移る春菜。

海外の定番はホラーではなくバイオレンスとスプラッターの方面でなかなか怖かったのだが、これまた残念なことに、モンスターが普通に闊歩《かっぽ》する世界で生まれ育ち、グロ耐性も完璧なエアリスにはいまいちピンとこなかったようだ。

「あの、そもそも、死なないモンスターが、あの内容でどうして普通に滅んだと断言できたのでしょうか？」

「まあ、モンスター退治は素人の人達が対処してたんだし、復活に時間おかれちゃうとそう思い込んじゃってもしょうがないんじゃないかな？」

「どう見ても死んでないのに、どうして対処した人を乗っ取ることができたのでしょうか？」

「そのあたりの意味不明な理不尽さが、ホラーってジャンルの特徴だから、深く突っ込んでもねえ……」

エアリスの鋭い疑問に答えられず、苦笑いしながらお茶を濁す春菜。

海外のスプラッター系ホラーのお約束など、おおもとの制作者でもない限り深く追及されても答えようがない。

「ねえ、春姉、エル。その手の突っ込みは不毛だから、とっとと次のにいく」

「了解。じゃあ、呪いのビデオのやつにしようか。エルちゃんは、ビデオって分かるよね？」

「はい」

前提となる知識を確認した上で、『何が怖いのか分からないけど非常に怖い』と世界中で評判になった、ジャパニーズホラーの最高傑作とも呼ばれている円環の名前を冠した三部作の第一作目を上映する。

ホラーの本質である理不尽さと意味不明さを徹底的に追求したともいえるこの作品は、さすがのエアリスにもよく効いたようで……

「あ、あの、ハルナ様、ミオ様……」

「どうしたの？」

「……もしかして、怖くて立てない？」

「はい……。正直なところ、何が怖いのか、なぜ怖いのか分からないのですが……、こう、どうにも震えが止まらなくて足腰に力が入りません……」

「ん、大丈夫。正直ボクも結構怖かった……」

「国境を越えて失神者を出した作品は、やっぱり強烈だよね……」

ついにエアリスを怖がらせることに成功する。

が、その代償は大きく、春菜も澪も見なければよかったとひっそり後悔していたりする。

春菜にはこの種の呪いは一切効かないが、それと怖いと感じることは別問題のようだ。

「えっとまあ、さすがにこのレベルの理不尽さを味わえるお化け屋敷はないから、そこは安心してね」

「今回のお話の内容や展開的に、本当にそんなお化け屋敷があったら実際に死んでしまいそうなのですが……」

「だよね……」

春菜の何の慰めにもなっていない言葉に対し、震えながらも意外と冷静にそう突っ込むエアリス。

「……よく考えたら、これこそ師匠に対するアピールタイムだったかも……」

「いや、こう、宏君だと普通に一緒に怖がりそうな気が……」

「逆に師匠の場合、もっと怖いものがあるからこういうのはかえって怖くない可能性も……」

「「あ～……」」

澪が出してきた仮説に、宏ならありえると思わず納得してしまう春菜とエアリス。

ただ、今回の場合、原因が女の幽霊なので、そっちのほうで引っかかる可能性がなきにしもあらずではあるが。

「……よし、気分転換に、ご飯にしよう」

「ん、賛成」

「そうですね。お腹が空《す》きました」

いろいろ開き直った春菜の提案に、一も二もなく賛成する澪とエアリス。

とはいえ、直前に見たものの影響が完全に抜けるわけもなく、夕食の席では宏のふかし芋カッターそっちのけで、見た映画の感想に話題が終始する。

「そういえば、ここのアーカイブにあったたってことは、師匠もあの呪いのビデオの映画、見たことあるの？」

「一応な。見た時期が悪かったせいかもしれんけど、正直な話、映画全体で言うたらあんまり怖いとは思わんかってん」

「やっぱり、女の人とかチョコレートに比べたら、って感じ？」

「せやなあ。まあ、そのせいでラストのアレはもろ気絶したけどなあ」

「ああ、失神する理由が、他の人とはちょっと違う感じになったんだ……」

「多分、あの映画見て女性恐怖症が原因で気絶した人間なんか、他にそんなにおらんやろうなあ……」

「むしろ師匠、女の人も結構出てきてるのに、よく映画見れた……」

「映像の中におる女性は、僕を直接攻撃してけえへんからな」

「そういう理由なんだ……」

例の映画に対する宏のあれこれを聞いて、思わず遠い目をしたくなる女性陣。

「それで、春姉、エル。今日、一人で寝れそう？」

「私は大丈夫だけど、エルちゃんは？」

「正直、変な悪夢を見そうで、一人で眠りたくない気分です」

「そっか、澪ちゃんもそんな感じ？」

「ん。眠れないことはないけど、なんとなく一人ではいたくない気分」

「じゃあ、今日はここの私の部屋で、みんな一緒に寝よっか？」

「ん、お願い」

「お願いします」

結局この日のホラー映画鑑賞は、最後の最後まで女性陣に影響を及ぼし続けるのであった。

☆

そして翌日の昼過ぎ。宏は神の城で夜なべして完成させたふかし芋カッターのプロトタイプを、実用可能か確認するために天音の研究室へと持ち込んでいた。

その天音の評価はというと……

「……よくもまあ、こんな複雑で厄介な構造を完成させたね……」

というものであった。

「正直、物理的なつじつまがあっちこっち怪しいことになってるんですけど、これ使ってもうて大丈夫ですか？」

「ちょっと待ってね。今細かくチェックしてるから。……うーん……なんというかこう、グレーゾーンな感じかな？」

「ああ、やっぱり……」

慎重に解体しながらの天音の評価に、参ったとばかりにため息をつく宏。

挙動を確認していると、どうして引っかからないのか不思議なところがちょくちょくあったのだ。

なぜか組み込めたのでそのままにしてあったが、刃物の収納機構などはどうして問題なく組み込めたのか自分でも分からないぐらいである。

エンチャントをはじめとした地球では禁じ手となっている技は一切使っていないうえ、念のために日本に戻ってから同じものを一から作り直したのだが、やはりこのあたりはどうにもならなかったようだ。

「文化祭で使うぐらいだったら問題ないかな。さすがに量産して売り出すとなると、どこでどんなぼろが出るか分からないけどね……」

「大丈夫なんや……」

「万年時計とかと同じで、超絶技巧すぎて簡単に再現できない一品もの扱いでなら問題ないよ。刃が妙によく切れるのも、文化祭の間ぐらいならどうとでもごまかせるしね」

「そらよかった。ですけど、万年時計と同じ枠っちゅうんは大丈夫なんです？」

「大丈夫も何も、他に評価しようがないから考えるだけ無駄じゃないかな？」

あまりに身も蓋もない天音の言い分に、言葉に詰まる宏。

一つ補足しておくと、宏が言う万年時計とは、江戸後期に作られたぜんまい動力で動くカレンダー機能付きのからくり時計である。

が、このからくり時計、太陰暦に合わせてではあるが、時間と日付だけではなく太陽や月などの一部天体の動きも季節ごとに正確に再現しており、しかも一度フルにぜんまいを巻き上げてから完全に止まるまでの時間も、ぜんまい時計とは思えないほど長い。

かつて一度、現代の技術で再現するプロジェクトが立ち上がったものの、パーツの各種素材から始まって組み立て調整など、ありとあらゆる工程でトラブル多発。最終的にはこの時計の肝ともいえるぜんまいが、今では製法が失われていて素材で作られていて目標である完全復元が万博に間に合わなくなるかもという状況に追い込まれた。

単に蒸したジャガイモに十字の切り込みを入れるだけのふかし芋カッターを、驚くほど多機能で高性能な万年時計と同列に並べるのはどうかというところではあるが、正攻法で作れば女性が片手で持てるほどコンパクトかつ軽量にするのはかなり難易度が高い。

方向性は大きく違うが、高度なからくり構造を持ち完全な再現は困難で量産など不可能だという部分だけは両者で共通している。

万年時計と違っていろんなものを無駄遣いしている感はあるが、宏のやることなので、そのあたりは今更であろう。

「……あれ？　……むむむ……」

「どないしました？」

「ギアが一個、どうしても上手く入らなくてね。こっちを外してるときはちゃんと入って動くんだけど……」

「そのあたり、連動の関係でかなりシビアに調整してますからねえ。ちょっと角度変わると入らへんようになるんですよ」

「うん、それは分かってるんだ。……うーん、この、ほぼ噛《か》んでるんだけど奥まで入っていかない感じが……」

「代わりに組みましょうか？」

「ごめん、お願いしていい？」

「はいな」

天音に頼まれ、あっさり組み立てを終える宏。

公差が百分の一ミリだの千分の五ミリだのという世界では、同じ組み合わせのものなのにちょっとした呼吸の違いで、すっと入ったり入口すら引っかからなかったりといったことがよく起こる。

実際にちゃんとした検証が行われていないのではっきりしたことは分からないが、恐らくミクロンオーダーの微細なズレや倒れが影響した結果、そのようなことが起こるのだろう。

これを確実に組み立てられるのが経験と腕によるところなのだが、天音のこのあたりに関する技量が低いということはありえない。

恐らく、宏が言う物理的なつじつまが怪しい点の積み重ねと、宏と天音の専門分野や権能の違いが影響しているのであろう。

全部組もうとするとどこかが上手く入らなくなるだけで、組めている部分はどれもスムーズに動くあたりが厄介でいやらしい話である。

「なんだか、こういうものの組み立てが上手くできなかったのって、十何年ぶりだよ……」

「なんかこう、すんませんなあ……」

天音のボヤキに、思わずそんな風に謝ってしまう宏。

ふかし芋カッターの開発は、そんな妙な落ちをつけて終わりを告げるのであった。

第22話　全然説得力あらへんで

「エプロン、届いたよ」

文化祭数日前。朝のホームルームが始まる前。おおよそクラス全員が揃《そろ》ったところで、段ボール箱を抱えて前に出た春菜《はるな》がそう告げる。

「へえ、できたんだ？」

「どんな感じだ？」

春菜の一声に、ワラワラと生徒達が集まってくる。好奇心と期待に満ちた視線を浴びながら、春菜は一番上のエプロンを取り出して広げて見せた。

「エプロンなんて、どこで買っても一緒とか思ってたけど、違うもんだなあ……」

「家庭科の授業で作れそうなぐらいシンプルなのに、なんかすごく格好いいわよねえ……」

春菜が広げたエプロンを見て、教室中に感嘆のざわめきが生まれる。新人研修も兼ねた習作とはいえ、さすがに一流ブランドだけあって、そのエプロンは実に見栄えが良かった。

コストダウンと実用性、双方の理由から余計な装飾は一切省かれたシンプルなデザインなのだが、機能美を追求した結果、シンプルさゆえにやたらとスタイリッシュなシルエットとなっていた。

もっとも、余計な装飾は一切ないが、あれば便利だろうとポケットは三つほど取り付けられている。一流ブランドの意地かはたまたクライアントへの配慮か、遠目にはどころか至近距離で見ても一見してポケットがあるとは思えないデザインだが、調理作業などの邪魔にならず、かつ出し入れしやすい場所にしっかり取り付けられている。

はっきり言って、その気になればちょっとしたおしゃれ着に使えるぐらい、デザイン性に優れたエプロンだ。正直、普通にエプロンとしての用途に使うのが逆にためらわれる。

「……すげえ。『いもや』ってどっちかっていうとダサい名前なのに、このロゴだとダサい感じが全然しねえ……」

「プロっていうか有名なブランドって、すごいわねえ、本気で……」

ついでに一緒にデザインしてくれた屋号のロゴも、昭和臭漂うわざとらしいまでにベタな名前が妙な力強さを醸し出し、料理人がこだわりぬいた芋料理を出す店的な格好よさを感じさせる。

あまりに良すぎるため、文化祭の模擬店では中身のほうが釣り合いが取れなさそうなのが問題である。

「エプロンはサイズ以外は男女共通にしたんだって。で、セットで付けてもらった三角巾がこれとこれ。ねじり鉢巻き風のが男子、シックなバンダナって感じのが女子だって」

そう言って、一枚ずつ三角巾を取り出して広げて見せる春菜。これまた単品でファッションアイテムとして使えそうな仕上がりに、歓声が上がる。

女子のものは言うに及ばず、男子の三角巾もねじり鉢巻き風というのはあくまでモチーフという意味なので、言葉から受ける印象とは裏腹に、これを身につけて街を歩いても浮かない程度にはデザイン性に優れている。

はっきり言って、ねじり鉢巻きと言われなければそうとは思えない。なんとなく和のテイストが強めだという印象はあっても、第一印象でねじり鉢巻きに行きつくのは難しいデザインなのだ。

「これ、本当に一組約二百四十円税込みでいいの？」

「うん。多分聞かれそうだと思って確認取ったんだけど、服って基本的に、値段の大部分がデザイン料と技術料なんだって。生地に関しては今回そこそこの枚数作ってるし、輸入品を使えばかなり安く抑えられるから、そのレベルでも生地の原価だけだとこんなものらしいよ」

「へえ、そうなのね」

春菜の事情説明を聞き、安川《やすかわ》がなるほどという表情を浮かべて納得してみせる。

材料原価に関して嘘《うそ》をついているわけではないが、他にも三角巾に使った生地が比較的使い道に乏しい死蔵品だったという事情もある。

ある意味においては体よく不良在庫の処分を手伝わされた形ではあるが、誰も不幸にはなっていないので黙っている春菜。別に知られたところで誰も気にしない、というよりむしろ訳アリの訳というやつが分かって安心しそうな内容だが、お祭りムードに水を差す可能性もないではない。

いらぬ裏話は黙っているに越したことはないのだ。

「あと、デザインした人って、木津川《きづがわ》先輩なんだって」

「木津川先輩って、三月に卒業した、手芸部で伝説作ったあの？」

「うん。あの木津川先輩」

生地の話が終わったところで、むしろ暴露すべきだろうと思っていたもう一つの裏話を披露する春菜。春菜が出した名前に、クラス中がさらにどよめく。

木津川先輩とは今年春に潮見《しおみ》高校を卒業した木津川恵梨香《えりか》という女性で、在学中に作った衣装や小物で数多《あまた》な伝説を生み出した天才だ。

特に有名なのが、卒業制作にて雪菜《ゆきな》が目をかけているアイドル歌手の衣装を手掛けたときのことで、プロが用意したステージ衣装よりも魅力的な衣装を作り上げ、ファッションコーディネーターも脱帽のセンスでコーディネートしたというすさまじいエピソードを残している。

なお、それだけ華々しい活躍を見せた割に、当人は非常に地味で目立たない外見をしているのは、ある種のお約束かもしれない。

「……あれ？　木津川先輩の就職先って、確か……」

「……ちょっと待って、藤堂《とうどう》さん。そのエプロンの洗濯タグ見せて」

「はい」

春菜からエプロンを受け取った安川ともう一人の女子生徒が、洗濯タグのロゴマークを見て絶句する。

そこには、潮見市が世界に誇る超一流ファッションブランド、エンジェルメロディのロゴが燦然《さんぜん》と輝いていた。

「えっ？　あれ？　ちょっと待ってどうして？」

「ここの卒業生で有名なファッションブランドで私の関係者って、エンジェルメロディしかないと思うんだけど、気づいてなかったの？」

「……卒業生全員の進路なんて知らないし、藤堂さんの関係者だったらいくらでも一流ブランドがありそうだったから……」

「有名ブランドっていってもいろいろだから、もっと手頃なところのかと思ってたんだけど……」

春菜の切り返しに、思わずうなだれる安川達。潮見に住む、どころか日本中の女性達のあこがれであるエンジェルメロディ。その初体験が、よもやコンビニのサンドイッチと大差ない値段のエプロンと三角巾という点に、いろいろと思うところがあるのだ。

因《ちな》みに一番の思うところは、いくら向こうから言い出したこととはいえ、仮にも世界中の富豪がこぞってフルオーダー品を発注する高級ブランドに、こんなしょぼい仕事をさせて申しわけないというものだ。ついで、初体験はもっとちゃんとした服でやってみたかった、なのは、ある意味当然であろう。

「これ……正規の値段だったらいくらぐらいするのかしら？」

「自分で買ったこともカタログ見たこともないからよく知らないけど、多分百組以上作っても、平均を取ったら一組で五ケタの大台には普通に乗るんじゃないかな？　代理店とか通すと多分もっと値段上がると思うし」

「エプロンの値段とは思えないわね……」

蓉子《ようこ》の問いに対し、実に適当な答えを返す春菜。その答えを聞き、遠い目をする蓉子。

実際のところは、デザインをしたのが研修中の新人である木津川なので、ロゴのデザインがなければ春菜の想定の半額程度で、ロゴのデザイン料も含めれば春菜が考えているより何倍か高価だったりする。

参考までに、デザイナーがブランドトップの未来《みらい》だった場合、ロゴのデザインがなくてももっとすごい値段になる。未来にデザインしてもらうとなると、そもそも金額以前にその気になってもらうこと自体に非常に苦労するのだが、そこは今回は関係ないので置いておく。

どちらにせよ、たかが文化祭で使うエプロンの値段としては、常軌を逸した金額になるのは間違いない。

「というか、春菜ちゃん。自分で買ったこともカタログ見たこともないって、どういうこと？」

「これは深雪《みゆき》もなんだけど、子供の頃からファッションモデル代わりの着せ替え人形にされてきたから、エンジェルメロディでわざわざ買おうと思ったことってないんだよね。私はさすがにカタログとかに写真載っけるのは勘弁してもらってるけど、深雪はたまにお小遣い欲しさにモデルやってるみたい」

「ああ、うん。春菜ちゃんだったら普通にそうだよね」

「ねえ、美香《みか》。わざわざ聞かなくてもそれぐらい想像つくでしょ？」

「うん。そこに気がつかなかったあたし、頭悪いな、って今思ったよ」

春菜のそのあたりの事情を聞き、素直に自分の想像力とか推測能力とかそういったものが欠けていたことを認める美香。そもそも、今回のような内容を、あちらのほうから個人的に直接春菜に申し出るような関係なのだ。わざわざ買わなくても着る機会などいくらでもあるだろう。

余談ながら、春菜は高級ブランドと同じぐらい、下着の相場やデザインのバリエーションに疎い。下着類は未来が手ずから計測して作ったものをプレゼントしてくれるため、買う機会が一切ないのである。

他にもナンパその他の問題であまりがっつりお洒落《しゃれ》をしづらい関係上、ファッショナブルなカジュアル系の服の値段には詳しくない。その系統は親のおさがりなどがいくらでもあるので、基本的に自分で買う服は無◯良品やユ◯クロなどの基本的に年代性別問わずの普段着系ブランドか、しまむらあたりの無難ながらもちょっとおしゃれだったり気の利いたものがあったりする店のものだ。

それらのブランドはもちろん素晴らしいものだが、それ一辺倒なのは年頃の乙女としても芸能人の娘としてもいかがなものかというところであろう。

そんな自分に一切疑問を覚えていないところは、ブランドに流されないと表現すれば素晴らしい性質になり、恵まれた立場なのに無頓着と表現すれば一気に残念な人に早変わりする要素だろう。

親をはじめとした周囲のおかげでファッションセンス自体は磨かれているものの、こういう面では何気に澪《みお》とあまり変わらないレベルで箱入りな春菜であった。

「まあ、とりあえず、エプロンの試着は昼休みか放課後かな。そろそろホームルームだし」

「そうね」

話が変なほうに流れそうになったので、現在の時刻を口実に話題を切り上げる春菜。実際にそろそろ予鈴が鳴る時刻なので、安川達もその言葉に乗っかり自分の席に戻る。

結局、その日の放課後はエプロンの試着で大騒ぎになり、あまり準備は進まなかったのであった。

☆

そんなこんなで時は流れて文化祭前日。

「看板の位置は、こんなもんか？」

「もうちょい左のほうが、バランスよさそうやな」

「ホースを借りてきた！　東《あずま》、ガスの配管頼む！」

「おう。今行くからちょい待って！」

本日は授業を休み、丸一日準備ということで、朝からどこのクラス・部活も最後の仕上げに慌ただしく動き回っていた。

「ガスの栓はここで、おでん鍋がここ。コンロをここことここに配置やから、ガスホースに足引っ掛けへんようにっちゅうと……」

山口《やまぐち》から預かったガスホースを、配置図を見ながら慎重に這《は》わせる宏《ひろし》。これをいい加減にやってしまうと、事故が発生する確率が跳ね上がって大変危険だ。

「多分、これで足引っ掛けたりとかは大丈夫やと思うけど、ちょい確認してや」

「おう。……大丈夫そうだな。あとは壁紙でホース隠したら終わりか？」

「いんや。その前にちゃんと点火するかどうかと、ガス漏れが起こらんかどうかの確認がいるで」

学食からレンタルしたおでん鍋と学校の備品である卓上コンロの接続を再度確認し、栓を開いて点火する宏。ちゃんと配管ができているようで、特に問題なくガスに着火する。

「よっしゃ。これでOKやな」

着火を確認し、ガスが漏れたにおいなどがしないことも確かめた宏が、火を消しながらそう宣言する。それを聞いたクラスメイト達が、教室の後ろに丸めて置いてあった模造紙を手に取って次の作業に移る。

「じゃあ、壁紙だな」

「ようやく、東の力作の出番か」

そんなことを言い合いながら、とてつもなく正確なサイズで作られた、よく言えば古くて風情がある、悪く言えばぼろい料理屋を模した壁紙を、現在教室にいる人間総出で貼り付けていく。

押しピンとセロハンテープで留めただけという非常にチープな固定方法が、かろうじて文化祭らしさを感じさせるが、そうでなければ安い模造紙にそれっぽく描かれただけとは到底思えない。

残念ながら、宏の描画能力はこの手の大道具的なものにしか発揮されないため、漫画やイラスト、普通の絵画を描いても大したものはできない。むしろ、そっち方面は春菜や澪のほうが数段上で、さらにその先の超えられない壁の向こうに真琴《まこと》がいる。

因みに、現在教室に残っているのは男子生徒の一部のみだ。春菜を含む残りの生徒は、買い出しや調理実習室での仕込み作業を行っている。

「よし、こっちは終わりだ」

「後ろも終わったぞ」

「あとは机と椅子の並べ替えだな」

壁紙の出来もあり、いろいろとシュールな感じになった教室をざっと確認し、次の準備に移る男子達。とはいえ、最も手間がかかる壁紙の貼り付けは終わっており、あとはスペースを見ながら残った机を四つ一組にして、テーブルクロスをかけるだけである。

大した作業でもないため、大まかな配置は十分もかからずに終わってしまう。

「こんなもんか？」

「だと思うけど、ちっと座ってみて、周りうろうろしてみて確認かな？」

そう言いながら、わざと雑に座って通れるかどうかを確認、微調整していく男子一同。

「こっちはこんなもんだろう」

「ここはもう少しスペース取ったほうがいいかもなあ。通れなくはないが、場合によっちゃあお客さんの体に腕とか当たりそうだ」

「じゃあ、これぐらいか？」

「そうなると、今度はこっち側をちょっといじらないとなあ……」

メジャーで測って配置した割に、微妙な不具合が続出するテーブルレイアウト。それをちまちまと修正して、納得がいく状態に仕上げる。

「もう一組、いけなくもなさそうだが……」

「ごみ箱の配置とテイクアウトの人ら考えたら、やめといたほうがええやろう」

「……そうだな」

宏からのやんわりとした否定を受け、確かにといった感じで自分の意見を引く山口。

「裁断機借りてきたけど、新聞紙はどれぐらいに切ればいい？」

「芋の大きさからいうと、四分の一ぐらいに切ればええと思うで。持てるようにすればええから、全部包む必要はあらへんし」

「だったら、半分に切ったやつと四分の一に切ったやつで試してみようぜ」

「せやな」

テーブルの配置について相談している間に、裁断機貸し出しの順番待ちをしていた生徒が戻ってきて、焼き芋を包む新聞やチラシの大きさをどうするか確認してくる。その間にも、手が空いた他のクラスメイトが教室の中を見渡して、次にすべきことを口にする。

「余った椅子とかはどうすればいいんだ？」

「文化祭で使わない教室に運べばいい。一番近いのは一組だな」

手が空いた男子の質問に、文化祭実行委員の春田《はるた》がそう答える。

「そうか。全部一組行きでいいのか？」

「いや、四つほどは作業スペースに置いといて、荷物その他の仮置き場に使うわ」

「了解。あと、そろそろ芋焼き機と蒸籠《せいろ》は置いちまっていいんじゃないか？」

「せやな。一組に預けとったはずやから、受け取ってくるわ」

「なら、ついでに俺らも運ぶの手伝うぞ」

「頼むわ」

そう言って、椅子をいくつか手にして一組へと移動する宏達。安全のために二人がかりで芋焼き機を運び、他の男子が万能蒸し器やサツマイモ、ジャガイモなど練習用ということで預けてあったものを抱えてついてくる。

「東、ごみ箱はこの辺で大丈夫そうか？」

「せやな、そのあたりやろ」

宏達が芋焼き機などを運んでくる間も、山口の指揮のもと細かい作業は進んでいたらしい。仮配置されたごみ箱を指しながら、山口が確認を取ってくる。

「そーいや、ごみの分別ってどうなるんだっけ？」

「うちの場合は金属ごみや普通のプラごみは出ないから、基本一律生ごみ扱いでよかったはずだぞ」

「ごみは食堂のごみ捨て場でいいのか？」

「ああ。ごみ袋ごとそこにぶち込めばいい」

ごみ箱の話題が出たところで、できる作業が終わって待機していた男子がごみの処理について確認する。それに対して、山口が分かっている範囲で答える。

学食も飲食業者なので、生ごみ処理装置は普通に導入されている。なので、潮見高校で発生する生ごみや包装資材の大部分は、学食の生ごみ処理装置で処分される。

今回、宏達のクラスでは金属ごみは出てこない。商品を提供する際に使う皿やお椀《わん》は紙製、ごみ袋や箸は生分解性プラスチックなので生ごみ処理装置で処理可能な品物である。バターを直接包んでいるアルミホイルも、最近ではアルミを使わず同じ効果を得られる製品が主になっており、これを生ごみ処理装置に入れても普通に処理してくれる。

そういう事情ゆえ、細かいことは考えずにまとめて生ごみ扱いにしても、普通に問題なく処理できるのだ。

このように、宏達のいる日本ではここ数年で可燃ごみの大部分が生ごみ処理装置で処理できるようになっており、ごみの分別回収に関しては年々簡素化が進んでいる。一般人が意識しないところでリサイクル技術も高度化していることを考えると、そう遠くない将来、ポイ捨て以外でごみが問題になることはなくなりそうである。

このあたりの事情には関係者の一部が自分のゼミ出身であること以外に天音《あまね》が噛《か》んでいないあたり、日本の一般人の技術力や開発能力もなかなか捨てたものではないようだ。

「ただいま～」

「芋煮とおでん、用意してきたわよ」

そんな話をしている間に、宏が機材の設置を全て終えたタイミングで、春菜達調理実習室組が戻ってくる。おでんのダシが入った容器や豚汁風芋煮の入った寸胴鍋《ずんどうなべ》、おでんの具材を種類ごとに分けておさめたタッパーなど、彼女達が持っている荷物はなかなかの分量となっている。

「ほな、おでんはダシをこん中に流し込んだら具材を種類ごとに入れたって。芋煮は各コンロの上に配置な」

「了解。買い出し部隊が帰ってきたら試食も兼ねて腹ごしらえして、あとは放送で告知してもらって練習かな？」

「せやな。そっちは僕は参加せえへんから、畑から食材回収してこなあかん、っちゅうんがあったら言うて」

宏の申し出に、しばし考え込む春菜。三十秒ほど頭の中でカウントし、明日の仕込みが怪しくなりそうなものを導き出す。

「感じから言って、ゴボウと大根とスジ肉と卵が怪しいと思うんだ。でも、卵とスジ肉は、この時間だとちょっと厳しいかな？」

「了解。卵は多分、なんとかなると思うわ。ついでに、ジャガイモとサツマイモも追加で持ってこよか？」

「あ、そうだね。晩ご飯に野菜カレー作ろうかと思ってるから、余裕がありそうだったら大型の炊飯器とか借りてきてくれたら助かるよ」

「ほな、その材料もやな。大体どんぐらいあったら足りそう？」

「ん〜、そうだね……」

春菜がピックアップした食材を、パソコンでメモる宏。ついでに安永《やすなが》氏に、卵とスジ肉が確保できないか打診しておく。なぜ安永氏なのかというと、今回肉類や卵に関しては、安永氏を通してその親戚の畜産農家からタイムラグのある物々交換や卸値での調達をしているからである。

タイムラグのある物々交換、その主な対象はスイカで、道の駅の売り場に並べきれなかった大量のスイカを安永一族にタダで渡したところ、今回の文化祭の練習に使う食材は無償で、本番で使うものは卸値で提供してくれることとなったのだ。

とはいえ、さすがに出荷作業が終わったあとでは厳しいので、卵はまだしもスジ肉となると、そろそろ微妙に怪しい時間になっている。

「量が量やから軽トラ使うことになりそうやけど、この場合いつきさん頼らんとまずいやろうなあ……」

「さすがに、宏君が学校まで運転してくるのは駄目だと思うよ」

「やんなあ……」

普通にキロ単位、ものによっては箱単位で要求される食材の量に、宏も春菜も自分達での運搬をサクッと諦める。

「てか東、免許取ってるんだ」

「あったら便利か思って、夏休み入ってすぐにな。因みに、誕生日は七月二十七日な」

「ああ、なるほど。俺は誕生日まだだし、入試もあるから春休みに取るつもりなんだよな」

「実は黙ってたけど、あたしも親に言われて夏休みに合宿行って免許取ってきた。ただ、取っただけで一回も運転してないけど」

軽トラを運転、という話から、運転免許の話題が出てくる。そのまま、受験生だというのにもう免許を持っている、逆に誕生日は来たがまだ取っていない、などといった話で盛り上がっているところへ、買い出し部隊が戻ってくる。

「ただいま～」

「喜べ！　白飯を安く調達してきたぞ！」

「おにぎりもあるよ～」

そう言いながら、やや遅めの昼食として調達してきた白飯やおにぎりを全員に配っていく買い出し部隊。豚汁風芋煮とおでんの匂いでそろそろ辛抱たまらなくなっていたクラス一同が、歓声を上げながら受け取っていく。

炊飯器を使わせてもらう余裕がなかったことと、宏と春菜が格安でいろんなものを調達してくれたために予算に余裕があったことから、買い出し部隊は急遽《きゅうきょ》白いご飯やおにぎりを追加で調達してきたのだ。

「ほな、おでんと芋煮配ったら試食やな」

「おう、手早く頼む！」

「おでん、こんにゃくとちくわは外せないぜ！」

「馬鹿野郎！　まずは大根、それに厚揚げとスジ肉だろうが！」

「そういや、藤堂さんちのおでんってちくわぶはないのね？」

「あ～、うん。うちの味付けとかダシの取り方、関西のが基本だから」

などとわいわい言いながら、ある程度リクエストに応じつつおでんと芋煮を配っていく。全員に行き渡ったところで、最低限の礼儀というか行儀としていただきますを唱和し、思い思いの場所に腰を下ろして試食を始める。

余談ながら、メニューが汁物主体でトレイがなければ運搬が難しい、という問題が練習中に発覚したのだが、今回は文化祭全体で天音の新発明である空間投影式トレイを試験運用することになったため、わざわざ宏達がアイデアを出すまでもなく解決している。

名前から想像がつくだろうが、空間投影式トレイとは、空中に投影したトレイの上に物を載せて運搬するという、空間投影式のディスプレイやキーボードを発展させた新技術だ。

ここで試験運用をしようとしていることからも分かるように、システムとしては安定していてすでに実用段階にあり、あとはコストをはじめとしたよくある問題と、運用ノウハウの蓄積だけで商品化できるところまできている。

海南《かいなん》大学ではすでにデータ取りのために学食に導入されており、学園祭で行った一度目の大規模運営テストも特にトラブルなく終えている。なので、今度は開発者の目が届かないところでも問題なく稼働できるかというテストを、天音の母校である潮見高校で行うことになったのだ。

潮見高校が、公立高校とは思えないほどこういうことに協力的だからこそ実現したと言える。

そういう事情なので、これに関しては宏や春菜のコネは一切関係ない。

「……椅子、向こうに片したんは早かったかもしれんなあ」

「そうだな」

作業前にきっちりと徹底的に掃除をし、さらに敷物を敷いているとはいえ、床に直接腰を下ろしているクラスメイト一同を見て、失敗したという顔で宏と山口が言う。

その間にも、食事に箸をつけたクラスメイト達はその味の虜《とりこ》になり、一切無駄口をたたかずにどんどんと芋煮を食らい尽くしおでんを平らげていく。

「こらヤバいな。先に準備しとくか」

クラスメイトの食事スピードを見た宏が、自身の食事をいったん中断して芋焼き機と万能蒸し器を起動し、芋をどんどん投入していく。その動きを見て、おでんや芋煮を勝手におかわりしていたクラスメイト達が、しまったとばかりにその手を止める。

「そうだった。焼き芋とじゃがバター、忘れてた」

「全員食い終わってちょっとたったぐらいに出来上がりやから、あんま食うたらあとで腹はちきれそうになって後悔すんで」

「今まさに、ミスを痛感してるさ……」

思わずおでんのおかわり三回目に突入してしまった男子が、本気で悔いるような表情を浮かべながら宏に答える。その視線は芋焼き機に向けられており、彼の内心での葛藤がよく表れている。

「にしても、おでんうめえなあ……」

「これ、五種類で三百円だっけか?」

「そうそう。お釣りを計算しやすくするために、他のメニューと合わせて百円刻みにして、一種類単位での販売は無しにしてあるんだ。っていっても、多分最後は具材の残り数が五の倍数にはならないと思うけど」

「だろうなあ」

値段についての春菜の言葉に、納得するように頷《うなず》く男子生徒二人。釣り銭の計算もそうだが、五の倍数にならないというのも大体予想がつく。

「っちゅうか、春菜さん的には今回のメニュー編成やと、おでんだけに絞って一個いくらで売りたかった感じちゃうん？」

「そうだね。足すとしても、せいぜい豚汁ぐらいかな？　炭火のコンロを出していいんだったら、焼き鳥かなにかもやりたかったけど」

「まあ、個人的には、豚汁やるんやったらおにぎりかなんかも欲しいところやけど」

「おでんはともかく、豚汁はお米が欲しいよね」

春菜の嗜好《しこう》ぐらいはお見通し、と言わんばかりの宏の突っ込みに、にっこり笑いながら肯定する春菜。その仲睦《むつ》まじい様子に、きたきたとばかりにクラス中から生温かい視線が向けられる。

「おでんはともかくっちゅうんはどういう意味なん？」

「おでんって、人、というか家庭によってはおかずとして認識してないこともあるんだよね。うちなんかは基本的に、ケーキとかみたいな完膚なきまでにお菓子、ってもの以外はご飯のおかずにしちゃうけど」

「そうなんや」

「うん。似たようなものとしてはお好み焼きなんかもそうかな？　まあ、お好み焼きをおかずにご飯食べるのって、基本的には関西の文化らしいんだけど」

「関西、っちゅうか、ほぼ大阪やろうな。あと、大阪の人間でも、みんながみんなお好み焼きでご飯食うわけやないで」

「うん、知ってる。というか、宏君も基本的には、お好み焼きはおかずじゃない感じだよね」

「うちの場合は、どっちかっちゅうとその日の気分やな」

屋台のメニューからおでんの話題に移り、さらにお好み焼きの食べ方にまで話を飛躍させる宏と春菜。その間にしれっと宏のお好み焼きの食べ方が春菜の口から出ているが、もはやこれぐらいでは外野はどよめきもしない。

「で、今思ってんけど、おでんに焼き鳥って飲み屋のメニューちゃうん？」

「そうだね。モツ煮もあれば完璧だよね」

「炭火コンロの許可下りへんのが確実でよかったわ。そのメニューを高校の文化祭でやるとか、チャレンジャーにもほどがあんで」

「や、いくら私でも、さすがに文化祭ではやらないよ？」

「文化祭の模擬店のために、おでんのダシを一カ月前から仕込もうとする女が言うても、全然説得力あらへんで」

「うっ」

(あれを無意識でやるところは、さすがだよな)

(あんなにイチャイチャしててまだ付き合ってないのって、詐欺もいいところよね)

(知ってるか？　あれであいつら、まともに交流始めたのゴールデンウィーク直前なんだぜ？)

(お互い心底信頼してますって感じが、いいのよね。私もああいう関係になれる彼氏、欲しいわ～)

(なんというか、藤堂さんは観賞用みたいなものだから持ってかれるのは悔しくもなんともないんだけど、それでもリア充は末永く爆発しろ、って言いたい)

(ああ、うん。気持ちはよく分かる。っつうか、東にはいい加減手遅れを認めて、末永く爆発して

ほしいもんだぜ)

まったく緊張感も遠慮も感じさせない気安いやり取りをする宏と春菜を、これが見たかったんだとばかりにほのぼのとした表情でひそひそ話をしながら見守るクラスメイト一同。

相変わらず春菜から宏への好き好きオーラがダダ漏れな割に甘さは皆無だが、その分お互いに対する信頼がほのぼのとした温かさを振りまいている。

正直、これでまだ春菜の片思いだというのは詐欺くさいにもほどがあるが、ある意味においてカップルの理想像と言えなくもない。

「っと、そろそろお芋焼けたんじゃないかな?」

「せやな。じゃあ、それ食ったらちょっと行ってくるわ」

「うん。あ、そうだ。晩ご飯はここで食べるんだよね?」

「そのつもりやで」

焼き芋の最初の一個を取り出し、割って焼け具合を確認しながら春菜の問いに答える宏。そのまま、芋の出来具合を確認するように、味わいながら平らげる。

次に、じゃがバターのほうもじっくり味見しながら平らげ、一つ頷くと周囲に宣言する。

「うし、ええ出来や。ほな、各自扱いの練習も兼ねて、勝手に取って勝手に食うてや」

「待ってましたぁ!」

「ある意味、こっちが本命だったのよね~♪」

宏のその宣言を受け、食事を終えて待機していた生徒、それも主に女子一同が歓声を上げながら、芋焼き機に群がる。そのままきゃあきゃあ言いながら、どんどん焼き芋を取り出しては周囲に渡し、次の芋を補充していく。

「……こら、芋どんだけあっても足らん感じやなあ……」

「だよね～……」

「まあ、保存きくし、予定の倍持ってきとけば足りるやろう。ちょっと余らせてもうた、っちゅうぐらいやったら、最悪、後夜祭か片付けの日に焼いて振る舞えば食い尽くせるやろし」

「場合によっては、学食の厨房《ちゅうぼう》か調理実習室借りて、スイートポテトか大学芋でも作るよ」

「せやな。ほなまあ、行ってくるわ」

「いってらっしゃい」

芋に夢中になっているクラスメイト達を放置し、さっさと追加の食材を調達しに行く宏。それに気がついた女子生徒が一人、慌てて春菜のもとに駆け寄ってくる。

「あ、東は行っちゃったんだ」

「うん。どうしたの？」

「実は、肉無しの野菜カレーって聞いてたから、こっそりカンパ集めてお肉代を捻出してたのよ。東と藤堂には食材も料理ものすごく奢《おご》ってもらってるから、これぐらいはしたいよねって話になってさ。で、みんな千円以上出してくれてるから、これだけあればカレー用のお肉ぐらいは買えるかなって思ったんだけど……」

「大丈夫だとは思うけど、私達の場合、カレーっていうと基本的に牛肉だから、量は少なめになるよ？」

「いいのいいの。お肉が入ってるってだけでもテンションが違うから！」

「ん〜、じゃあ、ある程度提供の練習に目途がついたら、もらったお金で買えるだけ買ってくるよ」

「お願い。余ったお金は、二人の経費ってことで分けちゃっていいから」

「了解。じゃあ、ちょっと空の鍋を調理実習室に返してくるついでに、放送室に行って案内の放送入れてもらうよ」

そう言って、カンパで集めたお金約四万円を春菜に渡す女子生徒。それを受け取って立ち上がり、すでに空になっている一つ目の芋煮の寸胴鍋を回収して教室を出ていく春菜。

その後、提供の練習も兼ねて振る舞った料理が好評すぎて本番用の食材の半分以上を食い潰《つぶ》す羽目になったり、宏が調達してきた食材や機材が予想以上で春菜の目の輝きがすごいことになったり、先週に宏がでっち上げたふかし芋カッターの便利さのおかげで、じゃがバターの供給がものすごくスムーズになっていたりと、祭りの準備はいろんな意味で思い出に残る形で進んでいく。

なお、生徒達の間では、それ以外にも宏がでっち上げた便利グッズの便利さのほうが空間投影式トレイよりも話題になっている。

天音が常識を超えた何かを用意して一般人を驚かせるのは当たり前のことだが、普通の高校生であるはずの宏が長年改良され定着している便利器具よりさらに便利で使い勝手がいいものを作るのは、単に驚きという言葉だけでは表現できない事態なのだから当然であろう。

そんなこんなで時間は進んで夕食の準備。

「……なあ、春菜さん」

カレーの香りが充満する学食の厨房で大量の大鍋の面倒を見ながら、宏と春菜が遠い目をしていた。

「……まあ、予算回してもらったし、いいんじゃないかな？」

「なんでうちら、学校におる全員の分をおさんどんしとるんやろうなあ？」

「……何かな？」

「……というかね、宏君」

「……なんや？」

「実は私、今朝の時点でなんとなくこうなるんじゃないかな、って気がしてたんだよね……」

「奇遇やな。実は僕もな、そんな気がしとったんや……」

「うん、知ってた」

お互いに現状についてそんな告白をする宏と春菜。少なくとも、宏がこの事態を予想していたのは、材料になるスパイスを缶単位で調達してきた、どころか牛肉すら安永氏経由で確保してきたことからも容易に想像がつく。

「とりあえず、米を学食からも提供してもらえたんは助かるわ。さすがに教師入れてウン百人っちゅうと、そんな量の米は調達してきてへんし」

「カレーだとお米たくさん食べるから、多分百キロじゃ足りないんだよね」

「せやねん。クラス分に余裕見て三十キロほどしか調達してきてへんから、全然足らんで」

「まあ、今はそれ以上に鍋とコンロが足りてないけど」

「調理実習室に宿直室までカレー煮込むんに借りとるからなあ」

「なんかこう、向こうでの炊き出しを思い出すよね」

「機材的には、今のほうが不自由しとるけどな」

などと言いながら、いい感じに煮込み終わったカレーを次々とコンロから下ろしていく宏と春菜。

そのまま、余った鍋を探し出して、さらに新たなカレーを仕込み始める。

鍋いっぱいでせいぜい一クラス分、運動部の胃袋を考えればどう考えても足りないとあって、現在調理設備がある場所を全部夕食準備のために占拠した上で、料理ができる人間が総出で宏と春菜が仕込んだカレーを煮込み、米を炊いている。

そんな状況ゆえに学校中にカレーの香りが漂い始め、出来上がったカレーと炊き上がった米の匂いに誘われ、徐々に生徒達が夕食のために学食へと集まってくる。

「……なんぞ、戦争の気配やな」

「そうだね。次が煮込み終わるまで持つといいんだけどね……」

「むしろ、米がやばいかもな……」

そんな宏と春菜の心配は的中し、神々の晩餐《ばんさん》スキルによる増量効果があっても提供が追いつかず、さらに若干残ったカレーの処遇に絡む血で血を洗う戦争（注：イメージによる誇張表現）を引き起こして、宏にとっての文化祭は終わりを告げるのであった。

☆

そして翌日、文化祭一日目。

「……予想はしてたが、また恐ろしい集客力だな」

「……ん。ものすごい勢いで客捌《さば》いてるのに、列が全然減ってない」

せっかくだからと様子を見に来た達也《たつや》達が、宏と春菜のクラスの店『いもや』の盛況ぶりに顔を引きつらせていた。

「まあ、文句言っててもしょうがないし、諦めて並びましょ」

「ん。どうせ春姉《はるねえ》が絡んだ時点でこうなるのは分かってたんだし、文句言ってもしょうがない」

「だな」

真琴に促され、澪と達也が大人しく行列の最後尾に並ぶ。

「エル様も、よろしいですか～？」

「気になさらなくても大丈夫ですよ。こちらではただの子供なのですから、こちらのルールに従います。それに、並んで待つぐらいのことで文句を言うほど、道理をわきまえていないわけではないつもりですし」

文化祭の模擬店とは思えない行列に、やや不安になった詩織《しおり》がエアリスに問う。その問いにきらきらとした笑顔を浮かべて、エアリスが妙に嬉《うれ》しそうにそう答える。

「エル、なんだかあんた、妙に嬉しそうねえ……」

「はい。実は今まで、こういった行列に並んだことがありませんでしたので……」

「いやいやいや。あんたの立場だったら、それが普通だからね？」

「公式の立場で行動するときは、それが普通なのは分かっております。ですが、さすがにファムさん達と一緒にウルス東地区の屋台村などに行ったときすら、ちゃんとヒロシ様の魔道具で変装していたにもかかわらず、皆様が列を譲ってくださるので……」

「あ～……」

エアリスの答えに、何やらいろいろ納得した様子を見せる真琴。エアリスは妙にそういう雑な扱いを喜ぶが、普通の貴族はそうでもない。なので、向こうでは貴族には道や順番を譲るのは、割と当たり前の処世術である。

ダールで屋台をやっていたとき、変装してやってきたミシェイラ女王がそういう扱いを受けなかったのは、ひとえにアルヴァンとしての経験によるところが大きい。はっきり言って、生まれてからずっとお姫様と巫女《みこ》だけをやっていたエアリスでは、どうやっても同じことは不可能だ。

なので、注目は集めても誰もそういう発想をしない日本でもなければ、エアリスが行列に並んで待つということはできないだろう。

「それにしても、これやったの宏でしょうけど、ちょっとやりすぎじゃない？」

「文化祭の模擬店、って外見ではないな」

「専門の業者が作りました、って言っても通じるよね～」

大人しく最後尾に並びつつ、やたら気合いが入った店の看板や壁紙その他に、そう突っ込みを入れる年長組。よく見ればちゃんとセロハンテープなどで固定しているのが分かるが、それに気がつかなければ実際にそういう素材で壁を作っている、それも相当年月を重ねた店のようにしか見えない。

はっきり言って、あまりに本格的すぎて、左右の教室と比べて思いっきり浮いている。

「でもこれ、多分師匠は限界まで手を抜いてるはず。前に畑で、そのあたりのことぼやいてた」

探し回っている。

「ねえ、タッちゃん。パンフに書いてあった空間投影式トレイって、あれかなあ？」

「みたいだな。つうか、本当に非実体の投影物なのに、上に物をのせても落ちないんだな」

「技術の進歩って、すごいよね～」

「だなあ……」

あからさまに何か空間に投影しています、という風情の半透明の板の上に芋煮だのおでんだのが入った紙のお椀《わん》が並び、それが問題なく運搬されている様に、思わず目を丸くしながらそんな話をする香月《かづき》夫妻。

今までも投影されたトレイで物を運んでいる人間はいたのだが、人混みの中だったのと店の外観などに意識がいっていたのとで、視界に入っていなかったのだ。

「この調子で何でも投影できるようになっちまうと、いろんな産業に大打撃を与えることになりそうなんだが……」

「ん～……。綾瀬《あやせ》教授がそんなに迂闊《うかつ》だとは思えないから、何かしら応用面で欠点があるとは思うよ～？」

「まあ、そうなんだろうけど、ちょっと気になってなあ……」

さすがに、あまりにインパクトが大きすぎる空間投影式トレイに、そんな不安がぬぐえない達也。

現実には詩織の言葉どおり、空間投影式トレイはその原理上、トレイと皿やコップ、あとはせいぜい食券ぐらいにしか応用できないうえ、どれほど技術を発展させても、必要な出力と演算能力の都合で家庭用のパソコンでは使えない。

コストダウンするにしてもすでに限界が見えているらしく、一番安くなるところまで下げられたとしても、ファストフードやフードコート、社員食堂や野外イベントなど以外ではあまりメリットがなさそうだ、というのが実際のところらしい。

天音本人に言わせれば、生産ラインなどに応用するにしても、原理の問題で正攻法だとあと三世紀はかかる程度には応用しづらいとのことである。

そうこうしているうちに、さらに列が進み、ついに教室《店》の中に入った一同。

「……こりゃまた……」

「カウンターがよく見ると学校の机だって分からなきゃ、普通の店にしか見えないわよね……」

「師匠、壁紙とかがんばりすぎ……」

店の内装に目を丸くしたあと、思わず乾いた声で宏のやりすぎにうめく達也、真琴、澪の三人。

達也達の反応も当然で、床に敷かれたブルーシートとイートインスペースに使われている椅子、カウンター代わりに使っている机などそこかしこにわざとらしく学校を主張する備品がなければ、ここが学校の教室だとはすぐに分からないほどしっかりした内装になっているのである。

また、従業員役の生徒達もしっかりしたデザインのエプロンと三角巾、というよりバンダナを揃えて身にまとっており、それがより一層ちゃんとした飲食店っぽさを醸し出していた。

「……なんだか不思議なオブジェのようなものがあるのですが、あれは何でしょうか？」

そんな達也達を尻目に、そもそも普通の文化祭や学園祭を知らないエアリスが興味深そうに教室内を見渡したあと、カウンターの後ろで稼働中の芋焼き機に目を向けてそんな疑問を口にする。

エアリスの位置からは焼き芋を取り出すところも客に芋を提供しているところも見えないため、

芋焼き機はただのオブジェにしか見えないのだ。

「あれは天音おばさんが作った芋焼き機なんだ」

「あっ、ハルナ様」

「こんにちは、エルちゃん。達也さん達もいらっしゃい」

エアリスの疑問に答えるように、注文を取りに来た春菜が声をかける。金銭のやり取りを料理の受け渡しと一緒にやるとややこしいことになるため、会計係は独立して動いているようだ。

「で、メニューは焼き芋とじゃがバター、芋煮、おでんで、おでんが一人前三百円、それ以外が百円なんだけど、全種類を人数分でいいのかな？」

「おう。で、春菜。高校の文化祭だって分かってて、あえて聞くんだが……」

「何？」

「アルコールメニューはどこだ？」

「あはは」

ボケも兼ねた達也の問いに、思わず明るい笑い声を上げる春菜。超絶的な美少女が浮かべるはつらつとした笑顔に、並んで待っていた他の客や偵察に来た他のクラスの生徒の注目が集まる。

「それ、他のお客さんにも聞かれたんだよね。さすがに高校だから無理だけど、大学の学祭だったら缶ビールぐらいは出せるのかな？」

「かな、って俺に聞かれてもなあ……」

「多分、学校によるんじゃないかしら？」

代表で達也から商品代金を受け取り、空間投影式トレイの応用である食券を渡しながら、そんな微妙にポイントがずれている気がしなくもない会話を続ける春菜と年長組。代金も受け取り、会話も区切りがついたので話を切り上げ、春菜がカウンターの裏へ戻っていく。

因みに、最初は食券なんてシステムはなかったが、春菜はともかく他の生徒が混乱して注文を間違えそうになったり過剰に渡しそうになったりと問題が多発し、さらに現金の管理にも不具合が出てきそうだったので、急遽、空間投影式トレイの設定をいじって導入したのだ。

「せっかく来てもらって申しわけないんだけど、こういう感じだから売り切れにでもならない限りはちょっと抜けられそうにないんだ。一緒に回れたらよかったんだけど……」

「まっ、繁盛してるのはいいことだし、気にすんな」

カウンターに戻り、現金を専用ケースに収めて何やらチェックを入れながら、本当に申しわけなさそうに達也達にそう告げる春菜。クラスメイト達も同じように申しわけなさそうにしながらも、作業の手は一切止めない。

食券を空間投影式トレイの応用品にしている割に商品購入は現金オンリーで売り上げ管理も手書き帳面だが、これに関しては電子決済だと手数料を取られたり、完全に無関係な外部のシステムが噛んでややこしいことになるためである。

「しかし、えらく繁盛してるなあ……」

「今日は結構寒いですし、焼き芋と春菜の宣伝効果はすごいですから……」

「あ～……」

さらに列が進み、自分達の番が回ってきたところで、おでん係の蓉子とそんな雑談をする達也。その隣では、美香がせっせと芋煮を器によそっている。

「エアリス様も、せっかく来ていただいたのに申しわけありません」

「お仕事で手を取られていることに不満などありませんから、あまり気にしないでください」

「でも、東君も春菜ちゃんもいないのは、さすがに申しわけなくて……」

達也の後ろに並んでいたエアリスに芋煮を渡しながら、美香が珍しい客人を接待できないことを謝罪する。本当に申しわけなさそうにしている美香に、エアリスが聖女然とした笑顔で許しの言葉を告げる。

「まあ、心配しなくても、この後あたし達だけで文化祭堪能したら宏と春菜の畑に襲撃かけるから、宏とエルが顔を合わせないってことだけはないわよ」

「畑……。ああ、そういえば、明日の分を用意しておいてくれるって言ってましたね」

「この人出はヒロ君にはきついから、運搬はいつきさんの仕事だって言ってたけどね～」

「ボク達も、選別と積み込みぐらいは手伝う予定」

「それはそれでどうなのかと思わなくもないんですが……」

あとに続きながら、次々とこの後の予定や背景事情を告げてくる真琴、詩織、澪の三人に、微妙に呆《あき》れているところを隠さぬままおでんを提供する蓉子。

さらに会話を続けようにも後ろがつかえているため、やや名残惜しいながらも蓉子と美香の前を通り過ぎ、流れ作業でじゃがバターを準備している生徒からバター盛りたてほやほやのものを受け取って、最後に芋焼き機の前に到着する。

空間投影式トレイや芋焼き機に目を奪われがちだが、ひそかに宏が作ったふかし芋カッターによる作業も結構注目を集めている。

どんな形状のジャガイモでも関係なく、また、どんなに雑にジャガイモをセットしても問題なく、セットして軽く上蓋《うわぶた》を押し込むだけできれいに十字の切れ目が入る、自作しました感が割とにじみ出ているその器具は、その筋の人が結構注目しているのだ。

むしろ、明らかに高額な設備投資費用がかかる空間投影式トレイより、仮に市販されてもせいぜい数万程度で手軽に手に入りそうなふかし芋カッターのほうが、料理関係をやっている人達からの注目度は高い。

「エアリス様、どうぞ」

「ありがとうございます、ヤマグチ様」

「トレイですが、手を離しても空中に浮いていますので、芋を味わうときには安心して両手をお使いください」

「心遣い、感謝します」

この時間帯の焼き芋担当をしていたクラス委員の山口が、最敬礼に近い態度で恭しく焼き芋をエアリスのトレイにのせる。

それを笑顔で受け取り、列から離れて視線だけで周囲を見回すエアリス。何やら期待と不安の入り混じった視線が多数注がれているのを感じ取り、さらに放送部の腕章をしている生徒から中継用カメラを向けられていることから、己が求められている役割を悟る。

因みに、エアリスは資料写真や資料映像を撮影することが多い真琴から説明を受けているため、カメラについてどういうものかちゃんと理解している。また、ここに来るまでにも放送部の生徒を見ており、読めはしないが腕章に書かれている文字の意味も真琴から教えられている。

パンフレットにも書いてあったことで、拒否すれば撮影はやめてもらえることも知っているのだが、食事風景などを見られるのも仕事の一環であるエアリスは特に気にせず、周囲の期待に応えることにしたのだ。

列の邪魔にならぬ位置に移動して、山口の言葉を信じてトレイから手を離す。本当に空中に浮いているのを見て目を丸くしたあと、出来たてアツアツの焼き芋にそっと手を伸ばす。

予想どおり、素手で持っていると普通に火傷《やけど》しそうなほど熱い芋を軽く持て余しつつ、作法に乗っ取り二つに割って片方の皮を丁寧にむく。口をつけるのにちょうどいいぐらいに皮をむいたところで、口の中を火傷せぬよう上品に小さく一口かじる。

小さめの一口ゆえに、口の中に入ってすぐ適温まで冷めた焼き芋を、舌で潰してじっくり味わって飲み込むエアリス。その表情が、徐々に花が開くように笑顔へと変わっていく。

「とても、とても美味《おい》しいです」

「私と宏君ががんばって育てた自家製だから、気に入ってもらえてよかったよ」

他の客から注文を受けていた春菜が、エアリスの感想に嬉しそうにそう答える。それを聞いて、何やらひどく納得した様子を見せるエアリスと、美少女がサツマイモを育てて文化祭で売っている、という事実にざわめくギャラリー。

「今回のメニューで使われている野菜、全部うちの畑で穫《と》れたものだから、あとで感想教えてね」

「はい。せっかくですので、このじゃがバターもこちらでいただいていきます」

「うん」

それだけ会話を交わすと、慌ただしくカウンターの向こうに戻って受け取ったお金の処理を済ませる。その後、各料理の鍋の中身を確認して、調理実習室にパソコンの通話機能で連絡を入れる。

『そろそろ芋煮、鍋一つ目が終わりで二つ目が半分。注文から換算すると、おでんも追加投入が必要。ジャガイモとサツマイモは昼まで持たないかも』

『芋煮、追加一杯目は完成してるから、今からそっちに運搬します。おでんはもうちょっと煮足りないから、空鍋回収してからそっちに持っていってもらいます。芋はおでん種と一緒に運搬で』

『了解』

早くも供給が破綻しそうな気配を見せている春菜のクラスの模擬店に、やっぱりかという感じの苦笑を浮かべながらエアリスがじゃがバターを食べるのを待つ達也達。

自分達の分は、こっそりばれないようにスティシスフィールドの魔法で状態保持をしているため、少々待っていても味が落ちることはない。

「……こちらも、とても美味しいです。蒸したジャガイモとバター醤油《じょうゆ》の相性は、見事としか言えません」

「だろうなあ。あっ、食べ終わったのなら、ごみはそこに捨てておけよ。細かい破片ぐらいは仕方ないにせよ、あとで掃除するのはヒロや春菜なんだしな」

「分かっていますわ」

達也に注意され、満足げに食べ終わったじゃがバターの紙皿と食べかけの焼き芋の皮をごみ箱に捨てていくエアリス。そのまま、ここで立ち食いを続けるのは邪魔だろうということで、ゆったりとした態度で堂々と店を出ていく。

この時の一連の流れが放送部の手により文化祭の様子のワンカットという形で校内各所に設置さ

れた特設モニターにてリアルタイムで放映され、さらに文化祭開催中は何度もリピートで流された宣伝的効果で、春菜達のクラスは二日間にわたってオーバーヒートするまで働く羽目になるのであった。

第23話 なんっちゅうか、物足らんわ……

「なんっちゅうか、物足らんわ……」

「えっと、何が？」

文化祭翌日、片付けが終わった後の夜。藤堂《とうどう》家。

夕食を食べながらぼやく宏《ひろし》に対し、春菜《はるな》が不安そうな表情でそう聞き返す。

今日は別に藤堂家で食べる予定はなかったのだが、文化祭で使ったあれこれのうち、藤堂家から持ってきたものの返却を手伝った結果、春菜と深雪《みゆき》に誘われて食べて帰ることにしたのだ。

「文化祭関連で中途半端にもの作ったもんやから、こう不完全燃焼ぶりがすごくて物足りんねんわ……」

「あ～……」

宏のフラストレーションの理由を理解し、思わず同情じみた声を上げてしまう春菜。

今回宏は、せっかくの文化祭だというのに限界まで手抜きすることを求められ、さらに本番は人混みその他の問題で参加できないという非常に中途半端な関わり方をせざるを得なかった。

その関連で、たまりにたまった鬱憤《うっぷん》が漏れ出てしまったのだろう。

「でもさ、宏君。ふかし芋カッター作ってたよね？」

「あんなもんぐらいで足りるかいな……」

「ああ、うん、まあそうだよね」

一応突っ込むだけ突っ込んで、あっさりばっさり宏に切り捨てられる春菜。

もっとも、突っ込んだ春菜自身も、あんなものぐらいで足りているわけがないと分かってはいたのだが。

「てか、義兄《にい》さん。あのカッター、単に芋に十字の切れ目入れるだけなのに、あんなややこしい構造にしなきゃいけなかったの？」

「連動のさせ方とかによっては一個の機構で複数の挙動ができることもあるけど、基本的には一つの挙動に対して一つの機構がいるからな。目的は単に十字に切れ目入れるだけやねんけど、そのために必要な挙動とか安全のために組み込んどいたほうがええ動きとか抜き出していったら、結構な数になったんよ」

「そういうもんなんだ？」

「せやで。具体的に言うたら、今回の場合は蓋《ふた》を押し込んでる最中の刃が出る動きと、手ぇ離したときの刃が戻る動きとは別やから違う機構がいる、とかやな。まあ、説明してくと長くなるから、詳しくは言わんけど」

「うん。多分わたしも説明されても面倒くさいって思うだけだから、詳しい話はいいよ」

宏の言葉に、これ以上説明されてもどうせちゃんと理解はできまいと、説明の省略に同意する深雪。

とはいえ、たかが芋に十字の切り込みを入れるだけといっても、細かく挙動を分けていけば結構たくさんの動作が絡んでいるということぐらいは理解できているのだが。

「しかし、あんな難しい構造のもの作って、それでも全然作り足りないんだ～……」

「難しいっちゅうても、所詮は小物一個やからな」

「いやまあ、小物は小物なんだけど、ああいうのって手のひらサイズで高性能、っていうもののほうが大変なんじゃないの？」

「ぶっちゃけた話、難しなるんは確かやけど、ただ難しいだけやと、こうなあ……」

何が難しいだけだとこう、なのか分からず、戸惑いを見せる深雪。

本領を発揮できないストレスというのは分からなくもないが、別に本気を出させてもらえていないわけでもないのに宏がなぜにここまでこじらせているのか、どうにも腑《ふ》に落ちない。

実際には、むしろ中途半端に本気を出し、達成感を十分に得られないまま終わってしまったのがまずかったわけだが、深雪の人生経験や宏との付き合いの深さでは、そんなことが分かるわけもない。

逆に春菜のほうはこのやり取りで、下手にものを作った結果、かえって不完全燃焼を起こしていることを察していたりする。

「で、宏君。本気で何かを作りたい、っていうのはいいんだけど、こっちでは難しいしそもそも何を作るの？」

「せやねんなあ。作るん自体は何でもええんやけど、テーマも何もなしで作るんは、ネタ切れ的な方向で限界があるしなあ……」

「因《ちな》みに、今何か作りたいとか、試してみたいってことはあるの？」

「それがなあ、作りたいっちゅう気持ちが大きすぎるせいか、いまいちこれ作るんや！　っちゅうもんが思いつかへんねんわ……」

「なるほどね……」

宏が予想以上に重症であることを認識し、内心で頭を抱えながら難しい顔をする春菜。

暴走するなら好きなだけ暴走させてあげたいところだが、方向性が定まっていないというのが厄介である。

「一応軽く絞り込むとして、神の城とかインスタントラーメン工場とかみたいな、規模の大きなことをやりたいとかある？」

「やってええんやったらそらやりたいけど、別に規模がでかいことやりたいっちゅうわけでもないしなあ」

「じゃあ、逆に神器や私の神具みたいなものを作るのはどう？」

「今必要なもんが思いつかんのがなあ。さすがにそのクラスのもん、使わんのに作りたいから作って死蔵っちゅうんはあかんやろう」

「え〜……」

どの口でとしか言いようがない宏の言葉に、さすがの春菜も思わず非難の声を上げてしまう。

神器クラスを作りたいから作って放置、などというのが危険極まりないのは認めざるを得ないが、大差ないレベルで危険なものを作りたいから作っては大量に死蔵したり、数々の作物を品種改良のもとモンスター化させては死蔵したりした宏が言っていい言葉ではない。

「……まあ、どっちにしても日本で下手なことはできないから、週末にでもウルスに行って何か困りごとがないか聞いてこようか」

「せやなあ……」

あまりに重症すぎるうえに、勝手な言い分ながらも否定はできないことを言いまくる宏に、ついにさじを投げた春菜がなかなかひどい提案をする。

その春菜の提案に、煮え切らないながらもとりあえず同意する宏。

こうして、またしてもウルスが生贄《いけにえ》に捧《ささ》げられることになるのであった。

☆

「なるほど、作りたい欲求がたまっている、か」

「せやねん。なんか、困りごととかあらへん?」

文化祭終了後、最初の週末。畑仕事が終わった直後の時間帯。

まだどちらかというと早朝に分類される時間だというのに、早速ウルス城を訪れてはレイオットに無茶ぶりをする宏。

そんな宏に対して、大真面目に何かないかと考え込むレイオット。

「……残念ながら、ファーレーン国内に関しては、現在お前達の手を借りていい種類の問題は起こっていない。頼んでもいいという案件はなくもないのだが、恐らくお前の欲求を満たせるようなものではない」

「そうか。そらええことや」

「それに、今抱えている問題ぐらいは自力で解決せんと、自分達だけで解決しようとする気概がなくなって、組織として非常にまずいことになりかねん。逆に言えば、その程度の問題なので、ヒロシの欲求を満たせるような難易度もボリュームもない」

「そらまあ、そうやわな。っちゅうか、ファーレーンほどの大国が物資がらみで自力解決できん問題なんざ、そない再々起こったらたまらんわな」

「結局のところ、そういうことだな」

そう告げるレイオットに、それもそうかと頷《うなず》く宏。

今まで宏が出しゃばった事例は、エアリス達の自衛に必要な装備やエレーナの治療関係以外は、大体国家プロジェクトか個人的なわがままの類《たぐい》かのどちらかだ。

そのうち、個人的なわがままは家具や住宅設備の類なので、一度納品してしまえばしばらく需要が発生することはない。

そして国家プロジェクトはインスタントラーメン工場が一段落したところであり、鉄道関係は逆に宏達が手を出す段階まで進んでいない。

前回視察したのが文化祭の前で、まだ半月ほどしか経過していないのだから、進捗《しんちょく》状況などそれほど変わらないだろう。

「なんぞ、大規模なプロジェクトとかの企画はないん？」

「今のところ、鉄道に手を取られていて人員の余裕がなくてな。一応考えていることがないわけではないが、どれもそれほど切羽詰まってないいか、他国との兼ね合いで遠慮しておくほうがよさそうな内容かのどちらかでな」

「ほほう？　具体的には？」

「食品関係ではレトルトと缶詰が企画で上がってきているが、レトルトはウォルディス戦役の時に神の城でもらったサンプルをがんばって解析中で、まだまだ製品にできるところまでは進んでいない。缶詰に関してはフォーレが国を挙げて開発を進めており、コストを考えなければ実用化可能、というところまで来ているようだ」

「となると、レトルトはともかく、缶詰は手ぇ出せんか」

「ああ。レトルトにしても、さっきも言ったように人員に余裕がないので、工場を作っても稼働させるのが難しい。なので、申しわけないが、研究者達の修業のためにも、もうしばらくはこのまま研究を進めさせてくれ」

「せやな。まあ、僕としても、既存の設備そのままコピーするだけの仕事やとあんまり面白みないし」

レイオットの説明に、しょうがないかと納得する宏。

レイオットがこういう話をする以上、恐らくなんだかんだ言って、レトルト関係もそれなりに成果が出ているのであろう。

そこまで進んでいるものを横から取り上げて、がんばってきた研究者達の達成感や喜びを取り上げるのは、創造神としてあまりに情がなさすぎる。

手を出すのは、工場を建てる段階になってからになるだろう。

「と、まあ、こういう状況でな。いつも勝手に都合を押し付けておきながら、こんなときには力になれなくてすまん」

「いやいや。こういうんはタイミングとかあるから、しゃあないで」

「そう言ってくれると助かる。その代わりといっては何だが、前回のお化け屋敷のあとで、ルーフェウス学院に文化祭の話をしておいた。向こうも乗り気でダルジャン様からも資料をもらったとのことで、今着々と準備が進んでいるそうだ」

「ほほう？」

「それで、もしその気があるのであれば、アズマ工房として参加してもらえないか打診しておいてほしいと頼まれている。そっちのほうで何かやってはどうだ？」

レイオットの言葉に、目を爛々《らんらん》と輝かせる宏。

本人も気がついてはいないが、今回宏が鬱憤をため込んだ背景には、ものを作る際にずっと限界まで手加減を強いられてきたことだけでなく、せっかくの楽しい文化祭に形だけしか参加できていないこともあった。

たまりにたまった製造欲求を満たしつつその仕切り直しができるのであれば、はっきり言って何もいうことはない。

「せやな。ちょうどええから、その話受けることにするわ」

「そうか。だったら、直接学院長のほうに伝えてくれ」

「了解や。そういえば、ファーレーンとしては、その系統のは何もやらんの？」

「運動会に関しては、お前達が言うように体力測定をちゃんと行ってからでないと危険だと判断してな。やりたいとは思っているが、現在保留中だ。文化祭のほうは、残念ながらこういう催し物ができる学校がファーレーン国内にはない」

「なるほどな。ルーフェウス学院の文化祭にファーレーンとしてなんか出し物やる、とかは？」

「留学生がいれば考えたが、今はまだ送り込める状況ではなくてな。その代わりといっては何だが、お前達アズマ工房が思いっきりやってくれればいい」

「分かった。せっかくやから、春菜さんらも巻き込んで思いっきりやるわ」

レイオットにそう言われ、嬉《うれ》しそうにニヤリと笑う宏。

「で、日程とかよう分からんねんけど、本番の時にレイっちは顔出せんの？」

「その前提で仕事の調整を行う予定だ。あと、これは言うまでもないことかもしれんが、エアリスは何があっても参加することになるだろう」

「せやろうな」

エアリスの予定を聞いて、さもありなんと頷く宏。

エアリス自身が参加したがるだけでなく、恐らくアルフェミナも神託でエアリスを参加させるよう求めてくるのは目に見えている。

ただし、この場合エアリスが来客なのか出店側なのかで、いろいろと段取りが変わってくるが。

「ほんならまあ、いっぺん工房に戻って、何やるかちょっと相談してくるわ」

「ああ。私も楽しみにしておくから、お前も存分に楽しんでくれ」

レイオットの言葉に片手を上げると、気もそぞろに退室する宏。

その宏を見送ったあと、オクトガルを呼び出してエアリスに連絡を取る。

「ヒロシは快く受けてくれたが、それでよかったのか？」

「はい、ありがとうございます、お兄様」

十数分後。本日の外せない儀式を終えてレイオットの部屋を訪れたエアリスが、兄の言葉に満面の笑みでそう答える。

実のところ、文化祭関連はエアリスを窓口に、神々の肝いりで動いていたビッグプロジェクトである。

とはいえ、もともと最初に動いたのはルーフェウス学院に話を持ち込んだレイオットであり、神々は渡りに船と、ダルジャンを通じて宏が確実に食いついてくるよう規模の拡大にいそしんでいたのだ。

なぜわざわざこんなことをしているのかというと、前回宏がウルスを訪れた時点で、ため込んでいる鬱憤をアルフェミナが察し、恩返しと危険回避を兼ねて宏に目的意識を持たせつつ好きにものづくりを行う機会を与えたほうがいいと考えたからだ。

本来なら宏達への依頼はエアリスが直接行う予定だったのだが、いろいろな条件が絡み合って今日の儀式の時間をずらすことができず、やむなくレイオットに頼んでおいたのだった。

「それで、今日は会わなくてもよかったのか？」

「ようやく好きなことを好きなようにできるというのに、私の都合でお待たせするのはあまりに申しわけありません。それに、恐らくこのあと工房でファムさん達も交えて、アズマ工房として何を行うかを話し合うでしょうから、間《ま》を見てそこにお邪魔させていただこうかと思っています」

「なるほどな。それにしても、アルフェミナ様をはじめとした神々も、今回はなんとも回りくどいことをなさる」

「神々が直接関与していると知られてしまいますと、ヒロシ様の性格上、純粋に楽しむことはできないのではないか、という不安がありますので……」

「それもそうかもしれんな」

エアリスが口にした理由を聞き、分からないではないと理解を示すレイオット。

宏達の性格上、自分達のために最初から大規模な何かをお膳立てされてしまうと、気後れして楽しめない面がある。

それが神々直々にとなると、なおのことであろう。

これでも最初の頃に比べていろいろ図太くなっているため、やっているうちに雪だるま式に規模が大きくなっていく、というパターンを気にしなくなったぶん、かつてに比べて気を使わなくてよくなったほうである。

「さて、外交の一環としてねじ込むためにも、しばらく仕事を追い込むとするか」

「そうですね。私もアルチェムさんやジュディスさんが当日参加しやすいよう、日程の決まっていない儀式や神殿行事はできるだけ前倒しにするようにしておきます」

アズマ工房の参加が確定したことで、自分達も当日自由に動けるよう、いろいろ本気を出す王家の兄妹。

その表情は決意に満ちたもので、間違っても遊ぶ時間を確保するためにがんばろうとする人間のものには見えない。

結局この日から一気にレイオットとエアリスの各種処理速度が上がり、そのあおりを受けて処理能力を超える量の関連業務がマークを襲うことになるのだが、不憫《ふびん》なことに王や王妃達も含めて誰にも同情してもらえないのであった。

☆

「っちゅうわけで、アズマ工房としてルーフェウス学院の文化祭に参加することになったから、何やるか決めようや」

宏がウルス城を出てから、一時間後。ウルスの工房。

日本に戻って全員に集合の呼びかけを行い、ルーフェウス学院の学長に参加申し込みを行ったついでに概要の説明を受けて工房に戻った宏は、全員揃《そろ》ったところで何の前置きもなくそう宣言する。

「師匠、そこまで前置きを省かれると、さすがに何のことか分かんない」

「いやまあ、ルーフェウス学院で文化祭やることになったんだろうな、ってのと、それに宏君が参加したいっていうのは分かるんだけど……」

あまりに唐突な宏の宣言に、思わず生ぬるい表情でそんな突っ込みを入れてしまう澪《みお》と春菜。

「ねえ、タッちゃん。ルーフェウス学院ってどういうこと？」

「ああ、詩織《しおり》にはそういう話はあんまりしてなかったな。念のために確認しておくが、学院そのものについては知ってるか？」

「うん。ゲームでも一応存在した施設だし。それで、なんでヒロ君達がルーフェウス学院の文化祭に誘われてるの？」

「細かいことは省略するが、大図書館で調べ物をするためにルーフェウスに行ったときに、ルーフェウス学院のトラブルを解決したことがあったんだ」

「へ～」

「その縁でいろいろ優遇してもらってるし、何かあったときに声をかけてもらったりするわけでな。要は、ファーレーン王家と同じような感じだと思ってくれればいい」

「うん、分かったよ」

達也《たつや》の説明を聞いて、経緯について理解する詩織。

ついでに、今回のような話してもらっていないことがまだまだありそうだと察したのだが、よくよく考えればファーレーン王家とあれだけズブズブな時点で今更かなとスルーしておく。

「まあ、参加するのは問題ない。で、いつなんだ？」

「今月末やな。ちゃんとうちらの休みに合わせてくれてるみたいやで。っちゅうても、開催期間自体は一週間ほどらしいけど」

「まあ、こっちでも役所とか学校とかの関係は基本的に、俺達の暦で土日にあたる日が休みだからなあ。学園祭やるんだったらそこに合わせるわな」

「てか、ルーフェウス学院は大学みたいなものなのに、学園祭じゃなくて文化祭なのね」

「今までなかった行事やから、最初に聞かされた呼び方で固定したんやと」

「「ああ、なるほど……」」

宏の説明に、思わず声を揃えて納得してしまう達也と真琴《まこと》。

そのやり取りを聞いていたノーラが、たまらず口を挟む。

「親方達が参加するのは勝手なのですが、なぜにノーラ達まで仕事を休んで参加しなければいけないのです？」

「一応建前上は学院に所属して通っとる人間がおらんとあかん、っちゅうことになってるからやな。残念ながら真琴さんは単独講座目当ての短期生やからもう卒業しとるし、僕らは基本完全に部外者やから、自分らが参加せんと建前を満たせんねんわ」

「要するに、私達がいるからと、学院側が親方を参加させる口実にしたわけですね」

「まあ、僕のほうも、自分らをダシにしとる面は否定せんけど」

宏の言い分に思わずため息をつくノーラとテレス。

時折挟まれる上手《うま》くいかないお見合いで神経がささくれ立っているときに、唐突にねじ込まれたのが今回の話だ。

微妙ないら立ちもあって、どうにも言葉の隅々にとげが出てしまうのを防げない。

「っちゅうてもまあ、あんまり準備期間もあらへんからな。僕らは僕らで勝手にやりたいことやるから、自分らは今までの集大成としてなんか作って発表する、ぐらいのつもりでええで」

「あっ、それはちょっと面白そうかも」

「わたし、作ってみたいものがあるの！」

宏の持ちかけた話に、ものすごい勢いで食いつくファムとライム。

お見合いの類も関係なく、常日頃から割とのびのびとやりたいようにやっているファムとライムにとって、今回の話は非常にそそられるものである。

特にライムからすれば、大好きな親方に自分の成長を見てもらう、またとない機会だ。食いつかないわけがない。

「やる気になってるのはいいんだけど、あんまり危ない作業が絡むものは作っちゃだめよ？」

「大丈夫なの。よーこーろ《溶鉱炉》とかを使う作業はしないの」

「ならいいんだけど……」

ライムの言い分に、不安そうにそう告げる真琴。

危ない作業というのは精錬や鍛冶《かじ》の関係だけではないのだが、そこまで言いだすと危なくない作業などないと反論されるのが目に見えている。

ライムは弟子として宏の気質をばっちり受け継いでしまっているだけに、夢中になるとちょくちょく暴走する。

それがもう、不安で不安でしょうがないのだが、それを言ったところで達也ぐらいしか同意してくれそうにないのが難儀な話である。

「ライムちゃんは何作りたいの？」

「クレストケイブでいっぱい宝石のげんせき拾ってきたから、カットして宝石にして指輪とかペンダントを作りたいの」

「へえ、楽しそうだね」

ライムの話を聞いて、素直にそんな感想を言う春菜。

今まで、服以外でその手のファッションアイテムを作ることはほとんどなかっただけに、聞いただけでウキウキするものを感じてしまう。

センスはともかく感覚的なところではファッションに無頓着な傾向があるライムが、この機会にそっち方面にも興味を持ってくれれば、などと先走った考えも持ってしまう。

もっとも、残念ながらライムが作りたいのは、宏がちょくちょく作っていた属性耐性や状態異常耐性強化の指輪やブレスレットの類だろうというのも、なんとなく予想はついているのだが。

「ノーラ達はどうする？」

「ちょっと考える時間が欲しいのですが、ノーラ達の日頃の作業を考えると、どうしてもポーション関係になると思うのです」

「最近、どうにかソルマイセンを扱わせてもらえるようになったので、それをベースにした何かを、という感じかな、と」

「ん、妥当なところだと思う」

澪に話を振られ、せっかくだからと今現在の研究テーマを口にするノーラとテレス。

それを聞いて、うんうんと頷く澪。

「それにしても、扱わせてもらえるようになったって変な言い方だけど、宏君は禁止してたの？」

「いんや。実際に使える使えんはともかく、特に危険のない素材は好きに使ってええことにしてんで」

テレスの妙な言い方に引っかかり、宏に確認をとる春菜。

春菜に確認され、そんなことはないと断言する宏。

ちゃんとした処理をしないとこの一帯を吹っ飛ばす、みたいな危険な素材はともかく、ソルマイセンのように失敗してもただ腐って無駄になるだけのものは特に禁止していない。

特殊素材なんて大部分は、実際に使ってみて失敗に失敗を重ねて扱えるようになるものなので、扱えないうちは禁止、などとやる意味が薄い。

しかもソルマイセンの場合、中庭で使い切れないほど収穫できるものだ。ふざけて遊びで使って腐らせまくるのであればともかく、真面目に研究して失敗する分には、どれだけ無駄にしても咎《とが》めるようなことではない。

なので、テレスの表現は宏にとってもかなり不思議なものだったりする。

「えっとですね。最近になってようやく、中庭のソルマイセンが私達にも収穫を許してくれるようになりまして……」

「まるで、ソルマイセンに意思があるような言い方だな、おい」

「そうとしか思えないのです。ちょっと前までだと、ノーラ達が実を採ろうと手を伸ばしたら、お前に触らせるくらいならってつ感じで強引に枝を逸《そ》らして、どうやっても採れない角度で落として地面に叩《たた》きつけるようなことを平気でしてきたのです」

「それが、最近は私達が採ろうとすると、渋々って感じですが、枝を動かすのをやめて採らせてくれるようになりまして……」

テレスとノーラの言葉に、思わずコメントに困って黙り込んでしまう一同。

「まあ、よく考えたら、小豆《あずき》の実験の時に春菜さんがソルマイセンから実ぃ献上されとったから、そういうこともあるやろう」

「そんなこともあったよね。正直、当事者としてはものすごく複雑だったけど……」

「……まあ、うちの中庭だからなあ……」

「ここの中庭、いろんな意味ですごいよね〜、タッちゃん」

宏と春菜の思い出話に、遠い目をしながらいろいろぶん投げた結論を出す達也。

そんな達也の結論に便乗し、なんとも緩い感想を言う詩織。

そもそも世界樹が堂々と鎮座し、巫女《みこ》がちょくちょく出入りしては世話だの儀式だのをしている庭の特殊植物が、普通の樹木なわけがないのだ。

「あっ、そうだ。小豆で思い出したんだけど、結局こっちでは一回もちゃんとした小豆餡《あずきあん》の鯛焼《たいや》きとか屋台で売ってないから、一度正式なやつを売ってみたいかな」

「別にやってええんちゃう？　ただ、豆を粒が残った状態で甘く煮るっちゅうんは割と独特やから、ファーレーンやったらともかくローレンで受けるかどうかは分からんけど」

「そこはもう、こし餡《あん》にしてごまかすよ。白餡《しろあん》とかは大丈夫だったし」

宏に指摘されて、そんな解決策を口にする春菜。

実際、黒豆や餡子《あんこ》のように豆を甘く煮るのは、地球の場合、世界的に見ても日本をはじめとしたごく限られた地域でしか積極的に行われていない、かなり珍しい食文化である。

そのためかは分からないが、こし餡はともかく粒餡《つぶあん》は外国人には受けが悪いことが多く、日本の夏の定番商品である小豆のアイスキャンディもあまり評価が高くなかったりする。

豆の味付けに関するこういった事情はフェアクロ世界でもあまり変わらず、ウォルディスのごく一部かエルフのいくつかの部族でしか甘く煮た豆というものは存在していない。

なんだかんだで世界中の食文化が集まっているファーレーンは未知の食感などに割と寛容、というより積極的に取り込もうとする傾向があるが、ローレンはそのあたりがかなり保守的だ。

醤油《しょうゆ》や味噌《みそ》と同じように、恐らく小豆餡もあまり受けはよくないだろうとは、割と簡単に予測できてしまうのである。

もっとも、豆を甘く煮て云々《うんぬん》に関しては、白餡やうぐいす餡を作っては売りさばいている時点で割と今更の話ではあるが。

「春姉《はるねえ》。不発だったときのために、何かそのあたりフォローできそうなメニューも用意」

「そうだね。だったら、ローレンでは結局ほとんどやってない、揚げ物関係全般って感じでどうかな？」

「ん、ありだと思う。いい機会だから、ローレン向けに辛さと味付けを調整したカレーパンも」

「そこまでするんだったら、アズマ工房の串カツ総決算的な感じで、今までやったことがある串カツのうち材料が残ってるのを片っ端からやっちゃってもいいかも」

「ん」

澪に指摘され、それならばと思いっきり趣味に走る春菜。

長く屋台をやっていないうえ、宏ほどではないが文化祭では本領を発揮させてもらえず不満が残っていたのだ。

それでもまだ、串カツに絞っているぶん少しは自重していると言えよう。

「ほんで、話が逸れてもうたけど、ファムは何かやりたいことあるか？」

「北地区の人達とやってる研究、ちょっと成果が出始めてるのがあるから、それをいろいろ発表したい」

「ほほう？　確かファムには、表面処理の研究任せとったはずやけど、なんかおもろいもんができたん？」

「うん。金属関係はまだ発表できるところまできてないけどね。木工関係は塗料を使わずに好きな色に着色できるニスとか、特定の木材に塗ると木材の肌触りと金属の強度を両立できるニスとか、いろいろ使えそうなのができたんだ」

「そらおもろいな。一応確認するけど、そのニス、北地区の人らだけで作れるレベルまで開発進んでんの？」

「もう一歩ってところかな？　そもそもただ塗れば効果が出るってわけじゃなくて、あらかじめ磨いたり下地を塗ったりして地肌の状態が条件満たすようにしなきゃだめだから、多分ニスだけ量産しても今回発表したい用途には使えないと思う」

「なるほどなあ。そのあたりの作業はやっぱり難しいか？」

「うん。北地区の人達かアタシ達アズマ工房かのどっちかでしか無理だと思う。特に磨きがすごく難しい」

「うちらっちゅうことは、ジノらでもなんとかなるレベルか？」

「ジノはかろうじてできるって感じかな？　他の三人はもっと修業がいる」

ファムの正直な評価に、ふむ、という感じで考え込む宏。

あまり指導に手をかけていないこともあって、宏の中ではどうしても、ジノ達は素人と大差ないイメージが強い。

そのジノにどうにかできると言われてしまうと、案外簡単なのではないかと錯覚してしまいそうになる。

「正味な話、今のジノの力量が分からんから、それがどんだけ難しいんかピンとけえへんわ」

「普通の大工とか家具職人だと、多分使いこなせないんじゃないかな、って感じ」

「っちゅうか、そもそも普通がよう分からんわ」

「だと思った」

宏が出したあまりにもポンコツっぽい結論に、思わず笑ってしまうファム。

建物や家具というのはそれなりに値段が張るものなので、一般庶民の大半は相場や平均的な品質など把握していない。

そういった、日常的に売り買いが成立していないものについて、宏が大体の相場感覚を理解しているわけがないのだ。

「簡単に言うと、ジノで北地区の中堅の人にちょっと負けるぐらい。で、他の地区ですごく腕がいいって言われるような人でちょうど北地区の中堅ぐらい」

「そんなもんなんや」

「そんなもんだよ、親方。うちはいろんな意味でおかしいから」

いまいち納得していない様子の宏に対し、一応釘《くぎ》を刺しておくファム。

宏としては、工房全体としてそこまで重視していない木工や家具関係でそのレベルというのが、どうしても腑に落ちないようだ。

「宏君、宏君。多分その辺の感覚は、私達には一生備わらないと思うから諦めようよ」

「ん。もはやボク達が世間一般のレベルを気にしても手遅れ。そもそも、創造神様の加護がばっちり入ってる工房の見習いが、普通より圧倒的に腕が良くても何の不思議もない」

「だよね」

いろいろ考え込み始めた宏を、そんな風に叩《たた》き潰《つぶ》す春菜と澪。

工房の立ち上げ段階からいろいろやらかしているのだから、見習いの新人が常識外れの腕を持っていても今更である。

「で、澪ちゃんは何かやりたいことある？」

「今回は、みんなのフォローに回る」

「いいの？」

「正直、普通の布から霊布まで、段階的に布系素材の違いを展示するぐらいしかネタがない」

「やったらええやん」

「一日あれば展示用サンプルも全部用意できるし、これぐらいファム達でもある程度解説できるから、ボクがつきっきりで説明とかする必要もない」

「せやなあ。それに、じっとしてんのも退屈やろうしなあ」

「ん」

澪が難色を示しそうなところについて、実に的確に理解を示す宏。

そもそも、余計なネタを振るとき以外口数が極端に少ない澪に、来場者へのプレゼンテーションをしろというのが根本的に無茶である。

「でもまあ、展示や解説をどうするかはともかく、一応準備だけはしておけばいいんじゃない？　よく考えたら、あたし達も案外そのあたりはよく知らなかったりするし」

「ん。とりあえず準備はする。真琴姉《まことねえ》は、同人誌即売？」

「多分、そうなるわね。ただ、それだけだとそんなに部数を用意できないから、結局春菜の屋台を鯛焼き担当で手伝うことになりそうだけど」

「真琴姉は、もはや鯛焼きのプロ」

「一時期毎日やってたものねえ……」

澪に言われて、ダールでのことを思い出して遠い目をする真琴。

あれのおかげでなんとなく粉もの料理が上手くなったのだから、世の中、奥が深いものである。

「で、俺と詩織は足りないところに手を貸すとして、だ。大体の希望は出揃った感じだが、ヒロは何をする予定だ？　あと、春菜のは普通に屋台販売でいいとして、ファム達のはどういう形でやるんだ？」

「せやなあ。ライムのんは売りもんにするには数が稼げんやろうし、そもそも最初から製品に使う前提のファムのはともかく、ノーラとテレスのは下手にばらまくと問題になりそうな予感があるんがなあ……」

「だよなあ……」

宏の懸念に同意するしかない達也。

アズマ工房の主要商品である薬類だが、単に傷を癒《いや》したり毒を抜いたりするぐらいならともかく、特殊な効果を持つものはいろんな意味で危険物が多い。

特にソルマイセンの場合、単に果汁を煮詰めて濃縮するだけで、現在出回っているどんな万能薬より強力な代物になる。

それをベースにした研究成果など、売り物として世に放つのは危険極まりない。

「てか、宏もその辺を気にするようになったのね」

「それを言うってことは、ヒロ君はこの件に関してそんなにいっぱい前科あるんだ～？」

「枚挙にいとまがない、とはこのことよってぐらいにね」

「いやいや。それなりにちゃんと自重はしとったで」

「一般販売をしてないのが自重だって言うのならそうだけど、ファーレーンをはじめとした各国の王家に垂れ流しに近い形で三級四級のポーションとか万能薬を流し続けてるのは、果たして自重と言っていいのかしらね？」

「そのほとんどは、ウォルディス戦役の時の治療に使った残りやん」

言いがかりに近い真琴の言葉に、反論だけはしておく宏。

そもそも、各国王家に流した高ランクポーションは、実のところ大部分は澪が作ったものだ。

これまであまり触れられていなかったが、スキル訓練のために澪も結構な数のポーション類を隙《すき》間《ま》時間に作っている。

その主要なランクが三級から四級であり、あっても邪魔だからと頼まれるままに譲渡したり強引に使用したりしていただけなのだ。

「ポーション類に関していえば確かにそうなんだけどさ、インスタントラーメンをはじめ、自分の欲を満たすために各国の上層部を巻き込んだり、欲求を満たした後の成果物を押し付けたりとか、さんざんやってたのは事実よね？」

宏の反論に対し、自重したとは到底認められない理由を突きつける真琴。

真琴としても、ウォルディス戦役での治療所で使用した分が大部分、というのは事実だと認めるところではあるし、役割分担や人道的見地、瘴気《しょうき》の発生などを考えれば治療所で湯水のように高ランクポーションを使ったことに関しては文句を言うつもりはない。

ただ、ファーレーンをはじめとしたアズマ工房に出入りしている国家の上層部に、宏達が湯水のように高ランクポーションを使ってもおかしくないと思わせ、そういう支援を期待させるに至るまでいろいろやらかしてきたのは言い訳ができない事実である。

「あ～、真琴さん。そのあたりの追及はその程度にしておこうよ」

「ん。ポーション類のばらまきの原因はどっちかというとボクだし、半分ぐらいは殿下とかからの無茶ぶりに悪乗りした結果。どうせ今後いずれファム達も同じ問題にぶち当たるから、今更そこを突っ込むのも不毛」

「まあ、そうなんだけどね。ようやく自重とかそういうのを覚えたのかって感動してたら、あまりにも自覚してない言葉が出てきたもんだからついね」

「いやまあ、分かるんだけどね」

真琴の言葉に、苦笑しつつも一応同意する春菜。

所詮、澪が合間に作っていた程度の量で、金額的にもインパクト的にもインスタントラーメン工場やドラゴンスケイルほど大きなものでもなかったのでスルーしていたが、正直バラマキを自重していたと言い切れるような状況ではなかったのは春菜も否定できない。

「マコトさん。親方にそのあたりの感覚を求めるのは無謀なのです」

「親方って、なんかやらかすのがスタンダードで、それがみんなにとって最大の利益を生む、っていうイメージがありますよね」

「考えても無駄なんだから、そういうのは偉い人に全部任せておいて、親方は好きにやるのが一番だと思うんだ」

「みんなが親方のやることを楽しみにしてるって、わたし知ってる！」

黙ってやり取りを聞いていたノーラが、あまりの不毛さについにきつい突っ込みを入れる。

それにつられるように、テレス、ファム、ライムも今までの実績をもとに言いたい放題言う。

その一連の言葉で微妙な空気になったのを察した達也が、脇道に逸れすぎていた議題を修正する。

「不毛な方向に話が逸れたから戻すが、結局どうするんだ？」

「せやなあ。大した歴史があるわけやないけど、うちの成り立ちとかそういうんをまとめた展示でも作るか。で、そこでファムらのんを全部まとめて発表する感じでどない？」

「お前がそれで納得するんだったら、俺としては問題ないがな。本当にいいのか？」

「製造欲求に関しては、時系列に沿っていろいろ展示品作るほうで満たすから、別に構へんで」

「……一応釘だけは刺しておくが、さすがに神器とかそのレベルのは作るなよ？」

「分かっとる分かっとる。やるんはせいぜい、各設備のミニチュアとかその程度や。まあ、神の城の模型ぐらいは作るかもやけど」

「それ自体は面白そうだが、中に入って探検できる、みたいなものはやめてくれよ」

「さすがに神の城をモデルにそれやるつもりはあらへんで。ただ、今のんでインスピレーションわいたんやけど、偉人の記念館とかでよくある、生家の再現とかみたいな感じのミニチュアの工房作って、中に入れるようにするとかどない？」

「……ミニチュアってのをどのサイズで作るかにもよるが、それって場合によっては持ち運べる工房ってことになっちまって、いろいろヤバくないか？」

「心配せんでも、ひったくって持ち逃げできるようなもんにはならんって」

「だったらいいんだが、な……」

宏の言い分にどうにも不安がぬぐえず、乾いた声でそう確認する達也。

この時達也は、自分が本当に不安に思っているのがよからぬことを考えている輩《やから》に持ち出されることではなく、文化祭が終わったあと、宏がいつでもどこでも使える工房を手に入れてしまうということなのに気がついていなかった。

さらに言えば、その不安は神の城を入手している時点でもはや手遅れなので、不安に思うだけ無駄だということにも当然気がついていない。

「それとな、多分やけど、僕らが向こうに行っていろいろ口挟まんと、気ぃついたら研究成果発表の展示一辺倒になりそうやから、そっちの監修と場合によっては屋台とか店とかアトラクションの制作を手伝ったらんとあかんかもしれん」

「あ〜、それはありそう」

「使える土日は限られとるから、僕のほうは自分の担当を普段の日の放課後にやって、休みは全部ルーフェウス学院全体のチェックに回すわ」

「そうだね。だったら、今からすぐに行く？」

「せやな。さっきは全体の概要と日程聞いて参加申請しただけやから、今から現状把握しといたほうがええやろう」

春菜の提案に頷き、早速行動に移すべく立ち上がる宏。

それを見ていた真琴と詩織が口を挟む。

「あたしは学校に行く必要とかないし、平日はあんた達の代わりに監修とかやっとくわ」

「あ、だったら私も、仕事に余裕があるときは真琴ちゃんと一緒にいろいろやっておくね～」

「頼んでええんやったら頼むわ。ほな、今から一緒に来てくれる？」

「「もちろん」」

宏の要請に笑顔で応じる真琴と詩織。

それを見ていた澪と達也が、自分達の行動を決める。

「だったら、ボクはファム達の業務を手伝いつつ、発表内容についての確認とアドバイス」

「なら、俺はファム達のを確認したら、ヒロに合流するわ」

「了解や。ほな、いろいろ頼むで」

「おう」

そう言って、二手に分かれて行動開始する宏達。

そんな宏達の懸念とは裏腹に、実際はサーシャを通してダルジャンからの監修が入りまくっていたため、その内容は宏達の日本の大学がやっている学園祭に近いものになっており……。

「あんまり、僕らが口挟むような感じやないなあ」

「ダルジャン様からずいぶんと指導をいただきましたので。ですが、初めてのことでもあり、目玉にする予定のこの大迷路が今のままでは見掛け倒しで終わりそうでして……」

「つまり、僕は大迷路のクオリティを上げたったらええねんな？」

「はい。お願いできますか？」

「任しとき。っちゅうても、あんまりこっちに入り浸ってられへんから、学生には難しそうなとこだけやって、あとは前日あたりの仕上げの時に顔出すことにするわ」

「分かりました。それでお願いします」

フルート教授に頼まれて、ルーフェウス学院の技術の粋を集めた大迷路をさらにアップグレードする方向で暴れることになる宏であった。

第24話 ノーラちゃんとテレスちゃんも、大変だよね～……

「あれ？　なんで宏君《ひろし》、レイピアなんて作ってるの？」

ルーフェウス学院初の文化祭まで残り一週間を切った、ある日の放課後。

もろもろの準備のために神の城を訪れた春菜《はるな》は、鍛冶場《かじ》での宏の作業を見てそんな疑問を口にする。

「工房の歴史たどるほうの展示品でな。春菜さんのために最初に作ったレイピア、今の腕で再現できるかどうか試しとってん」

「あ～、そういえばあれ、フォーレの武闘大会で売っちゃったんだっけ？」

「風の噂《うわさ》では、そのおかげで大活躍しとるみたいやから、無駄になってなくてよかったわ」

「そうだね。私達が死蔵するぐらいなら、そのほうがいいよね」

宏の言葉に、しみじみと同意する春菜。

ずっと手元に置いておきたい、と思うほどではなかったとはいえ、それなりに思い入れのあるレイピアだ。

ちゃんと役に立ってくれているのであれば、手放した甲斐《かい》があったというものである。

「で、春菜さん。なんぞ用事か？」

「ああ、うん。串カツの種類とか考えたらフライヤーの追加が必要な感じだったから、お願いしようかと思ったんだ」

「総決算やもんなあ。一応アメリカンドッグとは分けたいやろうし、っちゅうん考えたら、もう一台ぐらいいるか」

「なくてもなんとかはするけど、あったほうが妙なことしなくて済む分、安全かなって感じなんだよね」

「妙なことって……、ああ、権能使ってごまかす感じになるんか」

「多分、無意識にやっちゃうと思うの。いくら封印かかってるっていっても、料理の時短ぐらいだと封印できない基本能力でできちゃう範囲だし」

「ぶっちゃけた話、権能なんざなくても、エクストラスキル持っとる時点で似たような状態にはなるやろうしなあ」

「そうなんだよね。それに、経験則だから絶対だとは言えないんだけど、完全に定着しちゃってるスキルの機能と関係が深い権能は、封印かけても使えちゃう感じだし」

「ああ。春菜さんの場合、料理の時短関係は封印関係なくいくらでもできてまう感じか」

「うん。あと、最高の結果を出す方向でもできる感じ。ちゃんと実験はしてないけど、串カツぐらいだったら無意識でも半分ぐらいの揚げ時間で中までしっかりカラッと揚がると思う」

「なるほどなあ。それぐらいやったらまだごまかしも利くけど、油に突っ込んですぐにとかなるとさすがにヤバいか」

「うん。で、フライヤーを増やさないと、冗談抜きでそうなりそうなんだよね」

春菜の言葉に、それはさすがにまずいと真顔になる宏。

その手の神の奇跡が珍しくもないフェアクロ世界で、かつ、ルーフェウス学院の文化祭の間ぐらいなら大した問題でもないが、それが癖として染みついてしまうとまずい。

いくらなんでも、地球で特別な装置も使わず瞬間揚げなんてやった日には、いろんな意味で大騒ぎである。

「とりあえず、大急ぎでフライヤー追加するわ」

「うん、お願い。で、レイピアは上手《うま》く作れたの？」

「多分、誤差の範囲に収まったとは思うんやけどなあ……」

春菜に問われ、どうだっけかなあと首をかしげる宏。

少なくとも素材やエンチャントの性能は当時のものを超えてはいない。

が、春菜と違って記憶力は普通の範囲でしかない宏にとって、主観時間で何年も前に作った、それも自分で使ったわけでもなければ手入れも行っていないものの詳細などはっきり覚えてなどいない。

大枠では同じでも、実際に振ってみればまったく違うものになっている可能性はどうしても拭《ぬぐ》い去れない。

「フライヤー作っとくから、軽く振って確認してみてくれへん？」

「うん」

宏に頼まれ、受け取ったレイピアを軽く振ってみる春菜。

何度か型をなぞった後、すぐに難しい顔になる。

「どない？」

フライヤーをあっさり完成させた宏が、不安そうに質問する。

それを聞いた春菜が、答えるためにもう一度軽く振ってみて、首をかしげながら難しい顔のまま口を開く。

「ちょっと判断に困る感じ」

「っちゅうと？」

「こんなにしっくりくる感じだったかなあ、とか、ここまで魔力の通りはよくなかったはず、とか、いろいろ違和感があるんだけど、私自身も技量が上がっちゃってるから……」

「ああ、武器がおかしいんか腕がようなったせいかが分からん、と」

「うん。しっくりくるこないは単にバランスとか握りの調整の問題だから、技量の差っていうより付き合いの長さの問題が大きいとは思うんだけど、それ以外の部分がね〜……」

春菜の言いたいことを理解し、困ったもんだと渋い顔をしてしまう宏。

この手の感覚的なものは、一度上達してしまうと下手だった頃のことなど忘れてしまう。

いわゆる、なぜできなかったのかが分からなくなる、というやつだ。

しかも、一度できるようになって体に染みついてしまうと、わざと失敗するのが難しくなるのもよくある話だ。

様々な苦難を乗り越えてきた結果なので問題視するほうがおかしいとはいえ、過去の再現という観点では非常に難儀な状態になっていると言えよう。

「こら、兄貴の杖《つえ》とかもいろいろ注意が必要そうやなあ」

「そうだね」

すでに手元にない初期装備について、渋い顔で意見の一致を見る宏と春菜。

歴史を振り返った際にいろいろ話を盛るのはよくあることだが、たかだか二、三年でしかない歴史でこういう盛り方をするのはさすがに格好悪い気がして仕方がない。

もっとも、そのたかだか二、三年の歴史で神器を作り出したり工房主が創造神に神化したりと普通ではありえないことをやりまくっているのだから、今更初期装備の性能を盛ったぐらいでは大差などないのだが。

「でも、宏君。それって結局、ものすごく手加減しなきゃいけないのは高校の文化祭の時と変わらないんじゃないかな？」

「この場合は全然ちゃうで」

「そうなの？」

「せやで。やってる側からすれば、再現しようとしてるもんがあって、それがオーバースペックにならんよう注意するっちゅうんは、単に手抜きするんと違ってものすごい慎重に加減せんとあかんからな。これはこれで、全力でものを作ってる感じや」

「そういうものなの？」

「そういうもんや」

いまいちピンときていない様子の春菜に対し、力強くそう言い切る宏。

宏からすれば、過去に作ったものの再現というのは、試作品を量産できるようにするためのデチューンと同じ、腕が上がったからこそ全力を尽くす必要があるカテゴリーなのだ。

魚に何もないところで溺れろと言っているのと変わらない文化祭での手加減とは、まったくもって意味合いが違う。

だが、まったくの畑違いである春菜に、このあたりをどう説明すれば納得してもらえるのかというと、なかなかの難題である。

「そうやなあ……。春菜さんやと、文化祭の場合は目立たんようにせなあかんから神の歌の効能を出さんように特に話題に上らへんぐらいの下手さ加減で歌え、って強要されてる感じで、今のはイベントとかでそこそこの上手さの歌手を真似しようとしてる感じ、っちゅうたら伝わるかな？」

「あ～、うん。なんとなく分かった。もの真似はともかく、目立たないようにっていうほうは確かにすごくストレスたまるよね」

「やろ？　しかも、や。特に目立って問題になるうえにもの作る作業が多いから文化祭の間が強調されとっただけで、基本的には日本におる限りはずっとそうなわけやん」

「言われてみれば、そうだよね。たしかにそれはつらいし、ものすごくストレスたまるよね」

宏のたとえ話を聞いて、ようやく問題の本質を理解する春菜。

宏がいろいろ不満をため込むわけである。

「で、まあ、春菜さんのとか兄貴のとか真琴《まこと》さんのとかはええんやけど、実は一番の難題が僕が使い潰《つぶ》してきたポールアックスとかへビーモールでなあ……」

「えっと、それがどうして難しいの？」

「あれ、どうせアタッカーとして活躍せえへんやろう、とか、使い方分かってへんタイタニックロアを発動させてもうたら一瞬で粉砕してまうやろう、とか、そんなこと考えて割と雑に作っとってなあ……」

「……それ、職人としてどうなの？」

「気乗りせえへんもん作るときっちゅうんは、割とそんなもんやで。それに、雑に作っとるっちゅうても、春菜さんらのに比べるとエンチャントの選択とかがええ加減や、っちゅうぐらいやし」

「いい加減って、どんな感じで？」

「耐久力関係と自己修復適当に何パターンか組み込んだ程度やな。火力上昇系付けても、スマッシュとスマイトしかせえへんかったからほとんど意味あらへんかったし」

「宏君の筋力で重量武器使って殴ったら、スマッシュとかスマイトでもそれなりに威力出てそうだけど……」

「スマッシュのダメージ補正はしょぼい数値の固定値やし、スマイトは熟練度最大でも二割しかダメージ補正つかん。エンチャで倍にしたところで、火力的には真琴さんがよう使う手数重視の低火力中級スキルにも届かんで」

「あ～……」

宏の言い分に、各種計算式を思い出してそれもそうだと納得せざるを得ない春菜。

単純なダメージ補正だけを見ると初級スキルと中級スキルの間には、どうあっても越えられない壁が存在している。

生産キャラで戦闘が本職でない宏が装備でどれほど火力を盛ったところで、初級の攻撃スキルしか使えない時点で限界がある。

それを横に置いておくとしても、そもそも仕様的にはタンクに分類される宏が、アタッカー並みに火力を出せるほうが間違っている。

タイタニックロアをはじめとした各種エクストラスキルのおかげで最近では低火力というイメージは薄いが、あくまでもそれは必殺技だから強いだけで、通常戦闘で使える攻撃という面ではほぼ何も変わっておらず、相変わらず基本的には低火力なままなのだ。

「で、や。ぶっちゃけた話、レグルスとかスプリガンとか作るまでは、僕の武器って基本的に素材の差で性能が上がっていくだけで、機能としてはせいぜいすぐ取り出せるよう特殊収納機能が増えてる程度やねんわ」

「なるほど……」

宏の説明を聞いて、立場上そうなるか、と理解を示す春菜。

一度の戦闘での総ダメージという観点で見れば、エンチャントで宏の火力を盛ったところで誤差の範囲に落ち着く。

かといって、使うスキルも魔法も初級のものしかなく、驚異的な回復速度の恩恵も踏まえれば消費軽減系のエンチャントもあまり意味がない。

同じ理由で、属性関係もメリットが薄い。

装備重量軽減も、振り回せないものなどない筋力の前には必要がない。

ディフェンダーソードのように防御力を盛るのはありかもしれないが、タイタニックロアで武器を粉砕する可能性を考えるとリスクが大きすぎる。

当時の宏はエンチャントのエクストラスキルを持っていなかったことや触媒の問題もあり、防具はともかく武器にはこれといっていいものを思いつけなかったのだ。

エンチャントに使う触媒も一応消耗品であることを考えると、自身の武器に価値が薄いエンチャントを施すぐらいなら機材やらなにやらに回したくなるのも、仕方がないところであろう。

「まあそんなこんなで、オリハルコン製になるぐらいまでは僕の武器、ものすごい雑な作り方しとってな。微妙なところを全然覚えてへんから、今までのどれよりも再現が難しいねんわ」

「今更言うことじゃないけど、いくら気が乗らないからって、武器を雑に作るのはどうかと思うよ」

「まあ、雑っちゅうても本体作るんに手を抜いたとかやなくてな。他の武器みたいにエンチャントを厳選してとか、武器の構造に導通ライン刻み込んで、とかそういう工夫までやってへんっちゅうだけやねんけどな」

春菜に窘《たしな》められ、苦笑しながらそんな言い訳をする宏。

実際、品質的に問題になるほど手抜きをしたわけではなく、ただ単に工夫のしどころが見つからず、数値的には耐久値以外基礎値で、自動修復の他にこれといって特殊能力を持たない武器を作っただけだ。

それでも普通の雑魚なら当たれば一撃、ボスでも決定打ではないが無視できない程度のダメージは叩《たた》き込めていたのだから、ポジションや立ち回りを考えれば十分ではあった。

今になるまで本人も気がついていなかったが、結局のところ当時宏が自分の武器を作りたがらなかったのは、戦闘に関わるのが嫌だからというより、選択肢の問題で工夫の余地がなくて作っても張り合いがなく面白くないからだったのである。

「まあ、とりあえず再現してみるわ」

「うん」

「つとその前に、ボス戦で潰したんはどれか、っちゅうん確認せんと」

そう言って、かつて使っていた武器のうち、手元に残っているものを確認する宏。

「……なんや。粉砕してんの、魔鉄製のヘビーモールだけやん」

「たしか、魔鉄製のポールアックスでタイタニックロア使ったことって、なかったよね」

「せやなあ。っちゅうか、タイタニックロア自体、そんな何回もぶっ放してへんし」

「そもそもあれ、最初の頃は自由に使えなかったしね」

言われてみれば、という話に、二人して苦笑する宏と春菜。

最初の頃は結構いろんな武器を壊してきた宏達だが、その原因は大部分がボス戦で熟練度の低いエクストラスキルを格の合っていない武器で使ったことにある。

原因がそれである以上、ボス戦の回数以上は壊していないことになる。

「それはそうと宏君。一番最初に使ってた鉄製のポールアックスは、カウントに入れないの？」

「あれは騎士団からのもらいもんで、僕が作った武器やないで」

「そうなんだ」

「せやで。一応耐久力関係と自動修復はかけたけど、モノ自体は退団した人が使《つこ》うとった騎士団の備品や。ただ、柄《え》も含めて全体が鉄製やから、特注品ではあったらしいんやけどな」

「へ～」

今更とはいえ、知らなかったことを聞いて感心する春菜。

騎士団から武器を譲り受けたことは一応聞いていたが、ものすごくがっつりエンチャントがかかっていたことから、自作のものとばかり思っていたのだ。

よく考えれば、あの当時手に入る鉄の量であんな大きな武器が作れるわけがないのだが、宏なら必要なものは作っているはず、という先入観から、もらい物を強化したという発想がなかったのである。

「まあ、再現せなあかんのはヘビーモール一本だけみたいやし、ポールアックス参考にして作ってみるか」

そう言って、取り出したポールアックスをじっくり観察して一つ頷《うなず》くと、魔鉄鉱石とミスリル鉱石を取り出して真火炉《しんかろ》に放り込む。

過剰すぎる性能で必要以上に魔力を叩き込もうとする真火炉を制御し、何もかもが足りなかったころの性能に落とし込んで魔鉄のインゴットを作り出す。

そのインゴッドを、何も知らない者が見ればありえないほど膨大な、本人達からすればないも同然の魔力を注ぎながら、丁寧に叩いて形にしていく。

そして五分後、宏は見事なヘビーモールを完成させていた。

「確かこんな感じやった、思うんやけどなあ……」

「うん。私が覚えてるものと、まったく同じ形だよ」

「そうか。ほな、こいつはこれでええか。どうせ振っても違いなんざ思い出せんやろうし」

「だね」

宏の言葉に同意する春菜。

記憶力抜群の春菜ですら、技量が大きく変化しすぎていて誤差の範囲に収まっているかどうかも分からなかったのだ。

こう言っては何だが、春菜ほどの記憶力もなくそのあたりにずっと無頓着だった宏が、少々素振りしたところで判断できるわけがない。

「でさ、宏君。ちょっと思ったんだけど」

「なんや？」

「武器の類《たぐい》で作り直しが必要なのってあとは真琴さんの刀ぐらいだけど、真琴さんもエクストラスキルだったり上級スキルだったりが増えたり熟練度上がったりしてるから、作り直したのを振っても結局違いは分からないと思うんだよね」

「せやなあ……」

「だから、もう再現装備は大体これぐらいだったはず、で作っちゃっていいんじゃないかな？　どうせ展示だけで実際使うわけじゃないし」

「そらそうやろうけど……。まあ、一応礼儀の問題で試してみてはもらうけど、よっぽどでかい違和感あるって言われん限りはそのままでええやろうなあ……」

春菜の言葉に納得し、もうそれでいいかと割り切ることにする宏。

よくよく考えれば、当時の宏の腕と設備、手に入る素材で作れる範囲を超えていなければ、これといって特に問題はない。

「ほなまあ、真琴さんの刀はそれで進めるとして、あとは……」

「エルちゃんとエレーナ様に渡してる懐剣とか、各種献上品とか、細かいものはいっぱいあるよね」

「懐剣か……。そういえば、そんなんもあったなあ」

「あれも結局、ファーレーンのバルドとやりあったとき以外に、ほぼ出番なかったよね？」

「まあ、エルとかエレ姉さんの立場考えたら、あんなもんにそうそう出番あったらアウトやとは思うけど」

「まあね」

割と最初期に作られて、そのまま存在を忘れられている節があるあれこれについて、思い出した端から言及する春菜。

それを聞いて、確かにあったなあ、などと思い出しつつ感想を口にする宏。

作ったものが多岐にわたるため、どうしてもあまり意識していないものも多くなってくる。

「せやなあ。ええ機会やから、エルに渡しとる装備とかも更新できるやつは更新して、旧式のやつを展示に回すか」

「それもいいかもね。ただ、他の人に渡したものはともかくとして、エルちゃんや各王家に譲ったものやレイニーさんのバイクとかは、さすがに回収するのは無理があるんじゃない？」

「レイニーのは国の備品やから、まず無理やな。エルのは展示の間だけ貸与してもらっとる、っちゅう扱いでやるしかないやろう」

そう言いながらも、どことなくウキウキした様子を見せながら、神鋼に神器のコア素材各種にとのっぴきならないものを取り出して作業に入ろうとする宏。

「え、えーと、宏君。なんで神器でも作るのか、って言いたくなるような素材をそんなに並べてるのかな？」

「そんなもん、エル専用の神器を作るからに決まっとるやん。因《ちな》みに、仕様は懐剣を限界までアップグレードしつつ、エルの聖女性を損なわん感じの荘厳な代《しろ》もんにする予定や」

「さすがにそれやりすぎのような気がしなくもないけど……、まあいっか」

唐突にスイッチが入って暴走を始めた宏を、あっさり野放しにする春菜。

結局、展示品作りのはずが、またしてものっぴきならないものを作り始める宏であった。

☆

宏がいろいろ暴走した日の翌日。

「うーん……。なんかこう、違うなあ……」

「効能としては十分なのですが、別にわざわざ庭のソルマイセンを使うほどのものになっていないのです……。これではノーラが求めているものには程遠いのです……」

完成した四級の万能薬を手に唸《うな》るテレスと、三級の汎用《はんよう》解毒剤を前に納得いかないと険しい表情を見せるノーラ。

二人の研究は、もう一歩のところで難航していた。

「普通に考えたら、そのクラスのものが作れるってだけで十分だと思うんだけどな～」

そんな二人の悩みに対し、様子を見に来ていた詩織《しおり》が苦笑がちにそう突っ込んでみる。

「普通ならこれでも十分なのですが、ここはアズマ工房なのです」

「親方がいつになくテンションが高いので、私達も下手なものは用意できないかなあ、と……」

詩織の突っ込みに対し、悩ましげな表情でそう言うノーラとテレス。

あれだけやる気になっている宏のことだから、まず間違いなくこちらの度肝を抜く何かをやってくるに違いない。

その時に、いくらハイレベルとはいえ普通の範疇《はんちゅう》に入る万能薬や解毒剤など展示したら、面倒なのに絡まれかねない。

何より、いくら自分達が作れる最高峰のものとはいえ、それでお茶を濁すなどノーラ達のプライドが許さない。

「それに今回の場合、ファムとライムがすごいのですよ」

「いくらキャリアが同じようなものだといっても、年下に大差をつけられて、っていうのはちょっと……」

「それは違うのです、テレス。むしろ、キャリアが同じだからこそ、大差をつけられるのはダメなのです。それは相手が年上だろうが年下だろうが変わらないのです」

「なるほど」

「おおー、ノーラちゃんがやる気！」

拳を握りしめながら、今回、一番問題になりそうな要素をスパッと力強く言い切るノーラ。

結局のところ、宏が何をやらかそうが部外者が何を言おうが、究極的には彼女達に大した影響は

ない。しかし、同僚のほうがいいものを作っているという事実は、外野の雑音がどうでもよくなるほどダメージが大きい。

これが僅差と呼べる程度の差で負けるならまだいいが、自分で自分をごまかせないほど大きく負けてしまうと、場合によっては心が折れるほどのダメージとなる。

現状ではそうなる可能性が高そうなので、ノーラとテレスが焦《じ》れているのである。

「そういうわけなので、シオリさんからも何か意見が欲しいのです」

「意見といっても、私は素人だからね～。正直、そのままでいいんじゃないかな～って思っちゃうんだけど」

「親方がヒャッハーしてて、ファムとライムが素人目にもすごいものを作ってるっていう状況で、こんな微妙なものを出すのはちょっと……」

「うーん……」

やたら必死に頼んでくるノーラとテレスに、困った表情で考え込む詩織。

正直な話、ゲームの『フェアクロ』でもこの世界でも、宏達以外から四級の万能薬だの三級の汎用解毒剤だのといったものを入手できたことはない。

それを考えると、まだまだ歴史の短い工房で、工房主以外にそのランクの薬を作ることができる職人がいると証明することは十分に意義があることに思える。

が、あくまでそれは料理以外の生産を嗜《たしな》まない詩織の感想であり、最前線で日々切磋琢磨《せっさたくま》をしているノーラやテレスに言って通じる理屈ではない。

というか、それが通じるのであれば、今回木工で参加するファムや宝飾品加工で参加するライムともともと地味な製薬関係で参加する自分たちを比較して焦ったりはしないだろう。

なので、どうにかネタを用意できないかと必死になって頭をひねる。

「……ん～。これが正しいかどうかは分からないんだけど、毒とかを排除したあと、ゆっくり症状を治す毒消しとか万能薬があってもいいんじゃないかな～？」

「「えっ？」」

「えっとね。病気や毒って、どれぐらい早く治療を始めたかにもよるけど、症状が出た時点で体力が失われていくよね～？　だから、原因である毒素は迅速に体内から消し去ったほうがいいけど、そこから先の症状の緩和や寛解は、体質や体力に合わせたペースで進められる薬があってもいいんじゃないかな～、って」

「なるほどなのです……」

「言われてみれば必要かも……」

逆転の発想という感じの詩織のアイデアを聞き、真剣に検討を始めるノーラとテレス。

実際のところ、そもそも万能薬をはじめとした状態異常解除のアイテムは、状態異常を解除することはできても、受けた被害を回復する機能は基本的には一切ない。

カタリナに毒を盛られて死にかけていたエレーナが、毒を抜いた後も長く後遺症に悩まされたことからもそれが分かるだろう。

が、厄介なことに、毒消しや万能薬でどこまで治るかというのは、状態異常の種類や治療開始までの経過によって大きく異なるため、治るかどうかの境界線がかなり曖昧だ。

たとえば毒で腹痛が起こった場合、どこかを傷つけたりせず直接腹痛を起こす作用を持っていたのか、あるいは毒で胃などの器官がやられた結果腹痛が起こったのか、表面上の症状では区別がつかない。
前者の場合は毒消しで毒を抜けばすぐに痛みが治まるが、後者の場合は毒消しでは痛みそのもの
は治まらない。
宏やルーフェウス学院の教授達はこのあたりのことを熟知しているが、実は薬師達は診察などの
スキルを持っていないことが多く、案外この点を理解していない人間が多かったりする。
ノーラ達も経験不足からその例に漏れず、万能薬は物理的か魔法的かに関係なく単に人体に害の
ある異物を排除するだけだということを分かっていない。
そのため、そもそも薬としては別カテゴリーだということに気がつかず、詩織の提案を聞いてそ
の気になってしまったのである。
「あと、これは前衛としての要望なんだけど、ポーション中毒をどうにかできないかな～？」
「……それは、ポーションを作る上での永遠の課題なのです」
「……無理とは言いませんけど親方でも結局解決には至っていないので、文化祭にはさすがに間に
合わないかな、と……」
「別に中毒にならないようにしてくれとか、そんな難しいことは言わないよ～。単に、中毒がある
程度早く回復する薬とか、作れないかな～？　って」
「そっちも研究はしているのです。しているのですが……」
「今のところ成果らしい成果は……」
詩織のアイデアに対し、厳しい顔を隠そうともしないノーラとテレス。

ポーション中毒は、フェアクロ世界において普通に一級ポーションなどが作られていた頃ですら克服できなかったものだ。

今でも大勢の人間が挑んでいるが、何一つ解決の糸口が見つかっていない。

それだけでも絶望的なのだが、ノーラ達にとって何より絶望的なのが、宏ですら結局は手も足も出ていないということである。

宏に関してはソーマとアムリタの完成により、ポーション中毒をどうにかする必要がなくなったというのが研究をしていない理由であり、今ならその気になればこの程度の問題はあっさり解決するのだが、当然そんなことは誰も知らない。

結果として、創造神となった宏ですらどうにもできない難題だと、ノーラ達が認識してしまっているのである。

「ねえ、ノーラ。今の話でいくつか思いついたことがあるから、ちょっと試してみましょ」

「了解なのです」

「がんばれ～」

詩織の提案から何やらインスピレーションを得たようで、テレスがノーラを促して研究に戻る。

軽い激励の言葉とともに二人を見送った詩織が、今度はファムとライムの様子を見に行く。

「あっ、シオリさん。ちょうどよかった」

「シオリおねーちゃんに見てほしいものがあるの！」

木工や細工のための作業場に顔を出すと、何やら仕上げを行っていたファムとライムが、詩織を大歓迎する。

「えっと、どんなものができたのかな～？」

「アタシのはこれ。表面処理の時にひよひよ提供の産毛使ったら、なんかすごく不思議なことになったんだ」

「……うわ～、ちゃんと木の感触があるのに、なんかふわふわでもふもふでもこもこしてるね～。まるで、ひよひよちゃんを撫《な》でてるみたい」

「でしょ？　多分ひよひよの産毛をニスに混ぜたせいだと思うんだけど、すごく不思議な感触だよね」

「え～っと、ニスに産毛混ぜるなんて、かなり思い切ったことしてないかな～？」

「ひよひよがやれって言ったから、まだ作り直す時間はあるしってことで試してみたんだ。まあ、ひよひよの産毛だけじゃなくて、ニスも変わった材料いろいろ使ってるからそのせいもあるかもだけど」

「へ～……」

どうせ細かい話を聞いても分からないからと、感心したような声を上げるだけでそれ以上深くは追及せず羽毛の産毛によるモフモフした感触を楽しむ詩織。

ただ一つ言えるのは、これならノーラ達がへこんで迷走するのもさもありなん、ということだろう。

「そういえば、そのひよひよちゃんは？」

「役目は終わったぜ、って感じの顔してどっか飛んでいった」

「そっか」

突っ込みどころ満載のひよひよの行動を聞き、なぜか納得してそこで話を終わらせる詩織。

さすがに数カ月付き合えば、神獣《ひよひよ》に突っ込むだけ無駄だということを学ぶらしい。

「それで、他に何か展示に回せそうなものって、ある？」

「アタシのほうは、あとはこの辺かな？」

「へ～、すごいね～」

ファムが手で示したタンスやオルゴールなどを見て、感嘆の声を上げる詩織。

そこに並べられていたのは、シンプルながら美しい木工製品の数々であった。

「これなんか結構な自信作で、引き出しの開け閉めしたら音が鳴るんだ」

「あ～、オルゴールタンスっていうやつだよね、確か。しっかり高気密にして、開け閉めのために作った空気の通り道にハーモニカを仕込むんだっけ？」

「そんな感じ。前に親方に教えてもらったのを作ってみたんだ」

うろ覚えの知識をファムに確認しながら、ものは試しと引き出しを引っ張り出してみる詩織。

ガタつきもなく軽くすっと動くと同時に、綺麗《きれい》な音が鳴る。

「お～」

「ちゃんと鳴るように調整するの、結構大変だったんだよね」

「聞くだけで難しそう～」

「その甲斐あって、いいものはできたと思うんだ。でも、作っておいてなんだけど、普段から頻繁に出し入れするようなものを入れるには不向きかな、とは思う」

「したぎとか入れちゃうと、着替えのたびに音がなってうるさいと思うの」

自分で作っておきながら、普段使いの実用性をあっさり否定するファム。それを聞いて追い打ちをかけるライム。

残念ながら、微妙に同じようなことを思っていた詩織は、その言い分を否定できない。

「う〜ん……。使用頻度が低くてそれなりに大事で、金庫に入れるほどではないものを隠しておくのにいいのかな〜？」

「うん。多分そんな感じ」

「わたし、夏の間に冬の服を入れておくのにいいと思ったの」

「「あ〜」」

詩織の思いつきに、それ以外ないかなと同意するファムと、同じように思いついたことを主張してみるライム。

ライムの主張から、普段使いに向かないだけで、使おうと思えばどうとでもなることを察する詩織とファム。

なんとなくそれで結論が出てしまったことで、詩織は他のものを手に取って観察を始める。

「これ、オルゴールだよね？」

「うん。アタシとライムの合作」

「おねーちゃんが箱を作って、わたしが宝石をカットしてうめこんだの」

「へ〜」

指輪に使えばカイザーナックルの代わりになるのでは、というくらい大粒の真っ赤なルビーが中央に嵌《は》め込まれ、その周りを小粒のダイヤが彩るその箱を、本気で感心しながら観察する詩織。

箱の表面も丁寧に磨かれたうえで少し変わった処理がされており、先ほどのひよひよの置物とは違った不思議な手触りをしている。

その手触りから普通の塗料が使われているわけではないことがすぐに分かったものの、ルビーやダイヤの美しさを損なわないように複数の色で塗り分けられているのは、なかなかに手が込んでいる。

ルビーの大きさと色も素晴らしく、仮に似たようなものが日本で売られていたとしても、達也《たつや》や詩織の稼ぎで気軽に買えるような値段ではなさそうな出来である。

「ライムちゃんが掘ったものだとしても、こんな大きな宝石を素材に持ち出してよかったのかな？」

「細かい石を、れんきんじゅつで大きな石に作り替えたの」

「あ〜、なるほど。ファンタジーだとそういう手も使えるか〜」

ライムが取った手段を聞き、いろいろと納得してしまう詩織。

達也と詩織が生まれる数年前に大ヒットし、生まれてからもまだ少し続いていたライトノベルの金字塔ともいえるファンタジー作品。その第一巻で主人公の美少女魔導師がやっていたのと同じことだが、その成果物をリアルで見るとなんとなく感動を覚えるものがある。

「そういえば、こういう宝石って、どれぐらいの値段なのかな？　あと、錬金術でこういう風に大きく作り直したものは、元から大きかったものに比べて値段が低かったりするのかな？」

「その辺は、アタシ達もよく知らないかなあ。基本的に興味なかったし、アクセサリーとかは魔道具を組み込んだ、いわゆる防具とか補助具の類しか作ったことないし」

「キレーだけど、食べられないし仕事の役に立たないからどうでもいいの」

「う〜ん……」

ファムとライムの非常にドライな言い分に、どうしたものかと内心で頭を抱える詩織。

チャラチャラ着飾れとは言わないが、せめてもう少しお洒落《しゃれ》というものに興味を持ってもらいたいところである。

「あ、でも、質のいい宝石はそれ自体が増幅効果を持ってるって聞いたかな？」

「そーいうの使って、毒をむこうにするアクセサリーを作ってみたいの」

筋金入りとしか言いようがないファムとライムの言い分に、思わず心底がっかりしながらライムが作ったものを順番に見ていく詩織。

二十を超える宝飾品の大部分がペンダントだが、何点かは指輪やイヤリングなども交ざっている。

それもこれも年齢一桁の、それもファッションや装飾品に一切興味がない子供が作ったものとは思えないほど、センス良く美しい造形をしている。

今までの言動を考えると、年齢ではない部分において、よくライムがこんな美しいものを作ることができたものだと感心してしまう。

「これ、ライムちゃんが自分でデザインしたんだよね？」

「うん！」

「誰かにやり方とか教えてもらったの？」

「そーいうのはないけど、原石持ち出したときに、ドワーフのおじいちゃんが『ほーしょくひんはそれ自体が美しくかつ身につけた人を引き立てるのがそんざいいぎだから、ちゃんときれーに作ってやってくれ』って言ってたの」

「へ～。その言葉だけでこんなのが作れるのって普通にすごいけど、参考にしたものとかはあるのかな？」

「親方達がじゃしんに挑むときに身につけてた武器とかを参考にしたの」

「なるほどね～」

素晴らしい宝飾品を作り上げた秘密の一端を聞き、興味のない分野でもちゃんとアドバイスを活かせるライムに、素直にすごいと感心する詩織。

実際には、本人が頻繁にウルス城に出入りしていることや工房に各国の王族が出入りすることで、無意識の領域ではあるが最高峰のアクセサリー類に触れる機会も多く、そちらのほうが影響としては大きい。

いずれにせよ、ファムもライムも、審美眼を磨くという面において、実に恵まれた環境にあるのは間違いない。

「でも、興味ないのに、よくこれを作ろうと思ったよね～」

「さっきのドワーフのおじいちゃんが、興味のないものでも一度ぐらいは全力で作ってみるのもいい、って言ってたの」

「やっぱりベテランの人は、いいこと言うね～」

「そのおじいちゃんに、そういうのもがんばれば親方喜んでくれる？　って聞いたら絶対大喜びする、って言ってたの」

「ふふ、そっちのほうが理由としては大きいか～……」

ライムの親方大好きぶりに思わずほのぼのしつつ、内心で宏も大変だなどと他人事《ひとごと》のように考える詩織。

現時点では年齢的にもまだまだ恋愛感情まで発展しようがないこともあり、詩織的には今は温かく見守る時期だ。

だが、ものづくりを生涯の道と定め、もはやそれを取り上げてしまえばどんな暴走をするか分からないほどどっぷりと沼にはまり込んでしまっているファムと違い、ライムの動機は常に宏である。

そんなライムが知らず知らずのうちに気負って生き急いでしまわないか、そこを注意しておく必要はありそうだと、頭の片隅にメモっておく。

「そういえば、この指輪だけすごく魔力があるんだけど、これは何？」

「その指輪、台座をミスリル粘土で作ったの」

「……ミスリル粘土？」

「親方が、指輪とかくさり作るんだったら、わたしの腕だったら粘土使って焼いたほうが作りやすいからってよういしてくれたの。ペンダントのは普通の銀粘土だけど、指輪はミスリル粘土を使ってみたの」

ミスリル粘土と聞いて、思わずクラッとくる詩織。

語感からいって、恐らくアクセサリー作りの定番素材である銀粘土のミスリル版なのだろうが、ライムのような子供に扱わせるような素材ではない。

なお、銀粘土というのは銀色の鉱物を主成分とした粘土状の物質で、好きな形に加工してオーブンで焼くことで粘土部分が燃え尽き、好きな形の銀細工が作れるという代物だ。フリーマーケットなどで売られている自作の銀細工というのは、大体これを使ったものだと考えていい。

そんなもののミスリル版など、子供にホイホイ使わせるようなものではないのは間違いない。

「ノーラちゃんとテレスちゃんも、大変だよね～……」

しみじみと呟《つぶや》いた詩織の感想に、どう言っていいか分からず沈黙を保つファムとライム。

工房職員の文化祭の準備は、年長組と年少組でくっきり明暗が分かれるのであった。

☆

時は進んで、文化祭前日。

「迷路の最終試運転行くで！」

「「「はい！」」」

最後の準備に学生達が慌ただしく動き、オクトガルが様々な物資を抱えて飛び回る中、ルーフェウス学院初の文化祭の目玉の一つである大迷路の調整が、最終段階に入ろうとしていた。

なお、固定したり運んだりといった作業がないので、大迷路の準備にはオクトガルの姿はなく、宏と学生達だけで行われている。

「よし、ゴール可能かのチェックは成功。ルートに色つけたから、ほんまにゴールできるか誰か確認して！」

「はい！」

宏の指示を受け、男子学生が迷路に入っていき、数分後にゴールから脱出する。

「ゴールできました！」

「ほな、次はランダム変更機能のテスト！　ランダム変更スタート、……完了！　また誰か入ってチェックして！」

「はい！　…………ゴールできました！」

「了解！　サクサクいくで！　次は手動変更や！」

組み込んだ機能を次々に起動し、どんどんテストを進めていく宏。

途中でいくつか不具合が発生して修正や調整が必要になったものの、一時間ほどで全ての機能が問題なく作動することを確認、大迷路の設置作業が完了する。

ちょうど全てが終わったそのタイミングで、遊撃的にあちらこちらを手伝って回っていた達也が顔を出す。

「こっちはどうだ？」

「今、全部の動作チェックが終わったとこや」

「そうか。手伝おうと思ったんだが、ちっと遅かったか」

宏の言葉に、あちゃー、という顔をする達也。

別に手伝わなければならないということもないのだが、何もしなければ何もしないで気まずいものがあるのだ。

「せやなあ……。動作チェックは終わったから、一般人代表として一回チャレンジしてみてもらえへん？」

「それはいいんだが、俺を一般人扱いして大丈夫なのか？」

「一般人、っちゅうには戦闘能力ありすぎるか。ほな、非シーフ系の冒険者代表っちゅうことで」

「了解。で、入口が二つあるみたいだが、どっちに入ればいいんだ？」

「左はノーマル、右はエクストラハードやから、まずは左から頼むわ」

「分かった。が、ノーマルから一気にエクストラハードに難易度が飛ぶのはなんでだ？」

「単純に設置できる迷路の数の問題でな。ワープゾーンに立体交差に挑戦中の構造変化にと、難易度上げる要素全部突っ込んでるから一気に難しなっとってな」

「なるほどなあ。しかし、立体交差はまだしも、ワープゾーンと構造変化が組み合わさるのは、ちゃんとクリアできるのか？」

「一応、出口が塞《ふさ》がったり閉じ込められたりするような変形はせえへんようアルゴリズムは組んでるし、そのあたりがちゃんと機能してるかどうかはチェックしたけどな。ゴールまでのルートが分かるようにした状態でしかチェックしてへんから、ノーヒントでクリアできるかどうかまでは知らん」

達也の疑問に対し、あっさり無責任なことを言い放つ宏。

それを聞いて、一気に不安が増していく達也。

正直、冗談抜きで遭難者が出そうである。

「これ、ギブアップするときはどうするんだ？」

「挑戦者にはこのリストバンドを付けてもらってな。中でギブアップボタン押したら上から脱出路が下りてくるようにしてんねん」

「なるほどな」

宏の説明に、それならクリアできなくてもいいかと割り切る達也。

説明文でちゃんとクリアできない可能性をうたっていて、脱出するための仕掛けも用意してあるのだから、もうそういうものだと割り切ったほうが精神衛生上よろしい。

「じゃあ、軽く行ってくるわ」

そう告げて、とりあえずノーマルコースにチャレンジする達也。

魔力サーチをすればすぐにゴールなど分かるが、今回はあえて普通に左手法で挑む。

左手法というのは迷路を攻略する方法論の一つで、左右どちらかの壁にずっと手を触れたまま壁沿いに移動するというやり方だ。

移動中に構造が変わったり落とし穴やワープゾーンがあると成立しないが、今回のようなごくごく普通の、挑戦中に変化が生じない閉じた空間で出口を探す場合、確実に脱出できる定番の方法である。

欠点として割と高確率で迷路の大部分を移動させられる羽目になることと、ミスるリスクを避けるためには行き止まりでも素直に突っ込んでいく必要があることが挙げられるが、方向音痴で頭の中で地図を作るのが苦手な人の場合、間違いなくこのやり方のほうが迷う時間は短いだろう。

テストなのであまりちんたら時間をかけていられない、ということで達也は左手を壁に添えたまま迷路内を猛ダッシュ、三分ほどで突破する。

「えらい速かったけど、ぬるかったか？」

「いや、普通の人が挑むにはこんなもんだろう。俺は時間短縮のために中でずっと走ってたが、普通は歩いてうろうろするだろうからな」

「なるほど、了解や。つまり、ノーマルやったらこんなもんでええっちゅうことやな」

「ああ。で、次はこっちに挑んでみるが、注意事項は？」

「最初の分岐までは変わらんけど、そっから先は五分ごとに構造変化や。っちゅうても、壁がスライドして道が変わるだけやから、ワープと立体交差の位置は固定やけど」

「分かった」

宏の説明に一つ頷き、気合いを入れて迷路に侵入する達也。

宏の言葉を信じて最初の分岐まで進み、そこで魔力を迷路全体に行き渡らせる。

難易度ノーマルでは禁じ手として封印していた、魔力サーチによる迷路の突破を試みることにしたのだ。

「……なるほど。現時点ではワープを使わなきゃゴールできねえわけか」

そう呟いて、ワープゾーンのほうへと進んでいく達也。

ワープを抜けた後もう一度魔力サーチを行い、ゴールへつながっている道を発見して移動を再開する。

とはいえ、難易度エクストラハードを名乗っているのは伊達《だて》ではなく、単純な迷路そのものの広さもノーマルの三倍あり、その分入り組み方も激しい。

慎重に動いていたこともあってさすがに五分では突破できず、ついに最初の構造変化が起こる。

「ちっ、ゴールへの道が潰されたか。ここからだとどこにもゴールにつながってないってことは、もう一回ワープをくぐりなおさなきゃいけないわけだが……」

再度魔力サーチをかける時間なども踏まえると、全力疾走しても五分でワープゾーンを抜けなおしてゴールまで、というのは少々厳しい。

単純な総移動距離だけで考えれば、恐らく達也の全力疾走なら五分あればここからスタート地点まで戻ってゴールすることは十分可能だろうが、入り組んだ迷路を常にトップスピードで走るような器用な真似は、残念ながらできない。

数秒考え込んで、同じ無駄足になるのであればと先ほど探知したゴールへの道をそのままゆっくり進む。

立体交差を越え、二カ所ほどの行き止まりを確認し、比較的ゴールに近い場所まで来たところで、二度目の構造変化。

目の前で壁が動いて通路を閉じようとし、さらにその先、ゴールへとつながる道を塞いでいた壁が開こうとするのを確認する。

それを見た達也の反応は早かった。

「させるか！」

そう吠《ほ》えながら通路を塞ごうとしている壁を強引にすり抜け、そのまま一気にゴールへと脱出する。

安全性の問題か、壁の移動自体が完了まで三十秒ほどと、比較的ゆっくりだったからこそできる荒業である。

「おかえり。やっぱり構造変化が起こる前にゴールするんは無理っぽいか？」

「春菜か澪《みお》ならいけるかもしれねえが、こんだけ広いと普通の足の速さと探知能力じゃ無理だ」

「なるほどな。ただまあ、兄貴がゴールできてんから、ゴール自体は無理やない、っちゅうことでええか？」

「魔力サーチができるならあとは運と根気だけの問題だが、そうじゃなくて行き当たりばったりだと厳しいかもなあ」

「やっぱり、そんなもんか？」

「ああ、そんな感じだ。っつうかそもそも、なんで挑戦中に構造を変化させようなんて考えたんだ？」

「ノーマルを単に広くするだけやったら難易度ぬるすぎるんちゃうか、っちゅう意見がそらもうようさん出たんよ」

「若い学生が言いそうなことだよなあ……」

「せやろ？　で、せっかく自動で構造変えられるんやから、ガチのダンジョンみたいに探索中に道が変わるんもありちゃうか、とか言い出してやなあ」

「チャレンジ用の高難易度コースとして設置したわけか」

「せやねん。これがな、僕が一から十まで作ったやつやったらもうちょっといろいろ調整利くんやけど、基本的に全部学生が教授と協力して作っとるから、あんまり手ぇ出せんのよ」

宏が告げた事情に、思わず驚きの表情を浮かべてしまう達也。

これだけ大規模な代物だから、組み立て以外は宏がやったパターンだと思っていたのだ。

「侮ってたわけじゃねえが、よくこんな大規模なものを学生主体で作れたな……」

「壁の移動は単純に壁型ゴーレム大量に作って移動させとるだけやし、ワープも位置固定で短距離やから作れた、っちゅうんが真相やな。まあ、そこで力尽きて全体連動させるアルゴリズムが上手いこと組めてへんかったから、そこは僕が手ぇ出したんやけど」

「逆に言えば、ゴーレムの動き方とかその辺のプログラムさえできてれば、外部の手を借りる必要はなかったってことか」

「そういうこっちゃ。さらにぶっちゃけると、アルゴリズムとプログラミングについては、僕がやったんは単なるデバッグと足りてへんかった視点の指摘だけ、調整関係も期限の問題があったから手ぇ出したけど、もうちょっと時間あったら自分らだけでできたやろしな」

「そうなのか……」

宏のぶっちゃけ話に、さらなる驚きを隠しきれない達也。

ローレンにいたときの騒動から、この迷路を作れるほど学生の平均レベルが高いとは思わなかったのだ。

もっとも、連動させる数と範囲がすさまじい規模になっているだけで、個々の要素は初歩的なものばかりである。

具体的に言うなら、今回迷路の壁として運用されているゴーレムは、作るだけなら魔道具製作スキルの初級が熟練度九十台まで届いていれば可能で、数やら連動やらの追加要素を考えても、中級の熟練度十もあればできる。

ワープゾーンもこの程度の距離なら、固定式ではなく移動可能なものを作ることができる。

なので、すでに中級を折り返しているファム達なら、ゴーレムの作り方さえ学べば、もっと簡単に効率よく同じ作業が可能だったりする。

まあ、ファム達は現在ゴーレム関係に対する興味が非常に薄いので、当分の間は学生達の牙城を脅かすようなことはなさそうだが。

「あと、この大迷路、実は致命的な欠点があってな」

「致命的な欠点？　ああ、天井が開いてることか」

「せや。緊急脱出路の都合で屋根を付けられへんかったからな。壁飛び越えるとか大人げない真似されたらどうにもならん」

「そういうことするやつ、絶対いるだろうからなあ……」

「まあ、そこはもう、どうせ遊びやからっちゅうことで割り切ることにしてん。別に金取るわけやないし、そういうことやったら失格やってルールに明記しとるし。それに、クリアした際の賞品も薬学科の学生が作った等級外ポーションやから、そないすごいもんでもないし」

「それしかないだろうなあ……」

宏が言った問題点とその対処に、それはもうしょうがないと同意する達也。

どんなに注意したところでやるやつはやるだろうし、普通はこんな遊びでそんなくだらないことはしないものだ。

ちゃんとルールで明文化されている時点で、大人げないずるをしてクリアしたところで誰も尊敬してくれない。

しかも、賞品の等級外ポーションは安いものではないが、所詮学生が作った品質の安定していないものだ。それだけの身体能力を持つ人間がずるをしてまで手に入れる価値があるものではない。

なので、大人げないずるをした人間はルール違反による失格を宣言したうえで、思いっきりさげすんでやるだけでいいだろう。

「で、だ。大迷路のほうは、もう終わりなんだよな？」

「あとは本番で学生とか教授では対処できんトラブルが起こらん限りは、僕の出番はないいな」

「じゃあ、そろそろ本命の、お前さんの展示物を設置する作業に移ろうぜ」

「せやな」

達也に促され、アズマ工房の展示スペースへと移動する宏。

アズマ工房のスペースは、春菜達の手によってすでにある程度設営が進んでいた。

「あっ、宏君。迷路のほうは終わったんだ？」

「一応な。あとは実際に運用してみんと分からん感じや」

展示スペースに入ってきた宏を見つけ、そう声をかけながら小走りに駆け寄ってくる春菜。

そんな春菜に対して現状を説明しつつ、ざっと見て状況を確認する宏。

見た感じでは、歴史のほうのパネルは大体設置が終わっており、現在はカテゴリー別やファム達の作品展示について相談しながら調整をしている最中だったようだ。

「歴史のほうは、展示品並べていったら終わりみたいやな」

「うん、そんな感じ。生産カテゴリー別のほうは、澪ちゃんがどのカテゴリーにどの程度までスペースを割り振るか検討中」

「なるほどな。っちゅうことは、先に工房の模型設置してもうたほうがやりやすいか？」

「そうしてもらったほうがいいかな。歴史のほうはボリュームや展示品のサイズの関係で、どうしてもスペースとるのが分かってたから広めにしてあるけど、それ以外はどの程度まで使って大丈夫か判断が難しいし」

宏の提案に、春菜が素直に頷く。

それを聞いた宏が、入口に入ってすぐの目立つ空間に、アクリルのような透明な素材の箱に入った、底面が一辺百センチで高さ六十センチほどの結構大きな模型を設置する。

工房の規模を考えると模型のサイズが大きいことや詰め込まれた機能を横に置いておくなら、博物館などでよく見る再現模型そのものである。

「結構立派というか、本格的な模型を作ったんだね」

「一応展示品やからな」

春菜の身長で少しかがめば横からのぞき込める高さに調整された模型を、しげしげと観察しながらそんな感想を口にする春菜。

ジャイアントでもなければ上から見るのは難しい大きさだが、それに関しては併設された操作パネルで台の高さを上下できる仕様にすることで解決しているようだ。

「そんで、ポジション的にはここで問題ないか？」

「そうだね。下手したらここからお客さんが移動しなくなる可能性はあるけど、客寄せっていう観点では最高のポイントだと思うよ」

宏の確認に、周りとの位置関係や残りスペースとの兼ね合いをチェックしてＯＫを出す春菜。

せっかくだから、操作パネルがどうなっているかも確認する。

「ねえ、宏君。工房の時期っていうのは、どういう区分け？　最初期と現在は分かるんだけど……」

「第一期は、ファムら受け入れた頃合いやな。第二期がオルテム村と行き来するようになってから、第三期が真火炉設置後で、第四期が世界樹移植後っちゅう感じや。因みに名称は適当やから、なんかええんがあったら勝手に変えてくれてええで」

「了解。で、このボタンを押すと、中に入れるの？」

「せやで。入ってみるか？」

「入ってみたいけど、今はやめておくよ。本当に中が正確に再現されてるんだったら、最初期とか第一期とかに入っちゃうと、懐かしさに浸っちゃってなかなか出てこられなくなりそうだから」

「そうか。ほな、明日エルらと一緒に入るか？」

「うん、そうするよ」

宏の提案に、微笑《ほほえ》みながらそう言う春菜。

それを横目に宏が固定作業を行い、この時点で最大の目玉となる工房の模型設置は完了となる。

因みに、どうやってミニチュアの模型の中に入るのかというと、工房の時期を切り替えるための操作パネルに『中に入るボタン』があり、それを押すと設定した時期の模型の中に転移することができるようになっている。

模型の中から出るときは、単純に中の玄関から敷地の外へ出れば、そのまま模型の近くの空いているスペースへ転移するようになっており、なんで体が小さくなるのかとか物理法則はといった難しいことを考えなくとも、誰でも簡単に扱えるようになっていたりする。

「そういえば、模型とか壊れたもんの再現とかにかかりっきりで、パネルのほうは全然ノータッチやったけど、大変やなかった？」

模型関係の作業が終わったことで、宏が他のメンバーに丸投げしたパネル関係について話を振る。

面倒なところを全部押し付けて申しわけないという感情が主成分だが、内容を知らないので何を展示するべきかが分からないという現実的な問題も話題を振った理由に含まれていたりする。

「歴史のほうは、そうでもなかったよ。私達がうろうろしてた頃、ウルスの工房はどうだったかっていうのはファムちゃん達が資料作ってくれてたし」

「その資料もマコトさんがまとめてくれたのです。ノーラ達は単に思い出話をしていただけなのです」

宏の疑問に春菜が答え、さらにその内容をノーラが訂正する。

唐突に口を挟んできたノーラに対して、宏と春菜が二人して不思議そうな視線を向ける。

「あれ？　ノーラさん、さっきまであっちで作業してたよね？」

「なんか問題でもあったんか？」

「問題というかなんというか、進捗《しんちょく》状況の視察に来た学院長が、ノーラとテレスが作った薬の展示発表をやめたほうがいい、と警告に来たのです」

いきなり物騒なことを言い出したノーラに対し、興味深いという表情を隠そうともせずに宏が猛然と食いつく。

「あの学院長がそないなこと言うぐらいやから相当ヤバいもんなんやろうけど、自分ら一体何作ったんや？」

「テレスはポーション中毒を緩和する薬なのです。ノーラのほうはいくつかの病気、毒、やけどの後遺症を数日から数年かけて完全に治療する薬を作っていたのです」

「ポーション中毒のほうはともかく、後遺症治療のほうはどうやって確認したん？」

「神の城でローリエさんに頼んで、本当に効果があるかを確認してもらったのです」

「なるほど。それやったら問題なく効果は出るな」

「ついでに言うと、ローリエさんに確認してもらった後、軽く自分達の体で試しているのです。ポーションを飲むのが遅れて残ったやけどの跡ぐらいなら一日程度、範囲は狭いけど割と深刻なものが二日で治るのを確認しているのです」

ノーラの投下した爆弾に、学院長が待ったをかけるのも当然かと思いながら、これは面白いことになったと悪い笑みを浮かべる宏。

少なくとも、止めるつもりは一切ないらしい。

「えっと、治ったやけどの跡って、どこ？」

「太ももから足首にかけてのこのあたりなのです。鍛冶作業の時に、火花が飛び散ってえらいことになったところなのです」

不穏なことを考えているのが丸分かりな宏を見て、慌ててどこが治ったのかを質問する春菜。

その質問に対し、やけどの跡があった太ももあたりを指し示しながら説明するノーラ。

場所が場所だけに、宏が光の速さで回れ右をしたのは当然の反応だと言えよう。

「……ああ、あのやけどの跡か～。ようやく治療したんだね」

「いちいち何かあるたびにポーションを飲んでいられないのです。確実に傷跡とかが残らないタイミングでポーションを飲んでいたら、ポーション中毒一直線なのです」

「それはまあ、そうなんだろうけど、一級のポーションなら全部消えるんだから、って言ってるのに全然飲もうとしてなかったよね？」

「たかがやけどや指先の切り傷の跡ぐらいで一級ポーションを飲むなんて、贅沢《ぜいたく》すぎていろんなところにケンカを売る所業なのです」

「お洒落しろとまでは言わないけど、女の子なんだからそういうところはもうちょっと気にしてもいいんじゃないかな……」

「料理してるときは意外とそういうところが雑な春菜さんが言うても、いまいち説得力に欠けるんちゃうか？」

ノーラに対する春菜の苦言を、横から宏が茶々を入れて叩き潰す。

体に傷がつくような作業をする機会がほとんどない高位貴族のご令嬢ならともかく、職人がそんな細かい傷跡だ何だにこだわっていると仕事にならない。

そして、そういう傷をいちいち治すには、一級ポーションは価値が高すぎる。

そもそもの話、宏が現れるまでは一級ポーションなどの高度な薬の製造能力が失われて久しいため、そういった傷跡の類を完全に消し去る手段は神が直接降臨して治療するぐらいしかなかった。

そして、かつてもっと高度な技術を持っていたころの記録ですら、ノーラが作ったような治療薬の開発は成功していなかったのだ。

顔や目立つところに大きな傷跡ややけどの跡、病気の後遺症による斑点などが残ってしまった場合を除き、特に治療をしないというノーラの判断はごく当たり前のものだと言える。

「で、話戻すとして、や。作るんはどの程度難しそうなん？」

「最低でも、ソルマイセンは扱えないと無理なのです。あと、野生のソルマイセンで大丈夫なのかどうかは、まだ実験してないので分からないのです」

「っちゅうことは、難易度的には四級の万能薬ぐらいか。なかなか判断に困るところやな。テレスが作ったほうも、おんなじぐらいか？」

「途中までほとんど工程が同じなので、難易度的に大差ないのです」

ノーラの説明を聞き、どんなものかと考え込む宏。

四級と名がつくものは、種類に関係なく製薬中級の熟練度が七十を超えていれば現実的な成功率で作ることができる。

なので、レシピ的には恐らく、ルーフェウス学院の教授達ならある程度再現が可能であろう。

問題なのは、採取・運搬・使用、全てにおいて嫌がらせのような難易度を誇るソルマイセンだ。

ローレンの素材をそこまでがっつり調査したことがないのでなんとも言えないところだが、ルーフェウス学院はソルマイセンの存在を知らない可能性も高い。

そんな胡散臭《うさんくさ》い素材をどうやって認めさせるか、そこが面倒なことになりそうだ。

「まあ、どうせ何人かには知られとんねんし、そのまま展示してもうたらええで」

「いいのですか？」

「おう。聞いとる感じでは自分らの訓練にちょうどええ難易度みたいやし、今後もいずれジノらが腕磨くんに量産することになるやろうから、ここで黙っとってもいずれバレおるで」

案ずるより産むが易《やす》し、とばかりに、大胆な判断をする宏。

もともと、エレーナの奇跡があったため、アズマ工房に対し一級ポーションをもっと大量に、それこそ貴族階級が普通に手に取れるぐらいの量を生産させるべしという圧力はかなり強かった。

各国の王家が鼻で笑ってはねのけてはいたものの、いずれ工房職員に対する直接的な行動に出たり、アズマ工房の関係者に手を出してきたりする連中が現れるのは防げそうもない情勢だったのだ。

ならば、そのうちの後遺症関係だけでも、『金を積むだけでは無理』という状況が『大金を積めばどうにかなるかもしれない』に変わるのは、予想される被害の軽減と庇護者《ひごしゃ》の増加という観点で十分に意味がある。

「細かいことは、レイっちとエルがここの展示見に来たときに相談するわ。四級ぐらいの値段やったら、普通ぐらいに金持っとる貴族やったらかなり無理するぐらいで買える値段やし」

「……またしても大金をむしり取ることになるのですが、そこらへんはいいのですか？」

「金に関しては、いっそ素材集めに関係する専門組織でも作って、そこの運営と育成にガンガン投資するんもありちゃうか、って思い始めてんねんけど、どない？」

「ねえ、宏君。ソルマイセンは中庭で採れるし、それ以外もどうしても必要なら神の城で採取すればいいって状況で、その組織って意味があるの？」

「ノーラとかにはもはや無意味やろうけど、ジノらが難しい素材採りに行くときの護衛には必要になると思うで。他にも、僕らが顔出す機会が減ってしもた影響で、モンスター関係の素材はどないしても手薄なやつが出てきとるし」

「あ～、なるほど」

ノーラの懸念に対する宏のアイデア、その詳細を聞いて、必要になるかもしれないと素直に納得する春菜。

腕を磨くうえでは自分で素材を集めに行くことも重要だが、常に全ての素材を自力で調達する時間が取れるわけではない。

また、職人というのは常軌を逸した頑丈さこそ持つものの、戦闘能力という点では大したことはない。

ものによってはダンジョンやフィールドボス出没地帯に出向く必要があることも考えると、腕の立つ護衛を確保しておくのは重要であろう。

「それにしても、ノーラさんの作った治療薬ばかり話題にしてたけど、ポーション中毒を軽減する薬のほうは問題にならないの？」

「そんなもん、考えるまでもなく大騒ぎになるんが分かっとんねんから、わざわざネタにしてへんだけやで」

「ああ、やっぱりそうなんだ……」

「結局なるようにしかならん話やから、今日のところはとっとと設営済ませてまお」

「……そうだね」

宏に促され、工房の歴史をはじめとした各コーナーに、できるだけ目を引きつつすごさが分かりやすいものを配置していく。

最後に澪が担当している布系素材のコーナーまで回ったところで、真琴と澪が何やら揉《も》めているというかじゃれているところに遭遇する。

「何ごちゃごちゃやってんの？」

「ああ、宏。別に大したことじゃないんだけど、澪がちょっとね」

「大したことじゃない。ただ単に、かつて世界各地をぶらぶらしてたときに着けてたブラを見つけて、あまりのブカブカぶりにへこんでただけ」

表情に乏しいわりにがっかりしていることがはっきり分かる態度で、手に持っているブラを宏に見せようとする澪。

澪が手に持っている危険物に対し、驚くべき反応速度で春菜と真琴の陰に隠れて視線を明後日《あさって》の方向に向ける宏。

「師匠、さすがにその反応は傷つく……」

「あのなあ、女性恐怖症とか関係なく、女の子の使用済みブラジャーなんぞガン見しとったらただの変質者やん」

澪の苦情に対し、宏が苦情をもって言い返す。

澪的にはアピールの一環としてネタを振っているにすぎないのは分かるが、宏とは別方向でデリカシーというものを気にすべしという話である。

なお、非常にどうでもいい話だが、こんなことを言いまくっているせいか、この文化祭が終わる頃から停滞気味だった澪の胸が唐突に育ち始めるのだが、そのことに本人が気づくのは年明けからである。

「澪ちゃんがブラを持ってる理由は分かったけど、真琴さんとは何を盛り上がってたの？」

「澪がね、下着まで展示しようとしてたから止めてたのよ」

「ボク達のはともかく、真琴姉《まことねえ》のは仮に展示したところで単なるランニングシャツだから、別に問題ないはず」

「と、いうようなやり取りをね……」

「あはははは……」

真琴と澪のやり取りを見て、そのいつもどおりすぎるうえになんとなく平和な内容に上手くコメントできず、思わず笑ってごまかしてしまう春菜。

「なんっちゅうか、こっちは平和やなあ……」

ノーラが持ち込んだ内容との落差に、思わず春菜に代わってそんな正直なコメントを漏らす宏。

結局、下着問題は肌着を防具にできる実例として、宏がその場で男女兼用のシャツを一枚作ることでサクッと解決。

その日はそれ以上は厄介なトラブルが起こることもなく、無事に準備を終えるのだった。

第25話 もう、何もかもがどうでもいい気分です……

「食べ歩きに便利～、屋台村はこっち～」

「アズマ工房謹製、串カツ各種十チロル均一～」

「食品学部の伝統的フィールドワーク食も～」

「各種揃《そろ》ってるの～」

「アズマ食堂も出張販売中～」

「大迷路は現在入場制限中～」

「まだエクストラハードは攻略者ゼロ～」

「クリア第一号で～」

「君こそがヒーローだ～」

記念すべきルーフェウス学院初の文化祭の幕開けとなったこの日、学院内は大賑《おおにぎ》わいとなっていた。

学院中を大量のオクトガルが飛び回り、いつもの口調で宣伝や案内をしている。

時々パンフレットや料理の包み紙などのごみを拾ってはごみ箱に捨てたり、落とし物を見つけては落とし主に届けたりと、トラブルに発展しそうな要素を早い段階で潰《つぶ》しているあたり、妙に気合いが入っている。

なお、ごみが結構落ちている問題だが、落としたことに気がついていなかったり風で飛ばされてしまったりといった故意ではない事例はともかく、悪質なポイ捨てはいろいろ屈辱的なやり方で制裁しており、ある種の見せしめとして機能している。

「またオクトガルがえらい張り切っとんなあ……」

レイオットとエアリス、サーシャの三人を伴って歩いていた宏《ひろし》が、そんなオクトガルの様子を見て呆《あき》れたように呟《つぶや》く。

自主的に動くのはいいが、あまり好き放題やられるといろいろと不安になってくる。

すでに会場に入った直後にアルチェムがどこかへ拉致られていることが、さらに関係者の不安を誘っている。

なお、現在宏が文化祭会場をうろうろしていても大丈夫なのは、初日である今日は学生および招待券を配った関係者のみのプレオープンで、まだ人口密度的に宏の許容範囲だからだ。

恐らく明日以降のピークタイムは近寄ろうとも思わない密度になっているだろうが、どうせレイオットやエアリスのスケジュール的に一日しか参加できないだろうから特に問題はない。

「しかし、連中はアルチェムをどこへ攫《さら》っていったのだろうな？」

「分からん。分からんけどまあ、さすがにこの人口密度で裸にひん剥《む》くような真似はせんやろう」

「だといいのだが……」

宏の言葉に、かえって不安が募るレイオット。

その不安を煽《あお》るように、大迷路の列の最後尾に並んでいたサキュバスに、オクトガルがさりげなくセクハラする。

「本当に、大丈夫なんだろうな……」

「一応、オクトガルの皆さんも神の眷属《けんぞく》なので……」

「そもそも～」

「私達がチェムちゃんをいじらないと～」

「もっとひどいことになるの～」

レイオットの不安に対してエアリスがフォローしようとしたその時、当のオクトガルが割り込んできてそんなことを言い放つ。

「……ああ、オクトガルが先にいろいろやることで、エロトラブル誘発体質が仕事する確率を下げる、っちゅう話か……」

「「YesYesYesYes～」」

宏が口にした理屈を、オクトガル達が全力で肯定する。

どうにも言い訳くさいその言葉に対し、宏が疑念をぶつけようとしたところでサーシャが不思議そうに首をかしげる。

「あの、アルチェム様は、何か厄介な体質を持っておられるのですか？」

「あ～、サーシャさんは知らんか。アルチェムはな、時々とんでもないエロトラブルを巻き起こしおるんよ」

「普段はまったく問題ないのですが、時々どういうわけか何もないところで転んで男性を押し倒したり、ちゃんと着ていたはずの服が突然脱げたりといったトラブルを引き起こします」

「それが、大抵はそれなりの人数の男がいたり、逢引《あいび》き中のカップルがいたりする場面で、しかも押し倒す系はほぼ確実に相手が男でな」

「何をどうやっても防げん、どころか、神様でもあれはどうにもならんって断言しとるらしくてなあ……」

「そんなことが……」

非常に胡散臭《うさんくさ》い宏達の話に、逆に胡散臭いからこそ真実だと察して絶句するサーシャ。

そして、真実だと納得してしまったことで、それがいかに危険なのかもすぐ理解できてしまう。女性であるサーシャですら思わず目を奪われるほど、アルチェムはグラマラスで男性の好みそうな魅力の備わった体つきをしている。

そんな女性が何の前触れもなく転倒しては男を押し倒したり、きっちり着込んだ服がするすると脱げていったりするなど、どう考えても碌《ろく》なことにならない。

「まあ、アルチェムのことは置いとこう。僕らにはどないもならん」

「そうだな。それはそうと、なぜ我々はルーフェウス学院の制服を着ているのだ？」

「せっかくの文化祭やからな。いっぺんぐらい学生気分で参加してもええんちゃうかと思ってん」

「そうか。だが、今後我々がここに留学する可能性がないとは言えんのだが？」

「レイっちはなんとも言えんけど、多分エルは立場的にもスケジュール的にも、ルーフェウス学院に通うんは無理ちゃうか？」

「……そうですね。そうかもしれません」

宏にそう問われ、少し考え込んでから頷《うなず》くエアリス。

姫巫女《ひめみこ》という立場上、次代に受け継ぐまでアルフェミナ神殿で定期的に神事を行う必要があり、その他にもエアリス以外にはできない神事が国内のあちらこちらにある。

それでもカタリナがまともであればエレーナと三人で交代しながらルーフェウス学院に通うこともできただろうが、当のカタリナは反逆者として死亡、エレーナは嫁いだうえに毒の後遺症の影響であまり長時間の儀式に耐えられる体力はない。

一応、一番下の妹が姫巫女の資質を持っているが、エアリスの就任当初より幼い、しかもエアリスほど突出した資質を持っているわけではない幼児に代理を期待するのは酷である。

真琴《まこと》のように短期集中講座を受けるとか、ノーラ達のように二つくらい講義を選択して空き時間に通うという選択もなくはないが、そうでなくても忙しいエアリスの拘束時間が増えるうえ、王族の留学という条件だとお互いの面子《メンツ》の問題も絡んでくる。

なので、エアリスがルーフェウス学院に通うことは、少なくとも現状では厳しいと言わざるを得ない。

「学校というものに通うことはなさそうですが、制服を着て歩くというのはなんとなく楽しいものですね」

「私も入学当初はそういう気持ちがありましたが、エアリス様でもそう思われるのですか？」

「ええ。ですので、こんな機会をいただけて、とても楽しいです」

卒業生でもあるサーシャの問いに、実に楽しそうな笑みを浮かべてそう告げるエアリス。

その結果、これ以上何も言えなくなるレイオット。

もっとも、レイオットも制服に着替えたことに別段文句があるわけではなく、単になぜわざわざ着替えなければいけなかったのかが不思議だっただけなのだが。

「それで、どこから行く？」

「せやなあ。うちらの展示は春菜《はるな》さんとアルチェムが合流してから行くとして、それ以外はあんまりよう知らんねんわ」

「ふむ。では先ほどから気になっていたのだが、確かダイアズマーといったか、あの巨大なゴーレムを見に行くのはどうだ？　あれもお前達のものなのだろう？」

「別にええけど、あれが見たいんやったら終わってからいくらでも見せたんで」

「そうか。一つ確認したいのだが、あれは展示してしまって大丈夫なのか？」

「最近、特に使う用事あらへんからな。回収しよう思ったら城の機能で一発やし、文化祭の間ぐらいは問題ないから許可出してん」

宏の説明に、なるほどと頷く一同。

なお、ダイアズマーの展示に関しては、文化祭の準備を手伝っていた真琴が理事会や学生達から「ロボットというものの実例はないのか？」と問われたため、宏に話を持ちかけたのだ。

準備の際に非常に邪魔になったため、場所を確定するために二時間ほど仮設置をしたあとは昨日まで倉庫の中で眠っていたので、実はルーフェウス学院関係者もちゃんと見るのは今日が初めてだったりする。

「まあ、せっかくなので、見に行ってみましょう」

というサーシャの提案で、ダイアズマーが展示されている広場へつながる道まで移動する一同。

ダイアズマー周辺は、これでよく事故が起こらないものだと感心するほどの人口密度であった。

「……ざっと見ただけでも、とてもやないけど近寄れんぐらいの人数が詰めかけとんなあ」

「そうですね。……あら、アンジェリカ様が……」

「ほんまやな。あっ、こっちに気ぃついた」

「……ああ、ヒロシ様！　アンジェリカ様が流されていきます！」

「あかん。完全に見失ってもうた」

ダイアズマーを見に来ていたアンジェリカをエアリスが目ざとく発見するも、その直後に唐突に動いた人の流れに飲まれ、あっという間に押し流されてしまう。

「……こらあかんな。別の場所に行ったほうがよさそうや」

「そうだな。ならば先ほどからオクトガルがさんざん宣伝している、大迷路あたりに……」

「大迷路大人気〜」

「現在三十分待ち〜」

「エクストラハードはいまだクリアなし〜」

レイオットが提案しかけたところで、唐突に現れたオクトガルが大迷路の現状を告げる。

「まあ、さっき入場制限とか言うとったからそんなもんやろうけど、やっぱエクストラハードはまだクリアできてへんか」

「ずるした子が三人～」

「壁ジャンプで飛び越えて～」

「私達がキャッチ～」

「遺体遺棄～」

「なるほどなあ」

懸念していた問題が実際に発生したと聞いて、なんとなくしょっぱい顔になる宏。

そこに、さらにオクトガルが追い打ちをかける。

「うち一人はノーマルで～」

「エクストラハードはともかく、時間かけたら誰でもクリアできるノーマルでずるをするとか、なんぼなんでも情けなすぎひんか？」

「だから～」

「私達が～」

「超お仕置き～」

「普段やったらほどほどに、っちゅうところやけど、今回はそれでええか」

オクトガルの言葉に、苦笑しながら頷く宏。

そうなると、再びどこに行くかという問題が浮上する。

「大迷路もダイアズマーもあかんとなると、どこ行ったもんか？」

「でしたら、軽く食事をしながら人が少なそうなところをあちらこちら見て回りましょう。一通り見て回った頃には、ハルナ様の手も空いているでしょうし」

「そうですね」

宏の悩みに対するエアリスの提案にサーシャが賛成し、模擬店がいくつも出店している屋台村へ向かうことに。

屋台村では例によって例のごとく、アズマ工房の屋台が素晴らしい集客力を見せつけていた。

「あっ、宏君。そろそろ来る頃だと思って、一式用意しておいたよ」

「そうか。ほな、それもらってくわ。お金は……」

「あっ、もうもらってるから、このまま持っていって」

そう言って、人数分のローレン風カレーパンと串カツベストセレクション、およびこし餡《あん》の鯛焼《たいや》きを宏に手渡す春菜。

普通だと食べ歩くどころか持ち運びすら困難になりそうな種類と量だが、今回は包装紙に宙に浮く機能を組み込むことで対応している。

この包装紙、宏が必要になりそうだとサクッと基礎理論を組み上げたものを、比較的早い段階で手が空いたファムとライムがルーフェウス学院で懇意にしている教授達と共同で大量生産できるように改良したものである。

残念ながら今年は生産能力の問題で、採用できたのはアズマ工房とアズマ食堂、および付与学科が出している屋台の一部のみとかなり限定的な状況になっている。

「あと一時間ぐらいしたら抜けられると思うから、それまで適当に見て回ってて」

「了解や」

そう言って、春菜に手を振って別れを告げ、全員に割り当てを分配する。

なお、澪《みお》は現在、香月《かづき》夫妻と一緒にアズマ工房の展示解説のほうに回っている。職員組の自由行動を先に割り当てたため、屋台で抜けられない春菜やレイオット達の接待を優先すべき宏の代わりに職人代表として残ったのだ。

もっとも、簡単な解説は達也《たつや》が行うので、澪の出番は専門知識が必要なややこしいものだけ。というよりむしろ、そうでなければ澪一人で押し寄せる学者やら政治家やらの対処ができるわけがないので、展示解説など危なっかしくて到底任せられない。

そのあたりは本人も自覚しており、むしろその問題を指摘された際に、不安だからと達也か真琴を積極的に巻き込もうとしたのはここだけの話である。

結局、真琴が鯛焼きを担当することになった結果、達也が簡単な解説を押し付けられ、ならばとパンフレットの配布その他の役目を詩織《しおり》が買って出た結果が現在の配置である。

「さて、一応飲みもんぐらいは買っとくか」

「そうですね。あちらで購買部の出張販売露店が飲み物を販売しているようですので、それを買っていきましょう」

宏の言葉を受け、サーシャがそんな提案をする。

購買の露店では、コーラをはじめとした様々な清涼飲料水が売り出されていた。

「うちらがテコ入れしてからまだ一年ちょっとやっちゅうのに、えらい種類が増えてるやん」

「食料学部が張り切ったようで、ああいったちょっと特殊な技術が必要な飲み物や食材を、あちらこちらの業者と共同で開発しているようです」

「なるほど、そらええこっちゃ」

そう言いながら、今日ぐらいは無礼講でいいかとコーラを人数分購入する宏。

一緒に売られていたよく分からない果物を使ったフレーバーのコーラや妙な色の炭酸飲料にエアリスが反応していたが、今回は華麗にスルーである。

「……ちょっと残念です」

「いつでも売っとるみたいやし、また今度誰かに買うてきてもらえばええやん」

やたらがっかりするエアリスをそうなだめ、カレーパンをかじろうとしているサーシャに注目する宏。

宏になだめられて機嫌を直し、同じようにサーシャの反応をうかがうエアリス。

そんな二人から見つめられて、サーシャは居心地悪そうにしつつカレーパンをかじる。

「……不思議な辛さですね」

「ローレン人としては、どないな感じ？」

「そうですね。人によってはもう少し辛いほうが好みだと思いますが、幅広い層に売るにはこれぐらいの味がちょうどいいと思います」

「なるほどな。ほな、ローレンのカレーパンはこれでええな」

サーシャの感想に一つ頷くと、自分の分をかじる宏。

これまで食べ歩いたローレン料理を参考に、スパイスの自己主張を抑え気味に調整したローレンのカレーパンは、いわゆる甘口カレーよりやや中辛に近い味付けだ。

正直、宏達の味覚では辛さが物足りないが、その分ダシと具材のうまみがたっぷり濃縮されたコクのあるカレーとなっている。

このカレーに関しては、むしろカレー風の煮込みと言ったほうが正しいだろう。

「あと問題になりそうなんは、鯛焼きか」

「この鯛焼き、今までのものと何か違うのでしょうか？」

「エルは、小豆《あずき》で作った餡子《あんこ》は食べたことあったやんな？」

「はい。……ああ、中身があの餡子なのですね」

宏の説明で、何が問題視されているのかを即座に悟るエアリス。

エアリスの味覚では問題ないどころかむしろ美味《おい》しかった小豆餡《あずきあん》だが、豆の食感が残っているものが受け入れられるかというと微妙なところだ。

なお、大体の国で白餡《しろあん》が受け入れられたことを知っているエアリスは、食感さえ残っていなければ、単に豆を甘く煮たというだけのものなら特に問題はないと認識している。

「串カツは問題視しないのか？」

「この国で食べた揚げもんと、下味のつけ方がおんなじやからな。ソース類をつけるかどうかとか、つけるとして何つけるかとかの問題になってきおるから、あんまり深くは気にしてへん」

「なるほどな。たしかに、スパイス類が手に入りづらい地域でもない限り、肉の下味など塩コショウかそれに近い系統になってくるか。それにローレーンは、ファーレーンと同じで塩コショウの文化だしな」

「そういうこっちゃ。今んところ、塩コショウで味付けして焼いただけ、っちゅう肉とか魚があかんかった国はあらへんから、串カツそのものがアウトっちゅうことはないやろう」

そう言いながら、お好みでという形で添えられていた三種のソースを順番に試す宏。

もともと味がしっかりしているモンスター肉なので、塩コショウだけで十分美味《うま》い。ゆえに、とんかつ、タルタル、ローレン伝統のルジャメノンという三種類のソースもどれが一番ということもない。

「それにしても、世界は広いです」

「なんやエル、唐突に？」

「この屋台村で売られている料理、大部分は初めて見るものです。ルーフェウスには何度も足を運んでいるというのに、あまり知らないものなのだな、と」

「そんなもん、ファーレーンかてそうやで。下手したらウルスですら、知らん料理はいくらでもありそうやしな」

「そうかもしれません」

「多分やけどな、人の一生やと毎食全部違う料理食べても、世界中どころかその国の郷土料理すら全部食べ尽くすんは無理やと思うで」

「そういうものですか？」

「そらそうや。郷土料理っちゅうても新しくできるもんもあるし、おんなじ料理でも具材でまったく別もんになるとか、ざらやしな」

宏の指摘が、エアリスの中ですとんと腑《ふ》に落ちる。

確かにエアリスとしても、魚介のザプレだけを食べてザプレという料理を全て食べた気になられたら納得できない。

葉っぱでの包み焼きという料理の性質上、せめて獣肉とモンスター食材のザプレぐらいは食してから、ザプレを体験しきったと言ってほしいところである。

そうやってせめてこのぐらいまでは、というのを満たしていくと、人の一生ではほとんどの料理を経験せずに終わるだろうことは間違いない。

「日本の場合、特にカレーとラーメンがものすごい魔境になっとるから、この二つに関してはジャンル絞ってもコンプリートは無理や」

「そ、そうなのですか!?」

恐ろしいことを言い出した宏に、思わず驚愕《きょうがく》の声を上げるエアリスとサーシャ。

手に持っているカレーパンが、とてつもなく闇をはらんだものに見えてくる。

「なあ、ヒロシ。それはザプレの具材違いを全て食べねばコンプリートではない、という次元の話ではないのか?」

「残念ながら、そんな生易しいもんやないねん。たとえばカレーの場合、辛さの段階から始まって牛豚鶏魚介、トッピング何にするか、米にかけるかそれともパンにつけて食べるか、米は単に白米かそれともサフランライスとか十五穀米とかにするかっちゅう感じで、それぞれが見て分かるレベルで別もんなうえ、これぐらいでもまだ序の口でなあ」

「米かパンかは分かるが、それ以外でもそんなに変わるのか?」

「変わるで。今食べたカレーパンと、最初に僕らがファーレーンに広めたカレーパンは、まったく別もんやろ?　さっき言うたバリエーションの違いっちゅうやつはな、この領域を超えおんねん」

「……それはまた、厄介な話だな」

「まだ序の口レベルでやめとけばどうにかなるけど、スタンダードなカレーでも地域ごとの味の違いがどうとか、毎月のように新しいんが出てくるご当地カレーのコンプリートとか、さらには鍋とかうどん、そば、ラーメンまで手ぇつけたらほんまにキリないからな」

「ううむ……」

宏の説明に、唸《うな》るしかないレイオット。宏や春菜を見ていれば日本人という人種が凝り性で味にうるさいというのはよく分かるが、ここまで業のようなものを感じさせられるとは思わなかった。

「ラーメンなんかはもっとえげつなくてな。単純にスープの味付けだけで言うても基本の塩、醬油《しょうゆ》、味噌《みそ》、とんこつときてそこからの派生でとんこつ醬油やら醬油とんこつやらの組み合わせが入って、さらにスープとはまた別のジャンルでチャンポンやら麻婆《マーボー》やら酸辣湯《サンラータン》やらが顔を出すわけや」

「あの、ヒロシ様。とんこつ醬油と醬油とんこつは別物なのですか？」

「厄介なことにな、気にせえへん人間やと同じやんって思う程度には近いけど、ジャンル分けできるぐらいには別もんやねん」

「まあ!?」

「そこに野菜どっちゃりのっけたりキムチぶち込んだりすれば別メニューになるし、イタリア風やのスペイン風やのラーメンとは縁もゆかりもない国っぽくアレンジしたりで、もう恐ろしいぐらいのカオスぶりやからな」

「そんなことに……」

宏の言葉に、完全に恐れおののいて腰が引けるエアリス。

自身の性格上、下手に踏み込めば間違いなく底なし沼にはまり込むのが分かってしまうのがなお怖い。

何より厄介なのが、騎士団の料理人の中で、宏が説明したような底なし沼に至る兆候が出ていることであろう。

「まあ、料理なんかほどほどにこだわるんぐらいが幸せやで」

「それをお前が言っても、説得力は皆無だぞ？」

「ほどほどっちゅうんをどこに持ってくるかやけど、さすがにカレーとかラーメンとかにこだわってる人らほど追求はしてへんしする気もないで」

「テローナをうどんやラーメンにする際、ダシの濃さや麺の小麦の比率に太さ硬さまでこだわった人間の言うことではない気がするが？」

「あの人ら、そんなもんで済まへんで」

さすがに付き合いきれない、という顔でそう言い切る宏に、思わず驚愕の表情を浮かべてしまうレイオット達。

創造神であり、鍛冶《かじ》をするときは百分の一℃単位で温度変化にこだわり、調合やエンチャントでは小数点以下のゼロがどれほど並ぶのかというぐらい材料の比率や魔力量を厳密に調整する宏をしてそう言わせる人間がいることに、ただただひたすら驚き恐れることしかできない。

「まあ、そういうわけやから、知らん料理があるんは、むしろ当然やと思わなあかんで」

「そうですね。というより、今のヒロシ様のお話を聞くと、私が知っている料理が、本当に知っているると言えるのか不安になってしまいます」

「そこまで深刻に考えんでも大丈夫やと思うけど……」

真剣に不安がるエアリスに、突っ込んだ話をしすぎたかと反省する宏。

とはいえ、エアリスの場合、そばとインスタントラーメンに関しては、日本のカレーマニアやラーメンマニアと同じ空気をまとっている印象がある。

そういう意味では、むしろ宏なんかよりはるかに沼にはまりやすそうだ。

「それはそうと、ヒロシ殿。たしか本日はマコト殿が新しく描いた漫画を販売すると伺っていたのですが、それはどこで販売することになったのでしょうか？」

「ああ、真琴さんの漫画はな、事前告知の時点で騒ぎが大きなりすぎて、対面販売で売るんは諦めてん」

「あの、それでは、どういう形で販売なさるのでしょうか？」

「事前に前金で注文受ける形の受注生産やな。今もうちらの展示スペースで印刷と製本やっとって、できたやつを片っ端からオクトガルが届けとる」

「そんなやり方を……」

「真琴さんとしては、最終的には自分らで作った本だけを売る即売会みたいなイベントやりたいらしいんやけど、そのためにはもっと漫画家の数増やさんとあかんのがなあ」

宏が言ったイベントを聞き、それはまだまだ難しいだろうな、という感想を持つサーシャ。

文化として根付きつつある漫画だが、絵をそのまま大量に印刷する技術となると、現在あるものはとても実用レベルとは言えない。

単に瞬時に同じものを複写するだけなら最新のルーフェウス学院の研究により可能となっているが、魔力消費が非常に大きいうえに一度の魔力投入で複写できるのは一ページだけ、機材の製造も簡単にできるものではないため、実用化はまだまだ先の話である。

そんな環境ゆえに漫画を描く人間こそ増えてはいても、漫画そのものの流通量は少なく、何かの事故で一ページ紛失したら元の内容のままに復元するのは極めて困難となる。

そのため、どうしても広がりの面で力強さに欠ける状況が続いており、宏達の介入が一切ないのであれば、サーシャが生きている間に漫画が産業にまで育つのは難しそうな印象である。

「ヒロシ様の国では、そういうイベントはあるのでしょうか？」

「大きいやつに関しては、国を挙げてのイベントとかとかち合《お》うたときを除いて、夏と冬の年二回やっとるで。行ったことがないから正確なことは覚えてへんけど、たしか客の延べ人数が三日間で五十万人ぐらいっちゅう、単なる娯楽イベントとしては世界屈指の規模と動員数を誇るイベントやったで」

日本最大の同人誌即売会の説明を聞き、三人して完全に動きが止まってしまうエアリス、レイオット、サーシャ。

五十万人というのは、こちらの世界では上から数えたほうが早いぐらいの巨大都市丸々一つ分に相当する人数だ。

三日間の延べ人数だということなので、一日当たりにすると十六〜十七万人といったところではあるが、それでもクレスターなど小規模な都市国家の総人口より余裕で多い。

それが、単に漫画を買いに来るためだけに集まるのだから、漫画という文化の底力は想像を絶するものがある。

この宏の説明はかなり誤解を招くもので、実際には同人誌だけをとっても漫画だけではなく小説や写真集、ペーパークラフトなどがあり、それ以外にゲームソフトや企業によるグッズの販売などもある。

他にもコスプレ写真を撮影しに来たり特設ステージでのイベントのみに参加しに来たりと、漫画を買いに来たわけではない来場者もかなりの人数がいるので、エアリス達が驚愕した内容は正確ではない。

とはいえ、イベントのメインはあくまで同人誌であり、その中でも最大勢力が漫画なのは変わらない。

宏の説明が悪くて誤解を招いてはいるが、エアリス達が恐れおののいた漫画という文化の底力については、あながち間違いとも言い切れないところである。

「まあ、何事も一足飛びにはいかんから、まずは印刷技術と漫画家の人数増やすところからのんびり地道にやったほうがええで」

「そうだな。頻繁にヒロシに頼っている我々が言えることではないが、あまりアズマ工房に何でもかんでも解決してもらうと、かえって技術や文化の発達に支障が出る」

「ファーレーンではいくつか手遅れになってしまった感がある分野ができてしまいましたが、ローレンはまだ間に合います。ここは腰を据えてじっくりと進めてください」

宏の尻馬に乗って、ローレンの今後のために心の底からそんな説得を始めるレイオットとエアリス。

手遅れになってしまった分野に関しては、ファーレーンとして他に選択肢がなく、かつ宏が非常にやる気になってしまったことばかりなので後悔はないが、何でもかんでも頼ってしまうことの弊害に関しては深く反省しているのだ。

もっとも、気が置けない仲になってしまった関係で、宏の側が何かやりたいという空気を出していると、自身の欲もあってつい頼りがちだ。

「まあ、それはそれとして、や。サーシャさん的には鯛焼きはどない？」

「これもローレンではあまりない種類の甘さですが、とても美味しいですよ」

「そうか、っちゅうことは、こし餡は大丈夫、と。あとで春菜さんに報告やな」

サーシャの感想を聞いて頭の中にそうメモり、次はどうするか、と視線を動かす宏。

目に入るのは全て食べ物屋台で、正直なところピンとくるものはない。

春菜が用意したものはボリュームも腹持ちもなかなかのものが多く、レイオットや宏はともかくエアリスやサーシャが追加で何かを食べるのは微妙に厳しそうな気がする。

本人にその意図はなかったが、見事に王族と巫女《みこ》の胃袋を独占したことになる。

「多分やけど、しばらく他のもんを食べるんは厳しいんちゃう？」

「はい。もうお腹がいっぱいです。それに、ハルナ様の料理は美味しいので、飲み物はともかく食べ物は正当な評価ができないと思いますし」

宏に問われ、エアリスが正直にそう答える。

澪じゃあるまいし、カレーパン一個に串カツ数本と鯛焼き一つ、さらにコーラまで胃袋に収めてまだ何か食べたいと思うほど、胃袋の容量が大きくもなければ食い意地も張っていない。

好奇心をそそられる料理は山ほどあるが、どうしても食指が動かない。

この状況で無理して食べるのは、料理に対しての冒涜《ぼうとく》である。

「ほな、適当に展示とかアトラクションとか、見て回ろか」

「そうだな。ヒロシが気になるものはあるか？」

「せやなあ。あんまり触ってへんジャンルやから、舞台関連の技術開発がどないなってんのかは、ちょっと気になるわ」

「ならば、そちらの展示を見てくるか」

全ての展示に興味があるがゆえに優先して見たいものがないレイオットが、宏の希望を聞いて予定を決める。

それにエアリスとサーシャも特に異を唱えず、そのまま展示がある多目的ホールへ移動を始める。

大小様々な発表会に使われるルーフェウス学院の多目的ホールは、日本でよくある公設のコンサートホールのように、大ホールと小ホールおよび主に控室として使われる会議室がいくつかある、それなりに大規模な建物だ。

今回の文化祭ではそのうち小ホールと会議室の一部を各種展示にあて、大ホールと残りの会議室は演劇や演奏会などの催し物に使われることになっている。

ただし本日は諸般の事情で本格的な出し物は行われず、公開リハーサルが三つほど行われるにとどまっている。

今の時間帯はリハーサルの類《たぐい》も行われていない隙間《すきま》時間で、多目的ホール方面との行き来をする人は少ない。

そんな目撃者の少ないタイミングを狙ったかのように、ようやく解放されたらしいアルチェムがヘロヘロになりながら合流する。

「……ひどい目にあいました……」

そう言いながら、宏達のほうへ向かってふらふらと移動してくるアルチェム。

その様子に脳内で警報が鳴り響き、諦めの表情を浮かべてしまう宏。

この後起こるであろうことは予測できるが、同時にどうがんばっても回避不能であることもはっきり悟ってしまったからである。

その宏の予想どおり、宏達まであと数メートルというところでなぜか遠くで爆発が起こり、その派手な振動によりアルチェムがバランスを崩してありえない転び方をする。

その転び方は、転んだというより吹っ飛ばされたと表現するほうが正しいありさまで、一直線に宏に向かって突撃してくる。

そのアルチェムを仕方なくキャッチしようと宏が手を伸ばしたところで、放物線を描いていたはずのアルチェムの体が不自然に軌道を変える。

結果として予測を外されて空振りをした宏の両手がアルチェムの胸をすくい上げるようにつかんでしまい、さらにそのままの勢いでアルチェムの体が宏を押し倒す。

何をどうすればそうなるのかと問い詰めたくなるほど奇跡的な流れで、すくい上げるように鷲掴《わしづか》みにされた胸で宏の顔を押し潰すアルチェム。

乱れようもないほどきっちり身につけていたはずの服がなぜかポロリ寸前まで乱れており、結果として宏はアルチェムの生乳に顔を突っ込んでいるような状態になっている。

何かのお手本のような、一部の隙もないエロトラブルだと言えよう。

「ヒロシ様、今お助けします！」

宏同様にこうなることを予測し、どんな結果でもすぐ救出に動けるように身構えていたエアリスが、やけに手慣れた動きでアルチェムを助け起こして服の乱れを整える。

「……これが、先ほどおっしゃっていたアルチェム殿の……？」

「ああ。時々物理法則すら無視してくるからな。正直、対処のしようがない」

「……今の一連の流れを見ていると、確かに人間の力ではどうにもなりませんね……」

動体視力がいいとは言えないサーシャの目ですら分かってしまうほど、異様な挙動を見せたアルチェムの体。

恐らく受け止めようとせず回避を選択した場合、誘導弾系の魔法のような軌跡を描いて強引に直撃しに来るのだろう。

はっきり言って対処できたら奇跡であり、不可能だから奇跡と呼ばれてしまうのである。

回避も防御も不能などというと、仮にスキルであればどれほどコストがかさむか分かったものではないのだが、残念ながら体質なので何かを消費したりはしない。

「それにしても、オクトガルがいじり倒してなおこれだと、特に何もしていなかったらどうなっていたことやら……」

「私達が～」

「手出ししてなきゃ～」

「空中パージ～」

「全裸～」

「おっぴろげジャンプ～」

「顔面直撃～」

「普通そうはならんだろう、と言いたいが……」

「「起こるからチェムちゃんなの～」」

「そうだな……」

レイオットの呟きに、唐突に現れたオクトガル達がそんな解説をする。

もはやそれはエロトラブルでも何でもないだろう、と言いたくなるオクトガルの説明だが、アルチェムだからと言われてしまえば反論できない。

本当に全裸かどうかはともかく、少なくとも宏がスカートの中に顔を突っ込む羽目になるのだけは避けられないだろう。

「それでヒロシ、本当に大丈夫か？」

「なんとかな……。ただ、これをさっきの屋台村とかで喰《く》らっとったら、社会的に死んどったかもしれん……」

「いや、さすがにこれをどうこう言う人間はいなかろうが……」

誰の目から見ても異様な動きだったこともあり、一応そうフォローを入れておくレイオット。

残念ながら、どんな社会にも面白がるやつはいくらでもいるため、絶対に大丈夫とは言い切れないのが難儀なところである。

「す、すみません！　……あの、本当に大丈夫ですか？」

「……、く、来ると分かっとって身構えとったから……、一応ギリギリ大丈夫やった感じやな……」

「本当にごめんなさい！」

「つちゅうか、さすがにあの勢いで吹っ飛ばされて宙を舞っとる最中に軌道が変わるとか、本人含めて誰にも防ぎようあらへんやん」

「それに、今回も基本的にはアルチェムさんも被害者ですし……」

必死になって謝罪するアルチェムを、諦めの境地でそうなだめる宏とエアリス。

わざとやっているならともかく、宏と関わるようになってからのアルチェムは、常日頃からできるだけ引き金を引かないように注意して暮らしている。

だが、人間が常時気を張っていることなど不可能だし、そもそも注意して避けようとしてなお起こるのがアルチェムの体質だ。

今回はオクトガルにいじられまくった疲労で注意力が散漫になっていたが、恐らくそれがなくても結果は同じだったであろう。

一応アルチェムには一切そういう考えはないが、もしこれが狙ってやっていたとしても、このレベルに至ってしまえば、それはそれで感心してしまって怒りそびれそうな気がしなくもない。

「あの、アルチェムさん。少しじっとしていてくださいますでしょうか？」

「えっ？　あっ、はい」

何度も何度も頭を下げるアルチェムの姿を見て、何事かに気がついたエアリスがじっとするよう告げる。

その言葉に従ってアルチェムが直立不動の体勢を取ると、周囲をぐるりと回りながらあちらこちらに手を伸ばしてもう一度彼女の服を整えなおすエアリス。

先ほどは宏が直視しても大丈夫なように大雑把《おおざっぱ》に整えただけだったので、ペコペコ頭を下げているうちに、またしてもやばい感じであちらこちらがポロリしそうになっていたのだ。

因《ちな》みに、アルチェムが現在着ている服もルーフェウス学院の制服なのだが、どうしてここまでポロリしそうな状態になってしまうのかが不思議なところである。

「もう少しで、また服が脱げそうになってましたよ」

「あ、ありがとうございます」

「この、ちょっとの時間も油断できん感じがアルチェムやなあ……」

「これで今まで性犯罪に巻き込まれていないのが、実に驚きなのだが……」

「そこはもう、アルチェムさんですので……」

油断も隙もないアルチェムのエロトラブル体質に、呆れるやら感心するやらといった体《てい》の宏達。

そんな宏達の態度に、申しわけなさそうに居場所がなさげな風情で小さくなるアルチェム。

「さて、気を取り直して、展示を見に行くぞ」

「そうですね」

宏が立ち直り、アルチェムの身づくろいその他も問題なくなったのを確認し、これ以上余計なことを起こす前にと動き始めるレイオットとエアリス。

その後はさすがにこれと言って何が起こるわけでもなく、春菜が合流するまで無事に展示品を楽しんだ宏達であった。

☆

「うわあ、懐かしい……」

「私とお姉様の部屋も、ちゃんと再現されているのですね……」

春菜と澪が合流したあと、アズマ工房の展示スペースに真っ先に向かった宏達は、時間があるうちにと宏が作った工房模型の中に入っていた。

なお、澪が抜けた穴は割と早くに戻ってきたテレスとノーラが埋めており、代わりに達也と詩織がデートもかねて自由時間に入っている。

「そういえば、この頃はまだ、外から見た規模と中身が一致していたのだな」

「まだ、中庭に何も植えてなかったからなあ」

春菜やエアリス同様、懐かしそうに最初期の工房を見ていたレイオットの言葉に、まだ原因になるものが何もないことを告げる宏。

外と中が一致しなくなった最大の原因である中庭だが、まともに花や庭木を植え始めたのはファム達が来てから、最初の原因となるソルマイセンをライムがこっそり庭に植えたのは、宏達がオルテム村に出発する三週間ほど前のことである。

なので、最初期の工房は今のイメージほど魔境ではない。というより、やたら多種多様な設備や道具が揃っていること以外はごく普通の工房でしかない。

「私、このころの工房は知りませんから、いろいろ違うところがあって新鮮です」

「アルチェムさんとはオルテム村で初対面だったからね。そもそもこの頃はエルちゃんやエレーナ様を受け入れてたり、足りないものがちょくちょく出てきて拡張工事したりで、頻繁に中の状態が変わってたから、ファムちゃん達が来るまでずっとこのままだったわけでもないし」

「ん。それに、ファム達を受け入れた後いろいろ手を入れてるし、そもそも転移陣を設置した部屋がない」

「オルテム村前後で一番の変化って、転移陣の有無だよね」

「多分、そう。オルテム村に行った頃は、まだソルマイセンは若木にもなってなかった」

アルチェムの感想に、懐かしそうにそんな話をする春菜と澪。

アズマ工房の転移陣ネットワーク、その栄えある設置第一号はオルテム村だ。

というより、オルテム村に転移陣を設置していなければ、行った先々で構えた拠点を転移陣でつなぐ、という発想にはなっていなかった可能性もある。

ある意味においては、ソルマイセンや世界樹よりも重要な変化だったと言えよう。

「一番驚いたのが、和室って最初からあったんじゃないということですね」

「ああ、あれは確か、ファムらが来てすぐぐらいやったな」

「そうそう。ファーレーンのバルドを仕留めるまで、やることがありすぎてそういうところまで手が回ってなかったし」

「師匠がこたつ作ったから、それを置くための和室ができた」

「普段そういうのに厳しく突っ込む真琴さんと達也さんも、和室とこたつには文句言わなかったよね」

「せやな。まあ、冬が来てこたつ出すまで気ぃついてなかった、っちゅうんもあるやろうけど」

他にないアズマ工房固有の施設および設備として、ある意味において最も重要であろう和室とこたつだが、和室はともかくこたつは冬になるまで特に必要ない設備だ。

宏達のものとなったのが秋口だったこともあり、最初の頃はそもそも用意すること自体を考えていなかったのだ。

ファーレーン王に止められてウルスで冬を越す選択をしていなければ、恐らく和室とこたつがウルスの工房に用意されることはなかったであろう。

「こたつ、とはなんでしょう？」

「日本が誇る世界最強の暖房器具。その圧倒的なリラックス効果から、悪魔の暖房器具とも言われている」

今まで話についてこられてなかったサーシャが、まったく知らない言葉を聞いてそう質問する。

そのサーシャの質問に答えた澪が、そこではたと気がつく。

「ねえ、師匠、春姉《はるねえ》。よく考えたら、サーシャさんってうちの工房に入ったことあったっけ？」

「ルーフェウスの工房では一緒にお昼ご飯食べたけど、ウルスの工房には来てもらったことなかったかも」

「せやなあ。神の城には来てもろたことあるけど、ウルスの工房はないかもなあ」

澪の疑問に、春菜と宏が自分の覚えている範囲では来てもらったことがないと告げる。

もっとも、サーシャに限らず、宏とエアリスの両方と面識のある巫女は一部例外を除き、基本的に工房の出入りや転移陣の使用を自由にしていいことになっている。

なので、宏も春菜も知らないところでサーシャがウルスの工房を訪れていてもおかしくはない。が、サーシャはナザリアと同様、役割的にあまり定点から動かないタイプの巫女で、ダルジャンは宏の呼び出しには大抵、アルフェミナを通じてエアリスを使う。

本人の性格的にも招かれたこともないのに用事もなく訪れることなどまずないだろうし、それができるほどフットワークが軽いのであれば、もっと頻繁に宏のもとへ顔を出しに来るだろう。

それらを踏まえると、サーシャがウルスの工房を見たことがないのはまず間違いない。

因みに、森羅結晶を作りにイグレオス神殿に行ったときは、サーシャを迎えに行ったエアリスが直接ダルジャン神殿からイグレオス神殿に転移している。

「じゃあ、あとでサーシャさんをウルスの工房に招待しよっか？」

「ん。すごい今更感があるけど、せっかくだから一度ぐらいは案内しておく」

本当に今更としか言いようがないことを決定する春菜と澪。

それに対し、宏は特に異を唱えない。

正直、今になってサーシャが出入りするようになったところで、宏と遭遇する確率はかなり低いので大した差はない。

「それはそれとして、違う時期を見るには、一度外へ出なければいけないのか？」

「一般向けはそうやけど、今回は管理者モード的なやつで中に入っとるからな。安全のために玄関まで戻る必要はあるけど、そこで切り替えはできんで」

「そうか。ならば、そろそろ次の時期に移りたいが、かまわないか？」

「僕はかまわんけど、みんなはどない？」

レイオットの要望を聞いた宏の問いに、誰も異を唱えない。

それならば、と、全員で玄関まで戻る。

「よく考えたら、この玄関だけは最初からずっと同じだよね？」

「ここは修理とか以外でいじる必要がなかったからな。せやから、管理者モードで時期の切り替えするときに、ここを起点にする設定にしてん」

「ん。資材の運び込みとかは倉庫経由で行けるし、それができないときのために真火炉《しんかろ》と一緒にここ以外の搬入口も作ってる」

「そういえば、作ってたよね。あまり使わないから全然意識してなかったけど」

時期の切り替えが終わるのを待つ間、そんな話をする春菜達。

外も中もすでに原形を留《とど》めていないアズマ工房において、唯一最初期の姿を残している玄関。

無論、飾ってある小物や観葉植物などは日常的に変わるが、全体としての姿は一切変化していない。

建物全体に強い修復能力が組み込まれ、さらに世界樹の加護と防御まで施されてしまっているため、宏が意図的に作り替えようとしない限り、今後もアズマ工房そのものがなくなるまでずっと変化することはないのだろう。

「よし、切り替え完了や」

「時期はいつにしたの？」

「真火炉作った後やな。ファムら拾った後とオルテム村から帰ってきた後は、そない大きく変わらへんし」

「あ〜、結構いろいろ変わってるとは思うけど、真火炉ほどインパクトはないか〜」

「そういうこっちゃな。あと、ソルマイセンが若木ぐらいまで育って、中庭でいろいろ採れるようになったんも、こんぐらいからやな」

「そうなんだ。私、あんまり中庭に植えてるものを気にしてなかったから、全然気がついてなかったよ」

「春菜さんは中庭っちゅうたら、大体干物作ったり天日干しがいるもん作ったりとかやったからなあ。まあ、それ言うたら兄貴とか真琴さんは、そもそもソルマイセンがいつ実ぃつけるようなったかすら知らんやろうし」

「実をつけるようになったのは、世界樹を植樹する直前ぐらいだよね？」

「せやな。まあ、ここでごちゃごちゃ話しとってもキリないし、中見よか」

「そうだね」

思わず話し込みそうになって、力業で切り上げて中を見に入っていく宏と春菜。

その後についていく他のメンバー。

せっかくだからと、まずは真火炉棟へ向かうことに。

「こんな大きな溶鉱炉を……」

「神鋼を精錬するんに、どうしてもこれが要《い》ってん。まあ、実際に神鋼作ったんは半年ぐらい後になってからやけど」

破格の大きさを見せつける真火炉に、思わず呆然《ぼうぜん》とするサーシャ。

そのサーシャの呟きに、やたらと自慢げにドヤ顔でそう言ってのける宏。

やはり、フォーレでも滅多に見ない規模の溶鉱炉は、インパクトが十分だったようだ。

「でもさ、サーシャさんだったらむしろ、中庭のほうが衝撃的かも」

「かもなあ」

「ん。あれは知識があればあるほどインパクトが大きい」

「私にはそのあたりがよく分からんのだが、今の世界樹が生い茂っている中庭はともかく、この時期の中庭でもそんなにすごいのか？」

春菜の発言に同意した宏と澪。その言葉に、いまいちそのあたりに疎いレイオットが不思議そうに質問する。

「お兄様の立場ですごさを実感するのは難しいかもしれませんが、植物にそれほど知識がなくても、巫女としての資質を持っていれば普通に衝撃を受けるかと思います」

「そうですね。私やエル様、ジュディスさんなんかは日に日に強くなっていく過程を見ていますからそれほどでもありませんが、恐らくサーシャさんやバルシェムさんが見たら驚くと思います」

「そういうものか？」

「「そういうものです」」

どうしてもピンとこないレイオットの言葉に、力いっぱいそう言い切るエアリスとアルチェム。

その様子に、どうせよく分からないからとあまり深く追及しないことにするレイオット。宏やアズマ工房がやることに対し、付け焼き刃の知識しかない人間がごちゃごちゃ言っても意味がない。

「ほな、次は中庭でついでに転移室覗《のぞ》いて、最後は和室でええか」

「そうだね。ノーラさん達の研究発表がどうなってるか気になるから、今日は和室見たあと模型の案内は終わりでいいかな？　サーシャさんにどの時期にどんなことがあって、みたいな話をするのはそのうち時間を作って、ってことで」

「ん。あと、現在の姿は、予備知識なしで実物見せたほうが面白そう」

宏が示したルート案に賛成しつつ、自分達の希望を提示する春菜と澪。

「そうだな。正直、思い出話をするならいくらでも語れるが、それをするとキリがないからな」

「サーシャ様にアズマ工房の歴史について工房の変遷とともに説明するのであれば、ヒロシ様とハルナ様、もしくはミオ様だけで行ったほうが妥当かと思います」

「私達は部屋はいただいていても、ここで生活しているわけじゃないですからね～。思い出はいっぱいあっても、設備について細かいことは全然知りませんし、思い出話ばっかりだとサーシャさんを置いてけぼりにしてしまうのでよろしくありませんし」

春菜と澪の提案に、あっさり同意するレイオット、エアリス、アルチェム。

それならばとサクッと案内を開始する宏。

案内された中庭を見たサーシャは、

「……あの、これは本当に単なる再現なのですか？」

「中庭の記憶を完全コピーやから、単なる再現でええかどうかは分からん」

「どう見ても神力があふれかえっているうえ、気候や地質を考えれば共存不可能なはずの植物が同時に生い茂っているのですが……」

大方の予想どおり、ありえない中庭の状態に大変衝撃を受けていた。

「因みにここの植物、試供品程度の量やったら採取できるから」

「……えっ？」

「心配せんでも、ちゃんと本物やで」

「……あの、言っていることがよく分からないのですが……」

そう言いつつ、宏の言葉を確認するために、一番近くに生えていた花を、花びらだけ慎重に抜く。

サーシャの技量では、素手で採取できるものがそれしかなかったのだ。

「……本当に、本物です……」

手に取った花びらを見て、もはや驚くのも疲れたという表情でそう言うサーシャ。

比較的宏達に近い立場の人間で、これぐらいのことにここまで驚いてくれる人間がまだ存在していたことに感動してしまう一同。

もはや宏が模型の中で素材を採取できるようにしたぐらいでは、レイオットどころかマークですら驚かなくなって久しい。

そんな中、春菜が余計なことに気づいてしまう。

「あのさ、宏君。私達がここで採取できるってことは、もしかして一般公開してるほうでも？」

「そら、できるようになってるわな」

「えっと、それって大丈夫なの？」

「エネルギーとか素材のリポップ速度とかは問題あらへん。庭の世界樹からも、もっといろいろ採ってくれって言われとるし、今回の件はＯＫもらっとるから」

「そっちはまあ、それでいいとして、素材ばら撒《ま》く影響のほうは？」

「それは知らんで。っちゅうか、神の城とかドラゴンスケイル装備とかのレベルになったらともかく、このぐらいのことでいちいち影響とか気にしとったら何もできん」

「まあ、そうかも」

開き直りに近い宏の言い分に、こちらでもそこまで制限されたらたまらないという感じで同意する春菜。

　そこに、宏が追い打ちをかけるようなことを言う。

「そもそも、世界樹がうちの庭に生えとんのは有名な話やねんし、世に広まっとる伝承とか資料とかの内容の時点で、世界樹がこの程度のことできんわけないいんははっきりしてんねんからな。たかが一人三回分程度の素材配布する程度、それこそ今更驚くことやないやん」

「世界樹が生えているから驚くことではない、と言われてもピンとはこんが、ウォルディス戦役の時にヒロシから供給された物資の量やそこから各地へ波及した研究関連の影響を考えれば、確かに素材をばら撒くぐらいは今更だな」

　恐ろしいことを言い切った宏の言葉に反論しようとして、よくよく考えればすでに神の城を見せつけてレトルト食品やら高ランクポーションやらを無尽蔵にばら撒いていることを思い出すレイオット。

　あの時点で、すでに世界中に対してどうにもならないほどの影響を与えているのだから、もはや試供品程度の量の高級素材をばら撒くぐらいは誤差であろう。

　もっとも、根本的な話として、いくら世界樹が許可していようと、ちゃんとした素材として採取するにはそれなりのスキルが必要だ。

　宏達は意識していないが、ルーフェウス学院の教授を含めたほとんどの来場者にとって、中庭にある植物の半分以上は恐らくかろうじて採取できる程度で、素材としてまともに使える状態で持っていくことはできないだろう。

「まあ、そういうことやから、次行くで」

「……そうですね。細かいことはもう、一切考えないことにします……」

どうにも手遅れであることを理解し、いろいろ投げ捨てることにするサーシャ。

その後、案内された転移室の仕様にげんなりし、最後に連れていかれた和室の靴を脱ぐというルールに戸惑いながら部屋に上がり、本命であるこたつに入ってようやく落ち着く。

「……この暖房器具は、いいですね……」

「ああ、やっぱりサーシャさんも勝てなかったか」

「ん。こたつに勝つにはよほどこたつが苦手か精神力が強くないと無理」

あっさりこたつの魔力に敗北したサーシャに苦笑しながら、こたつといえばこれが定番だとみかんを出す春菜と澪。

サーシャと同じこたつに入って、自然な動作でみかんを手に取ったエアリスが、この模型のことで気になった点を質問する。

「あの、ヒロシ様。先ほど見た転移室は、さすがに機能はしていないのですよね？」

「まったくさせてへんわけやないんやけど、工房の転移陣ネットワークとは完全に切り離されとるから、同じように移動っちゅうんは無理やな」

「多少は機能しているのですか？」

「ほんまに多少は、やけどな。所在が知れ渡っとるウルス以外の工房も一応同じ仕様の模型は作ってあって、そこの転移ルームにつながるようにはした。ただ、転移室から外へ出られへんから、あんまり関係はないけど」

「この模型、そんなところまで精密に作ってあるのですね」

「せっかくやから、一応な。あと、念のために言うとくと、この模型で転移室の存在とか位置とかがばれても、外野にゃどうにもできんようにしとるからな。そもそも今の工房は全部、許可のない人間が玄関と応接間以外に入ろうとしたら外につまみ出されるようになってるし」

「実はあまりそのあたりは心配していませんでした」

宏の補足説明に、そこは全然気にしていないと微笑《ほほえ》むエアリス。

強引に侵入しようとして失敗し、ひどい目にあった工作員の存在は枚挙にいとまがなく、その中には各国のエース級も交ざっている。

それを知っているうえに、もはやアズマ工房は地方拠点も含めて全て、宏の神域となっていることも理解している。

神域で神に喧嘩《けんか》を売って好き放題できるのは、同等以上の力量を持った神だけだ。

なので、神化した賊《ぞく》でも出てこない限り、アズマ工房の転移陣はこの世界で一番安全な転移陣ということになる。

「もう、何もかもがどうでもいい気分です……」

こたつにみかんのリラックス効果に負けて、ぐったりしながらそんなことを言うサーシャ。

こたつの良さを味わえるように、ちょうどいい具合の寒さに調整された室温が追い打ちをかける。

その後、サーシャをこたつから引っ張り出すまで、優に一時間以上ののんびりだべることになり、ノーラ達の展示を見に行く時間が足りなくなってしまう。

結局、時間切れだからと職員組の展示発表の見学は諦め、そのままサーシャをウルスの工房へ連れていき、その反応を徹底的に楽しんだ宏達であった。

☆

こうして大好評のまま終了した、ルーフェウス学院の第一回目の文化祭。

なお、今回発表された工房職員達の研究成果は、各方面に多大なる反響を呼び――

「この評価を持っていったら、北地区の人達喜びそう」

「みんな、すごく驚いてたの」

「ルーフェウス学院ですら、ニスとペンキのレベルで止まっていたのは驚きだったのです」

「ローレンって、扱いが難しい木材はそんなに種類も量もないみたいだし、フォーレが近くにあって金属関係の研究のほうが需要が多かったみたいね。それに、木材はエンチャントが通りやすいから、ルーフェウス学院の技術ならそっちのほうが手っ取り早い感じはあるし」

――特に厄介な話が大量に出てきてしまったノーラとテレスが、素直に喜べる内容だったファムとライムの研究成果に現実逃避を続けている。

「で、ノーラもテレスも現実逃避するのはいいけど、ジノぐらいの技量で作れそうなとこまで効能落とすの、できそう？」

「親方と相談しないと、ノーラ達だけでやれば何十年かかるか分かったものではないのです……」

「でも、やらなきゃ下手すると一生これぱっかり作ることになりそうなのが……」

ファムに現実を突きつけられ、机に突っ伏しながらそうぼやくノーラとテレス。

ポーション中毒は軍関係以外からはそれほど反応がなく、それらの組織ももっといいものを手軽に作れるようになってくれればありがたいという程度で、プレッシャーはあれどそこまで切実にはなっていない。

だが、後遺症治療ポーションはその程度では済まず、全財産を積んででも手に入れたいという貴族や豪商が続出したのだ。

一応ファーレーン王家が防壁になってくれてはいるが、残念ながら一生を左右するほどひどい傷跡ややけど、病気の後遺症などを抱えている高位貴族の関係者も多いため、完全に防ぎきることはできないようだ。

「とりあえず、まずはソルマイセンが必要ないレシピを作るところからかしらね……」

「どう考えても、あれが一番ネックになっているのです。あれ以外は割とどうにでもなるのです」

ぼやいていても仕方がないと、少しでもどうにかできそうな要素を抜き出して研究を進めていくことにするテレスとノーラだったが、案の定、作業は難航することに。

そんなこんなで、最終的に需要の大きさとそれによる混乱を懸念したエアリスの要望により、宏の手によって七級ポーションと八級ポーションの間ぐらいの難易度のレシピが作られる。

一本では大した治療効果もなく、また完全に効果が出るまでかなり時間がかかる代物ではあるが、数年かけて何度も飲めば大体の後遺症関係が治療できるとあって大いに喜ばれて、年が明ける前に世界中にレシピが広まり生産が開始される。

これにより、薬師の目標がいくつも増えて業界が一気に活性化し、創造神である宏の力がまたしても強化されることになるのであった。

第26話　澪の成人式にはみんなで居酒屋で宴会やな

「もうすぐクリスマスだけど、どうしよっか？」

「春菜《はるな》さん、正気か？」

そろそろお歳暮が終わり忠臣蔵、白虎隊などがちらつく十二月上旬。

いつものチャットルームで勉強中のこと。唐突に春菜がネタにしたシーズンイベントに対し、宏《ひろし》が秒で厳しい一言をもって一蹴する。

「……正気か？　はひどいと思うんだ」

「体育祭とか文化祭とかで遊び倒したばっかりやっちゅうのに、受験生がクリスマスの話なんざ持ち出したら、そら正気も疑われるわな。しかも文化祭はルーフェウス学院のんにもがっつり参加しとったんやし」

「いやまあそうなんだけど、みんなと一緒に行動するようになってから、向こうとこっちで都合三回目のクリスマスシーズンじゃない。なのに、今までそういうことをやりそびれてたから、そろそろ今年ぐらいからは何かやりたいな、って思ったんだけど……」

「さすがに、ええ加減遊びすぎやで。多分余裕やっちゅうても、ちゃんと心構えぐらいはしとかんと」

宏の正論に、反論できずに思わず言葉に詰まる春菜。

日本に戻ってからの宏は、どうにも春菜と比較にならないほど行動も発言も常識的である。

「逆に、ここまで遊んじまってんだから、今更クリスマスぐらい構わねえとは思うがなあ……」

「パーティだけで済むんやったらな」

「……ああ、なるほど。そういうことな」

あまりにしょげる春菜が哀れになって口をはさんだ達也《たつや》が、宏の反論に納得して黙り込む。

クリスマスとなれば、まず間違いなくパーティだけでは終わらない。特に春菜が本気を出してしまった場合を考えると、今年は控えておいたほうが無難だろう。

「っちゅうかな。今年の場合、忘年会新年会とクリスマスはどっちか片方だけやで」

「ああ、そうか。忘年会ってのもあったなあ」

「向こうじゃそういうイベントごと、ほとんどやらなかったものねえ」

「ん。年末年始だと、年越しそば食べたぐらい」

宏が持ち出した、この時期クリスマスと並んで話題の中心となるイベントに、達也だけでなく真《ま》琴《こと》や澪《みお》も食いつく。

「まあ、忘年会は入試組の決起集会的なものも兼ねるとして、新年会はセンター試験終わってからだろうなあ」

「そうだね～。というか、それぐらいにしておかないと、春菜ちゃんとヒロ君はともかく、真琴ちゃんはちょっと不安なんじゃないかな～？」

「そうねえ。大丈夫だとは思うんだけど、あたしの場合ブランクを強引に取り戻してるうえに、もともと勉強とか得意じゃないじゃない？」

「ん～、じゃない？　と言われても、私はみんなと違って真琴ちゃんの学力が表に出てくるような状況に居合わせてないから、ちょっとそれに関してはコメントできないかな～」

同意も否定もしづらい真琴の言葉に、困ったように詩織《しおり》がそう返す。

真琴が学力にコンプレックスを持っているのも、今回の入試に結構な不安を抱いているのも見ていれば分かるものの、実際の学力的にはどんなものか、なんてことまでは詩織には分からないのだ。

「真琴のもとの学力はともかくとして、ヒロの言うとおりクリスマスにまでなんかやるってのは、さすがに舐《な》めプが過ぎるだろうな。心構えの面でも、受験終わるまではイベントごとは控えておくべきだろうな」

「……そうだね。ちょっと私、浮かれすぎてたよ」

「正直、春菜の気持ちも分からなくもないのよね。気持ちをフルオープンにしてから初めてのクリスマスシーズンで、今回はやろうと思えばできなくもない環境だから、何かやりたいって思うのも当然っちゃ当然なわけだし」

「しかも、このシーズンはどこを向いてもそういうイベントばかりだものね～。春菜ちゃんじゃなくても、片想いの相手がいたらそういうの意識しちゃうんじゃないかな～」

「だなあ。まっ、何かプレゼント用意するぐらいはかまわねえと思うし、入試に影響しない範囲でやればいいさ」

「うん、そうするよ」

達也に窘《たしな》められ真琴と詩織にフォローされ、さすがに浮かれすぎたことを反省する春菜。

学生街にある商店ですらその種のおピンクな感じのムードに支配されていることもあり、宏の心身双方での事情以外にブレーキをかける理由がない春菜だと、どうしてもそういう空気には影響を受けやすい。

一応勉強こそしているものの、どんなにひねったところで基本的に高校卒業までに学ぶ範囲で解ける問題しか出ない関係上、今となっては簡単すぎて気合いが入りづらいのも、この件に関しては足を引っ張っている。

が、自分達に関しては、いろいろ充実しすぎて精神的に余裕を持ちすぎ、無意識の油断で宏以外全滅という致命的な結果になった過去が存在している。内容は違えど考え方としては同じであり、そこから学ばずに似たようなミスをするなど、間違いなく学習能力を疑われる。

今回はあの時の対三幹部戦と違い、それでミスったところで一浪するだけだが、浮かれてイベントで遊びまくった挙句に、舐めプしすぎて浪人生になるのは恥ずかしいにもほどがある。

反省したことでそのあたりにも思い至り、きっちり気持ちを切り替える春菜。こうなってしまえば、持ち前の鋼《はがね》の自制心で、そう簡単に流されることはないだろう。

「まあ、クリスマスだの忘年会だのはそれでいいとして、前々から気になってたことがあったんだが……」

「なによ?」

「いやな。真琴は確か、大学三年で中退だったよな？」

「ええ、そうよ？」

「二年までの単位は使えるはずだから、三年からの編入ができたはずなんだが、なんでわざわざ入試をやり直してるんだ？」

「ああ、そのことね」

達也の質問に、雑談しながら問題を解いていた手を止めて苦笑を浮かべる。

「まあ、大した話じゃないんだけどね。宏達と同じ学年っていうのもありかなって思ったのもあるけど、正直、前の大学でどんな単位取って何を勉強したかさっぱり覚えてないから、その状態で編入するとちょっとまずいことになるんじゃないかって心配になったのが大きいわね」

「なるほどな。だが、俺みたいに何年も経《た》ってればまだしも、そんなに簡単に忘れるもんか？」

「前の大学、底辺じゃないってだけで大した学力を要求しない三流大学だから、単位取るのもすごく簡単だったのよ。基本的に出席日数が足りててレポートちゃんと提出して試験で三十点ぐらい取れればほとんどの単位が取れちゃうから、よっぽど試験の成績が悪いとか単位計算ミスったとか出席日数が足りてないとかでない限り、まず留年しないような大学だったわね」

「……あんまり、就職とかに有利になりそうな学校じゃねえな」

「そうね。ぶっちゃけ、大卒の資格と肩書を得るために通う感じね。それでも、最低限の学力はないと入学も卒業もできないから、うちの地元だと高卒よりは有利だったみたいだけど」

達也と真琴の間で交わされた、大学というものの存在意義を疑いたくなるような話に、思わず勉強していた手を止めて微妙な表情を浮かべる宏と春菜。いくらなんでも、そんな学校に四年も通う意味があるとは思えない。

そんな宏と春菜の疑問に気がついてか、真琴がさらに話を続ける。

「で、前はともかく今回は勉強するために大学に入るんだから、たとえ単位かぶっても一からちゃんと勉強したいのよ。だから、前の単位はむしろ邪魔なのよね」

「そっか。だったら編入なんて選択肢はねえな」

「そういうこと」

達也が納得したところで、勉強を再開する真琴。次の問題をあらかた解いたところで、インターバルは十分だとばかりに、入試がらみで自身が気になっていたことを口にする。

「あたしのほうはそういう感じとして、ちょっと宏の入試がらみで気になってることがあるのよね」

「ん？　なんや？」

「センター試験にしても二次試験にしても、基本的には自分で会場まで行って試験受けなきゃいけないじゃない？」

「せやな」

「必然的に、ものすごい人混みを突破することになると思うんだけど、そのあたりは大丈夫なの？」

「それに関しては、うちらみたいな事情抱えとる人間には特例があるからな。僕の場合は、潮見《しおみ》高校のＶＲシステムで、センター試験も二次試験も受けることになっとんねん」

「へえ、そうなの」

宏の受験方法を聞き、なるほどと感心したような表情を浮かべる一同。

ありそうなシステムの割にほぼ話題に上がらないため、実際にそういうシステムが使われていることを誰も知らなかったのだ。

「高校のＶＲシステムってことは、やっぱり不正対策？」

「せやな。こういう事例のために完全に独立したシステムになっとるそうで、普通のネットワークにはつながってへんらしいわ。そういう理由やから入試会場に接続できるんは行政から指定された病院と学校だけで、入試するほうはそのシステムが必要な受験生がおったときだけ、システム管理しとる会社に試験問題を委託する仕組みやそうや」

「まあ、普通に考えればそうなるわよね。総数で言えばともかく、一校あたりでそのシステムを使って入試を受ける人数っていうと、かなり少数派なんだし」

「そもそも、各学校っちゅうレベルで見ると、毎年必要かどうかすら微妙やからな。維持費も考えたら、そら外部委託もするわな」

言われてみれば当たり前の話に、納得して頷《うなず》く真琴。健常者だと、このあたりの事情にはどうしても疎くなりがちだ。

「ちょっと気になって今調べてみたんだけど、システムの管理運営は独立行政法人が国からお金もらってやってるみたい。通年での利用件数は、資格試験とかみたいな入試以外のいろんな試験全部含めて五千件ぐらいだって」

「結構使ってると見るべきか、たったそれだけと見るべきか難しいところだな」

「うん。国から出てる費用も人件費を考えたら妥当な金額なんだけど、普通に無駄遣いだって叩《たた》かれそうなぐらいにはお金出てるし」

「そこはもう、その手のセーフティネット系の宿命だからなあ」

春菜の説明を聞き、難しい顔でそう達也が告げる。

この類《たぐい》の、必要としている人は常に一定数存在するが、民間でやれば間違いなく採算が取れないようなものは、常にそういった議論の対象となるリスクをはらむ。

今回話題に上がった入試システムに関しては、そもそもの知名度の問題で現在はさほど話題には上がっていない。だが、そういうことを問題視する人間の目に留まれば、間違いなく派手に炎上することになるだろう。

この入試システムに関しては、宏のような犯罪被害者や真琴のような対人恐怖症に近い引きこもりなどの社会復帰支援という側面が強く、コストや利用率だけで見ていい類のものではない。

特に犯罪被害者への支援状況はいまだに諸外国から非難が集中するレベルなので、このシステムの運用維持費程度をケチるほうが、最終的にいろんな意味で高くつく。

問題は、こういう費用を無駄だと言いたがる人間や政府を攻撃したい人間には、そんな理屈は通じないということだ。そういう人達にかみつかれて世論を炎上させられ、渋々廃止した結果、様々な問題が解決不能な形で噴出する羽目になった事例など、枚挙にいとまがない。

とりあえず宏が使うのは大丈夫そうだが、身近に恩恵を受ける人間の実例を見てしまった時点で、春菜達としてはシステムの運営が無事に続く、もしくはもっと効果的で効率的な形に発展することを祈らずにはいられない。

「まあ、そういうんは現時点でうちらが考えることちゃうし、勉強しよか」

「そうだね」

「クリスマス諦める代わりに、忘年会と初詣はちゃんとしようや。初詣は当然、合格祈願な」

「私達がそれするのってどうかと思うけど、まあお約束みたいなものだしね」

「あとは、みんな合格決めたら、春菜さんのちょっと早い誕生日祝いも兼ねて、花見なんかええんちゃう？」

「あ〜、それ楽しそう。人が多すぎるといろいろ興ざめだし、コネ使い倒して私達だけで独占できる場所手配しておくよ」

「頼むわ」

難しい方向にものを考え始めた春菜達の意識を、直近の受験その他のスケジュールに引き戻す宏。目先のクリスマスを潰《つぶ》す代わりに、受験終了後に楽しみを設定してどうにかモチベーションを上げようとする。

「しかし、お前さん達が大っぴらに酒飲めるようになるまで、あと二年か」

「そうだね。澪ちゃんだとあと七年待たないとだけど」

「先すぎる澪はともかく、ヒロと春菜が飲めるようになるのは楽しみにしとく」

「うん。私もちょっと楽しみかな」

花見ということで飲酒可能年齢のことを思い出し、そんな話をする達也と春菜。向こうにいたころからずっと、達也はひそかに宏や春菜と一杯やれる日を楽しみにしていたりする。

なお余談ながら、宏達の日本では、飲酒可能年齢だけでなく選挙権も二十歳からである。宏達の日本でも、成人年齢の引き下げと十八歳からの参政権についての議論は行われており、一時は改正案が議案として提出されたこともあった。

が、現状では義務教育どころか高校や大学ですら有権者としての教育をほとんど行っていないため、施行前後の作業が大変な割に効果が薄いのではないか、という指摘が政府や与野党の内外から続出。

さらに、現行の選挙制度や選挙を取り巻く環境を考えると、有権者教育を行っていても投票率の改善につながらないという意見も強かったため、地方の過疎化による一票の格差や死票の多さ、立候補者に関する情報周知が足りなくて政党以外で選びようがないなどの問題を解決するほうを優先して進めているのが現状だ。

それらのうち過疎化と情報周知の問題は随分改善が進み、有権者教育も澪が小学校に上がる年に小学校一年生からのカリキュラムが完成・導入されたため、澪達の年代に合わせて十八歳まで引き下げる予定になっている。

なので、宏と春菜が選挙に行くのは、最短で二年後となる。

「あんまり意識してなかったけど、お酒も選挙もたった二年だから、高校卒業も目の前になるといきなり大人の世界が近くなるよね」

「そこをちゃんと考えずに、単にお酒解禁されたとか大人扱いされてるとかで浮かれると、あたしみたいなことになるから気をつけなさいね」

「まあ、ヒロや春菜は大丈夫だろうけどな」

「つちゅうか、怖あて大人やっちゅうて浮かれる気にもならんで」

「そうだね～。制度の面では年齢で一律に線引きされちゃうけど、十八とか二十歳で大人かって言われると、少なくとも私はその頃自分が大人扱いされるの、すごく違和感あったしね～」

「てか、自虐ネタ振っといてなんだけど、フォローゼロはどうなのよ!?」

いつの間にやらすぐ近くまで来ていた大人の世界に、思わずしみじみと話してしまう澪以外の一同。

そんな他のメンバーの反応に、取り残されたような気分になってわずかに表情が曇る澪。

「まあ、三年やの五年やの案外すぐやし、澪も今から覚悟しといたほうがええで」

澪の表情が曇っていることに気がついた宏が、にっと笑いながらそんなことを言う。

「……そうかな？」

「せやで。僕なんか、気ぃついたらよう分からんうちに中学生活終わっとったし」

「……師匠のそれは、ちょっとブラックすぎてコメントできない……」

「それもそうやな」

暗黒の中学時代をネタにする宏に、澪が困った顔でそう突っ込む。軽口でそのあたりのことを話せるようになった、というのはある意味喜ばしいが、知っている人間からすればどう反応していいか分からないので控えてほしいところである。

「僕の中学時代の話は置いとくとして、年取るだけやったら思ったより早いっちゅうんはもうすでに実感しとんで。なにせ、来年にはファムが拾ったときのエルと同い年になるんやし、ライムはもう拾ったときのファムに追い付いとるし」

「……言われてみれば」

「そもそも、巻き戻りのおかげで澪がエルと同い年になってもうた、っちゅう一点取ってみても、時間たつんは早いっちゅうん実感できんで」

「……ん」

「せやから焦らんでも、そないせんうちに、みんなでチェーン店の居酒屋あたりで、飲み放題の酒ガバガバやることになるんちゃうか？」

「実はそれ、ひそかなあこがれ」

居酒屋チェーンという単語に、表情を緩めながら澪が頷く。

今でこそ過去の話だが、そもそも二十歳まで生きられるかどうか分からず、二十歳になれたとしても飲酒など夢のまた夢だった澪。そんな澪にとって、全国どこにでもある居酒屋チェーンに入って、『とりあえず生』と注文して不味《まず》くはないがチープな料理を囲んだり、水のように薄いウーロンハイに文句を言ったりするのは、昔からのあこがれだったりする。

「ほな、澪の成人式にはみんなで居酒屋で宴会やな」

「ん、楽しみ」

来年のこと、どころか七年も先のことを約束する宏に、実に嬉《うれ》しそうに何度も頷く澪。

なお、この時点から七年後の居酒屋チェーンは、法令の縛りと世間の目により、澪が期待するようないかにもブラックな香りがする、料理がチープだったり出てくる酒がせこかったりする店はほぼ淘汰《とうた》されてしまうのだが、さすがにそんな先の話は誰も予想していなかったりする。

「あ、そうそう。宏君の中学時代の関連で、一つ伝えておかなきゃいけないのに伝えそびれてたことがあるんだ」

「なんや？」

「文化祭の準備してたぐらいの頃に宏君の中学時代のクラスメイトが潮見駅まで来て、おばさん達が手配してた監視役経由で警察に捕まったらしいの」

「……そらまた難儀な話やな……」

春菜の連絡事項に、非常に渋い顔をしながらかろうじてそれだけの言葉を絞り出す宏。過去というやつは、乗り越えたつもりでもなかなか解放してくれないらしい。

「春姉《はるねえ》。捕まったってことは、師匠を攻撃してた女？」

「うん。主犯グループのうち、比較的関与の度合いが低いからって刑事処罰としては補導歴がついただけで終わった娘《こ》らしいけど、反省が見られないからって接近禁止命令が出てたんだって。で、潮見って少なくとも、関西から十七、八の女子が知り合いもいないのに遊びに来るような土地じゃないから、怪しいってことで警察に身柄確保してもらったんだって」

「とはいっても、単にこっちに来ただけなら事情聴取だけで終わるだろうから、明確に警察が身柄を確保する必要が認められるような何かがあった、ってことか」

「単に遊びに来るだけだったら絶対に持ち歩かないような、というより、持ち歩いてることが分かったら普通に不審人物として捕まるようなものがいっぱい鞄《かばん》の中に入ってたんだって。具体的には、銃刀法に引っかかる調理とか加工の類には使えない種類の刃物とか」

情報を持ち込んだ春菜からの補足説明に、宏だけでなく他のメンバーも渋い顔になってしまう。

「……それ、割と重大な話だと思うんだが、なんで今まで黙ってたんだ？」

「来たタイミングが悪かった、っていうか、みんなで楽しく文化祭の準備で盛り上がってるときに、水を差すようなことはなかなか言いづらくて……」

「……分かんなくはないわね。その手のパターン、あたしもいろいろ覚えがあるわ」

「おばさんからも、他の要注意人物も含めて全員ちゃんとマークしてるし、この件の事後処理のおかげで短絡的なことをしそうな子達の牽制《けんせい》には成功したから、今回は無理に宏君に言わなくても大丈夫だって聞いて、とりあえず文化祭終わってからにしようって思って……」

「今度は連絡するタイミングがつかめなくなっちゃった、か～」

少々険しい顔で突っ込んできた達也に対する、春菜の事情説明。それを聞いて、いろいろ覚えがある真琴と詩織が苦笑を浮かべる。

そんな年長組の態度に恐縮している春菜をしり目に、宏がメッセージツールを立ち上げ、何やら作業を始める。

「まあ、言う言わんの話に関しては春菜さんには気ぃ使わせてもうたなあ、っちゅう感じやけど、教授からも何も報告なかったんやから、現時点では特に問題なかったんやろう」

「ああ。そりゃ本当に問題があるんだったら、定期検診の時に教授から言うわよね」

「そういうこっちゃな」

春菜が黙って勝手にいろいろ進めていたことに対して、特に気にした様子もなく自身の見解を告げながら、作業を進めていく宏。

「で、春菜さん。来とったやつの名前は分かるか？」

「うん。樋口真奈美《ひぐちまなみ》、って娘だけど……」

「ああ、樋口か。普通にそういうことやりそうやな」

「やっぱり、そうなの？」

「自分がいろいろやられたから言うわけやないけど、樋口は成績と外面《そとづら》だけは良うて先生の受けはええけど、裏ではいろいろえぐいことやっとってなあ。何っちゅうか、大人にバレへんようにいじめとかするんに頭使うタイプで、僕がメインターゲットになる前は何人かの女子がえらい目にあわされとったみたいやで」

「成績は良かったんだ？」

「っちゅうても、所詮は大してレベル高くないうちの中学の中では、っちゅう程度や。全国統一模試で一回だけ五千何百番かとって威張り散らしとったことがあったけど、そのまぐれの一回以外は僕のほうが成績良かったぐらいやし」

「なるほど、なんとなくどんな人か分かったよ……」

宏の説明に、さもありなんという感じで頷く一同。

被害者の話だから話半分に聞くとしても、少なくとも賠償金を払わされるレベルだったことと刃物を持ってきて補導されていることから、あまりいい性格をしているとは言いがたい人物なのは間違いなさそうだ。

その間にも、宏はメッセージの作成を続ける。

「師匠、誰にメッセージ送ってるの？」

「例の事件で、最初から最後まで僕を助けてくれた友達数人や」

メッセージを送る手を止めず、澪の質問に答える宏。緊急マークを付けて送ったからか、相手方からすぐに反応が返ってくる。

「……よし。この件に関してはこんなもんやろ」

「こんなもん、って宏君、何をどうしたの？」

「大した話やあらへん。まだ本人らにまでは話行ってへんみたいやったから、今聞いた内容連絡して、ついでに保護者会とか通じて監視きつうしてもらう感じのこと決めた程度やで」

「ああ、そっか……。向こうの人達にとっては他人事《ひとごと》じゃないから、ちゃんと連絡しとかなきゃいけなかったんだっけ……。ごめん、全然思いつかなかったよ……」

「報道と僕からの情報ぐらいしか判断材料ないんやし、ある程度はしゃあないで」

申しわけなさそうな春菜の言葉をスルーし、あっさり受験勉強に戻る宏。

なんとなく妙なフラグが立っているような、そんな不穏さを感じながらも、宏が驚くほど泰然と構えていることもあり、どっちにしても現状では大してできることもないと勉強に戻る春菜と真琴であった。

☆

そして、時は流れて終業式。

「これで、年明けたら自由登校か」

「三学期の始業式が終わったら、卒業式までクラス全員が揃《そろ》うことはなさそうだな」

「せやなあ。全員二次試験で志望校に一発合格、とかでもない限りは、卒業式まで揃うことはないやろうなあ」

「このクラスで、もう一回ぐらいなんかやりたかったんだがなあ……」

実質的に普通の高校生活の最後となる一日に、山口《やまぐち》と宏がなんとなく残念なような、消化不良のような気持ちを抱えながらそんな話をする。

山口と宏の気持ちを皆が共有していることもあり、宏達のクラスはホームルームが終わってからも少しばかり全員で話し込んでいた。

なお、日付としては十二月二十四日ではあるが、受験生だけあってクリスマスの話題は何一つ出ていない。

「そういや、二次試験が一番遅いのって、誰でいつだっけ？」

「多分、あたしかな？　二月二十五日が試験で三月二日が合格発表」

「そっか。となると、日程的には結局、卒業式の日に打ち上げ、って形でしか無理か」

「だと思うわ。ついでに言うと、仮に全員受かったとしても、もっと上目指して浪人選びそうな子も何人かいるから、試験終わってても俺達の戦いはこれからだ、って状態が続いてる可能性はあるのよねえ」

「ああ、確かにそうだよな」

田村《たむら》の疑問に女子生徒の一人がそう答えつつ、何人かの生徒に視線を向ける。

その視線を受けて気まずそうに明後日《あさって》の方向を向くその数名と、納得した風情で生温かい視線を向ける他のクラスメイト一同。

そこそこ以上のレベルにある進学校の場合、浪人というと割と高確率でこういうケースだったりする。

「てか、東《あずま》と藤堂《とうどう》さんだったら、推薦でもいけたんじゃないか？」

「ん～……。知り合いがいるって時点で、推薦だと正規の手続きを踏んでの合格でもなんか裏口っぽい印象があるから、ちょっと避けたんだよ」

「せやなあ。あと、こういうのはちゃんと苦労してなんぼやっちゅう気もしとるから、せっかくやしがんばってみよかってなあ」

「なるほどなあ」

春菜と宏が推薦入試ではなく一般入試を受ける理由を聞き、納得の声を上げる田村。宏の言い分はともかく、春菜の言わんとしていることは、自分が部外者の立場なら確かにそんな風に思ってしまいそうだ。

「とりあえず、東の考え方も悪くないし嫌いじゃないけど、楽できるところは楽しても別にいいと思うぞ？」

「心配せんでも、他のところで楽はしとんで」

田村の苦笑交じりの言葉に、軽くそう返す宏。

「で、クラスでなんかやりたいって話に戻すとして、だ。今からできそうなことっていうと、合格祈願の初詣ぐらいなんだが……」

「あ～、ごめん。私と宏君は先約ありなんだ」

山口の提案に、申しわけなさそうにごめんなさいする春菜。

それを聞いて、そうだろうなあ、という表情で頭をかく山口。

「まあ、そもそもの話、初詣客の人出が東でも大丈夫そうな神社なんて、このあたりにはないからなあ」

「うん。だから、綾羽乃宮《あやはのみや》家の親戚筋が宮司として管理してる神社に参ることにしてるの。そこならほとんど隠れ里みたいな感じになってるうえに非公開に近いから、初詣に来るのも本当に限られた人だけだし」

「なるほどな。となると、クラス全員で押しかけて、っていう図々《ずうずう》しい真似も無理そうだな」

「ごめんね。入れてもらうのは交渉次第でなんとかなるかもなんだけど、現地に行くのがものすごく大変だから……」

「電車とバスで、ってわけにはいかないわけか」

「うん。最寄り駅から車で二時間とかそういう感じだし、そもそも需要がないからバスとか走ってないし」

予想以上の秘境ぶりをうかがわせる春菜の説明に、そりゃ無理だ、と納得するクラスメイト一同。そんな場所に宏を連れてどうやって移動するのかに関しては、綾羽乃宮の名前が出てきている時点で気にするだけ無駄だとスルーしている。

「結局、卒業式に打ち上げをやるぐらいしかなさそうだな」

「そうだなあ。藤堂さん、予約とか頼んでいい？」

「うん、任せて」

山口と田村が出した結論に、春菜がにっこり微笑《ほほえ》んで頷く。

そんな中、宏のパソコンからメッセージの着信音が。

「……なんやろなあ？」

メッセージを寄こしてきた相手の名前を確認し、思わず首をかしげる宏。このタイミングで連絡を取ろうとする理由が分からない相手だけに、どうにもあまりよろしくない予感がする。

「……春菜さん、厄介事や」

「……うん、なんとなくそんな気がしてたよ。で、誰から？」

「中学時代、僕を助けてくれたダチからや。例の件で、ちょっとどころやないぐらいややこしいことになっとるみたいでなあ……」

「……あ～……」

中学時代の友人からの厄介事という宏の言葉に、春菜だけでなくクラスメイト全員の顔つきが変わる。

このクラスの人間は皆、宏の中学時代にあった事件のことを部外者とは思えないレベルで把握している。

宏と春菜から話を聞いた時点で全員が独自に事件のことを調べており、宏のクラスメイトがアップした一部始終の動画、それも無修正版のものを見ているのだから、直接事件に関わる話が出れば反応してしまうのもおかしなことではない。

春菜というお手本を頼りに、知った事実を過剰に気にしないように対応しているクラスメイト達だが、それだけにこういう話があれば野次馬根性ではない理由でちゃんと把握したいのだ。

「なあ、東、藤堂。例の件って何だ？」

「おばさん達から教えてもらっただけで、私が直接見たわけじゃないんだけど、宏君のあの事件について逆恨みしてる娘がこっちまで押しかけてきて、駅で警察に補導されたんだって」

「僕も春菜さんから聞いただけで詳しいことまでは知らんねんけど、銃刀法的にあかんもんとかいろいろ持っとったっちゅう話でなあ……」

「……お、おう、なるほど……」

「……なんだよ、それ……」

予想以上にヤバい、というより正気を疑う話に、ドン引きしながらそう返すことしかできない山口と田村。

言葉を発することができた山口や田村はまだましなほうで、あまりにあまりな事情に他のクラスメイトは完全に絶句している。

「で、厄介事って、何？」

「えっとな。内容的には二つあって、一つは必要以上に反省しとる女の中に過剰に反応したやつがおって、それと逆方向でガチ切れしたアホ女と全面抗争みたいなことになりそうやっちゅう話。もう一つが、そのあたりをマスコミに嗅ぎつけられたみたいで、こっちにも飛び火しかねん、っちゅうところや」

「ああ……」

「ぶっちゃけた話、一つ目は過剰に反応しとる反省しすぎ女をなんとかすればある程度収まるとは思うんやけど、二つ目は僕にしろ向こうにおるダチにしろ、簡単には手の出しようがない話になっとってなあ……」

「だよね」

宏の困り顔に、実に渋い顔をしながら頷く春菜。いかに神になっていようと、公的な立場や日本での生活に関する経験値は高校生のそれでしかない宏では、マスコミ対策なんてできるわけがない。

さらに言うならば、いくら一時ほどの力はなくなっているといっても、事件や事故といった事柄に関しては、まだまだそれなりにマスコミの影響力は大きい。

時の政権を恣《しい》意的に潰すような派手な誘導はできないが、過去の事件のその後を美談に仕立て上げて、誰か一人を悪者にするぐらいのことはできなくもない。

いかに信頼が失墜して久しかろうと、組織立っての取材や調査ができることや全国に一次情報という形で情報を発信できること、そして比較的初期の段階で疑ってかかっている相手にすら情報内容をある程度印象づけることができることのアドバンテージは、やはり一個人で対抗するには厳しい。

主に週刊誌が得意とするそのあたりのやり口に関しては、当事者であればあるほど対応が難しく、また加害者より被害者のほうが対応しにくいこともあり、誰がどう見ても高校生には手に余る類の厄介事である。

「で、マスコミまわりはうちのお母さんとかおばさん達から手を回してなんとかするとして、私個人に何か頼みたいことがあるんだよね？」

「まずは向こうの話聞いてから、教授とか兄貴、真琴さんなんかと相談して決めようかと思ってんねんけどな、春菜さんに過剰に反応しとる反省しすぎ女と会うてもらいたいんよ」

「……それは問題ないけど、どういう理由で？」

「話聞いとる感じ、僕が直接会っても大丈夫か、ちょっとばかし判断つかんねんわ。せやから、代理として春菜さんに会うてもらって、見極めてきてもらいたいんよ」

「なるほどね、了解！」

宏の頼みを聞き、にっこり微笑んで頼みを聞き入れる春菜。その顔は、どう見ても宏に頼まれた以上のことまで見極める気満々である。

「それにしてもまあ、過去っちゅうやつはなかなか解放してくれんもんやなあ……」

「本来だったら一生ものの傷だし、まだ事件から年明けで丸四年ぐらいだからしょうがないよ。宏君だけじゃなくて、他にも関わってる人がいるし……」

「せやなあ……」

被害者が乗り越えようとし、ようやく過去の話になりつつあった事件。それをよりにもよって二学期の終業式、しかもクリスマスイブに蒸し返され、深々とため息をつくしかない宏と春菜。

「来年のクリスマスにはちゃんとお祝いできるように、この件は早いうちに決着つけたいよね」

「っちゅうても、最低でもセンター試験終わるまでは手ぇ出されへんで」

「こんなことになるんだったら、推薦を受ければよかった」

「今更やで、それ……」

本当に今更のことを嘆く春菜に、内心で同意しつつ宏がそう突っ込みを入れる。

「とにかく、今日はそのあたりの相談で潰れそうやな」

「そうだね。マスコミ対策だけは、すぐに動いておかないと」

「すでに後れを取ってもうとる感じやし、サクサク動かんとな。せや、この後すぐに教授に相談受けてもらえそうやったら、ついでやから診察予定も今日にずらしてもらおうか」

「それもちょっと確認するよ……大丈夫だって。すぐに迎えを寄こしてくれるそうだから、それまで図書館で勉強かな？」

「せやな。時間は無駄にできん」

降って湧いた災難に釈然としないものを感じつつ、現実的に対処する宏と春菜。

この後、同じく終業式が終わった澪や下宿先を探しに潮見へ来ていた真琴、新規プロジェクトの打ち合わせをしに綾羽乃宮商事本社を訪れていた達也なども呼び出され、例のそば屋の二階座敷で食事しながら相談することになったのであった。

☆

「達也さんが迎えに来たときは、何事かと思ったよ……」

「俺だって驚いたさ。なんせ、海南《かいなん》大学側の担当者も揃っていざ打ち合わせ、ってタイミングで綾羽乃宮前会長と小川《おがわ》社長の二大女傑《じょけつ》が顔を出して、緊急事態だからヒロ達を回収して海南大へ行け、って命令してきたんだぜ？」

「おばさん達、すごい勢いで公私混同してるよね……」

「その代わりにちゃんと業務をしてる扱いにしてくれた上で穴埋めもしてくれるそうだが、どんな形で埋めてくれるか不安でしょうがねえよ……」

「あはははは……。……ごめんなさい」

「いや、春菜が悪いわけじゃねえし」

例のそば屋にある二階の個室座敷。お通しと前菜、飲み物が出揃ったところで、達也がため息交じりにぼやく。

「そのあたりは女傑な方々を信じるしかないわよ」

「まあ、そうだな……」

「本当に、身内がご迷惑をおかけしまして……」

「いやいや、教授には責任ありませんよ。至急相談と対応が必要な案件なのも事実ですし、仕事に影響が出ない形でこっちに来れるようにしてくださったことには感謝していますし。ただ、こういう個人的なことのために、世界に名だたる経営者が二人も割り込んできたことにビビったのと、そのお二人だと穴を埋めた上でこっちの経験や能力、権限だと手に余るところまで上に盛ってくれそうなのが不安なだけで……」

本当に恐縮して頭を下げてくる綾瀬《あやせ》天音《あまね》に対し、同じぐらい恐縮しながら正確な心情を告げる達也。達也の不安は天音と春菜の不安でもあるらしく、綾羽乃宮寄りの立場である二人はどうにも申しわけなさと居心地の悪さを感じずにはいられないようだ。

「とりあえず、達也の話はキリがないから、悪いけどいったんここで切り上げさせてもらうとして。続きは食べながらにしましょ」

「そうだね、いただきます」

乾杯するような理由で集まったわけではないこともあり、真琴に促されて仕切り直しの意味でいただきますをする春菜。それにつられ、きちっといただきますを唱和してから各々料理や飲み物に手を出す。

「で、結局どういう状況なのよ？」

「詳しい経過は送ったメッセージ見てもらうほうが早いから、そっちを確認して。簡単に言うと、宏君の中学時代の事件に関して、一部の雑誌の記者とかが向こうの当事者に接触を図ってるみたいなの。それで、特に問題になりそうな何人かに関して、どうすればいいか相談したいんだ」

「なるほどね。その特に問題になりそうな何人かって、宏を直接病院送りにした連中？」

「そっちもいるけど、一番問題になるのは傍観してた、いわゆる消極的な共犯者の中で過剰に反省しちゃってる子」

「……どういうことよ?」

春菜の言わんとすることの意味が分からず、思わず聞き返してしまう真琴。

たとえ過剰だとしても、反省しないよりは反省しているほうがはるかにいいのではないか、と思わずにはいられない。

「ちょっと説明が難しいんだけど、反省が行きすぎちゃってて、見てるほうがハラハラするほど危なっかしいことをしてるみたいなんだ。前に夏休み前に撮った写真を送ったおかげでだいぶマシにはなったみたいなんだけど、それでもマスコミとかが絡むと過敏な反応するぐらいには引きずっちゃってるみたいで……」

「せやなあ。真琴さんの身近であった今までの事例で言うたら、一緒に行動しとった頃のリーナさんをもっとひどくした感じ、っちゅうたら分かるか?」

「……なるほど。それはいろんな意味でヤバいわねえ」

「ヤバいねん。特にマスコミが噛《か》んどるんがやばいねん」

春菜と宏の説明に、ようやく現在がどれほどヤバい状況かを実感する真琴。

因《ちな》みにリーナとは、最近めっきり見ることが少なくなったファーレーンの女騎士のレイナのことである。

「話を聞く限りは東君の通っていた中学のアフターケアがちゃんとできてなかった、っていう感じだよね。本来なら、ちゃんと全校生徒にカウンセリングとかする必要があるんだけど……」

「教授、教授。それちゃんとやる学校だったら、そもそも師匠がこんなことにはなってない」

「そうだよね。私にしても他のスタッフにしても、普通のカウンセリングで十分な子にまでは手が回らなかったから、学校や教育委員会に念押しだけして任せていたけど、ちゃんと介入すべきだったみたい」

「それはそれで、筋が違う気がする」

ため息交じりの天音の反省に、澪が鋭く突っ込みを入れる。

言っては何だが、本来この件に関しては天音は善意の第三者であり、直接関わった宏の治療以外に関しては責任を取る権限も義務もない。宏の治療ですら全体的にはあまりいい顔をされなかったのだから、それ以上のことができるわけがないのだ。

学校に限らず、この手の問題を大量に抱えた組織が自浄作用を発揮しないのも、そういう組織ほど外部からの介入を全力で拒絶してかたくなに変化を嫌がるのも、結果として本人達を含めて誰の得にもならない形で周囲に迷惑をかけまくって自滅するのも、時代や組織の種類に関係なく存在する話である。

「何にしても、僕とは違う意味でえらいトラウマ抱えとる女が一人おるから、少なくともそいつだけはなんとかせんとこっちが悪者《わるもん》にされかねん。ダチの話やと、そいつに関しては僕がちゃんと立ち直って、友達付き合いでもええから女の子と付き合えるようになっとる、っちゅうところを見せたるだけである程度なんとかなるやろう、っちゅうことなんやけど……」

「主治医の立場としては、一足飛びにその娘と会うのは許可できない。春菜ちゃんや東君のクラスメイトの女の子達と、直接何かをしなかっただけでずっと主犯グループを消極的に支持してきた娘とでは、条件が全然違う。それに、東君が心配してるのはこっちのほうだと思うんだけど、そこまで過剰に反省してる、というより、自分が報われちゃいけないと思い込んでる節がある相手だと、素直に東君と会ってくれるのかとか、東君と会うことでかえって悪化するんじゃないかっていう不安があるし」

「せやから、教授に相談した上で、まずは春菜さんと保護者代理として兄貴か真琴さんに会うてもらって判断したいんですわ」

「……ん～。だったら、どうにか時間を作るから、私もその場に同席するよ。時期や私達が大阪に行くのか、それともこっちに来てもらうのかといったところの調整は東君にお願いしていい？」

「僕以外接点ないやろうから、もとよりそのつもりです」

「うん、お願いいね。こっちはこっちで、今後継続して対応するために、向こうにいる後輩や教え子に連絡して、その時に顔つなぎするように手配しておくよ」

思った以上に大仕事になりそうだから、と呟《つぶや》いた天音に、思わず恐縮してしまう宏と春菜。達也と真琴も、一応成人済みの年長者でありながら、ほとんどできることがないことに申しわけなさを感じてしまう。

この場で天音に丸投げになることを気にしていないのは、子供すぎるがゆえに終わったあとの宏のケア以外にできることが一切ないと最初から分かり切っている澪だけである。

「まあ、私もいろいろ忙しいから、今度こそちゃんと現地の本来責任持つべき人達がきっちり仕事をするように段取り組んでくるから、そこまで気にしなくてもいいよ。そもそも根本的な話、東君は被害者で春菜ちゃん達は巻き込まれただけの未成年、香月《かづき》さんや溝口《みぞぐち》さんだって善意の協力者でしかないんだから、やっぱり気にする筋の話じゃないし」

「いやまあ、そりゃそうですが」

「それに、こっちも今から無理を頼まなきゃいけないから、そんなに恐縮されると申しわけないというか……」

何やら言いづらそうに口にする天音に、いやな予感がする達也。やはり、ただで何でもかんでも頼みごとを聞いてもらおうということ自体、虫が良すぎるのだろう。

ちょうどそのタイミングでそば懐石の鍋物と焼き物が出てきたため、しばし話題が途切れその場を沈黙が包む。

「……無理とは、どんな？」

心を落ち着けるために、鶏肉と野菜をそばダシで炊いた鍋物のダシを口にして味わったあと、慎重に確認をとる達也。

その達也の態度にわずかに視線を泳がせながら、天音は努めて何でもないような口調で頼みごとを口にする。

「えっとね。すでにマスコミ対策で動いてくださってる方々と顔つなぎするために、今日の夜に綾羽乃宮本邸で行われるクリスマスパーティに出席してもらいたいんだ。本当は強制したくはないんだけど、さすがにどんな人間か分からない相手のために動いてもらうのは失礼だっていう理由もあるし、みんなは今後綾羽乃宮関係でいろいろある感じだから、本当に申しわけないんだけど、事実上拒否権はない感じなの」

そこまで一息に言い切ったのち、何かをごまかすように鍋の野菜を口に入れる天音。そのいろんな意味で拒否できない『頼みごと』に、顔が引きつる宏達。

「えっと、あたしとか澪は不参加、ってわけには……」

「今後を考えると、それは避けたほうがいいかも」

「ですよね……」

「その代わり、今日を乗り越えてくれればかなりいろんなことに融通が利くようになるし、当分の間はこの手の無理難題はない……、はず、多分、きっと」

「教授、さすがにそこは断言してほしい……」

どうにも頼りない天音の返事に、ジト目でツッコミを入れる澪。

いかに受験生という建前をもってしても拒否しきれず、結局この日は後から呼び寄せられた詩織も含む全員が未来《みらい》の手でドレスアップされ、一生関わり合いになる予定もなければなりたいとも思っていなかったいろんなジャンルの超大物に紹介されて、やたら気に入られてしまってあたふたする羽目になるのであった。

春菜ちゃん、がんばる？
フェアリーテイル・クロニクル

MFブックス

春菜ちゃん、がんばる? フェアリーテイル・クロニクル 3

2020年10月25日　初版第一刷発行

著者　埴輪星人
発行者　青柳昌行
発行　株式会社KADOKAWA
〒102-8177　東京都千代田区富士見2-13-3
0570-002-301(ナビダイヤル)
印刷・製本　株式会社廣済堂
ISBN 978-4-04-065927-5 C0093

企画　株式会社フロンティアワークス
担当編集　下澤鮎美/佐藤 裕(株式会社フロンティアワークス)
ブックデザイン　ragtime
イラスト　ricci

本シリーズは「小説家になろう」(https://syosetu.com/) 初出の作品を加筆の上書籍化したものです。